Michel Ragon

D'une berge à l'autre

Pour mémoire
1943-1953

Albin Michel

22, rue Huyghens, 75014 Paris

ISBN 2-226-09365-6

pour Françoise

Prologue

(Du côté de Nantes, 1943)

On connaît la célèbre phrase d'André Breton, dans *Nadja* : « Nantes : peut-être avec Paris la seule ville de France où j'ai l'impression que peut m'arriver quelque chose qui en vaut la peine. »

C'est aussi essentiellement à Nantes et à Paris que, toute proportion gardée, m'arrivèrent les choses qui en valent le plus la peine.

Le 16 septembre 1943, à seize heures, René-Guy Cadou m'avait enfin donné le rendez-vous attendu depuis si longtemps, dans un café près de la place Royale. Or le même jour, et à la même heure, un terrible bombardement américain détruisit le centre de Nantes. Du café mentionné, il ne restait plus qu'un tas de pierres fumantes. J'espère que Cadou, qui ne méprisait pas les canulars, ne le savait pas à l'avance.

René-Guy Cadou n'avait alors que vingt-trois ans, mais il était un poète parrainé par deux aînés prestigieux : Max Jacob et Pierre Reverdy. L'école poétique dite de Rochefort (Rochefort-sur-Loire, village situé à vingt kilomètres au sud-ouest d'Angers), qui tenait en zone occupée (nous subissions depuis 1940 l'occupation allemande) la place que *Poésie* de Pierre Seghers avait imposée en zone sud, considérait René-Guy Cadou comme son plus beau fleuron.

Cadou avait publié son premier recueil de poèmes, *Les Brancardiers de l'aube,* en 1937. C'était donc, déjà, un poète d'avant-guerre. Il était l'ami d'un Nantais, lui aussi membre de l'École de Rochefort, Michel Manoll, par ailleurs libraire de livres d'occasion à l'angle de la place de Bretagne. J'ai connu plus tard Manoll à Paris, très beau poète, peut-être plus grand poète que Cadou, dont il fut le gourou, mais la jeunesse impérieuse de Cadou irradiait à tel point qu'elle assombrissait tous ses amis. A commencer par Jean Bouhier, l'animateur principal de l'École de Rochefort.

Puisque Jean Bouhier vivait à Rochefort-sur-Loire, j'enfourchai ma bicyclette et allai à sa rencontre en cette même année 1943. J'avais dix-neuf ans et absorbais avec gloutonnerie un nombre incroyable de volumes de poèmes. Rimbaud, Apollinaire, Cendrars, Péguy, Claudel, Paul Fort, Francis Jammes, Patrice de La Tour du Pin...

Arrivé à Rochefort, je me mis en quête de l'École. Les villageois interrogés ne connaissaient d'autre école que la communale. Et Jean Bouhier ? « M'sieu Bouhier, c'est la pharmacie. »

Pas très convaincu, j'entrai dans la pharmacie et y trouvai un monsieur assez grand et sec qui remplissait à la fois les fonctions de pharmacien, de poète et de maître d'école poétique. Était-il vraiment pharmacien, ou seulement le mari de la pharmacienne ? En tout cas, il m'entraîna très vite hors de la boutique et nous montâmes dans sa chambre de travail, tapissée de livres. J'étais ébloui. Jamais je n'avais vu autant de livres chez un particulier. Il me fit feuilleter les ouvrages de ses amis : Fombeure, Follain, Manoll, Bérimont, Rousselot et, bien entendu, René-Guy Cadou. Il me montra des éditions rares de Max Jacob, d'Eluard, que sais-je encore ! Pour la première fois je pénétrais dans un autre monde, si loin de mon adolescence de petit prolo solitaire. Je repartis à Nantes avec une provision de « plaquettes » et de « cahiers ». Je retrouve dans ma bibliothèque le manifeste un peu naïf et juvénile de l'École de Rochefort, publié en octobre 1941. Des feuillets jaunis sont insérés dans les pages, en regard de chaque poète. Des articles sur Rousselot, sur Bérimont, sur Béalu, découpés dans les journaux du temps, notamment *Comœdia.* C'est fou ce que la presse d'alors donnait comme place aux poètes !

Les « plaquettes » de l'École de Rochefort n'avaient que quatre feuillets sur mauvais papier de guerre. Mais quel émerveillement lorsque je les recevais à Nantes, pas plus épaisses qu'une simple lettre : *Amis les anges* de René-Guy Cadou, *Trois Psaumes* de Jean Bouhier, *A toute vapeur* de Robert Le Ricolais. Car Robert Le Ricolais était également nantais et poète. Je devais le rencontrer seulement vingt-cinq à trente ans plus tard, à Paris et à Philadelphie, et écrire de nombreux textes sur ses recherches d'ingénieur spécialiste des structures spatiales. Mais là nous anticipons sur mes dérives, dérives d'une berge à l'autre, d'une culture à une autre culture, dérives qui marqueront toute mon existence.

J'aspirais à devenir l'ami de René-Guy Cadou. Je devins celui de Jean Bouhier. On ne choisit pas toujours ses amis ni ses amours. On croit choisir et on est choisi. Bouhier m'assurait qu'il avait envoyé mes poèmes à la censure, que ceux-ci lui plaisaient et que je serais « l'un des premiers à voir le jour dans la première série ». Était-ce vrai ou n'était-ce pas une manière de taper un nouvel adhérent naïf, car il me pressait de bulletins de souscription pour toutes les plaquettes de ses amis ? Je payais, bien sûr, avec mes maigres sous. J'achetais des livres en trafiquant des cartes d'alimentation et Bouhier, qui le savait, me réclamait du thé. Du thé, pour lui, un pharmacien ? Il est vrai que je trouvais du thé, denrée disparue de tous les magasins depuis le début de la guerre, et le vendais très cher dans des arrière-boutiques, au risque de me faire ramasser par la Milice. Mais que ne ferait-on pas pour s'offrir des plaquettes de poèmes !

Jean Bouhier a été mon premier préfacier. Il m'a suivi avec beaucoup d'attention, puis d'affection. Il me conseillait aussi, avec un ton quelque peu paternel (il était mon aîné de douze ans), me recommandant, lorsque je commençai à vivre à Paris, de faire « attention aux cafés littéraires fort attrayants mais où on perd beaucoup de temps ». « Plus que jamais, me disait-il, il nous faut une "littérature engagée". » Et il ajoutait : « Ne trahis pas. »

J'eus l'impression que c'est lui qui trahissait la poésie (dans le sens du « déshonneur des poètes », comme l'écrivait l'inaltérable Benjamin Péret[1]*, lorsqu'il me disait avoir reçu à Rochefort son « cher Ilya Ehrenbourg », fripouille bolchevique avérée. Trahison de la poésie confirmée lorsqu'il vint à Paris, lui aussi, en 1947, pour travailler au service politique du journal communiste *Ce Soir.*

Oui, Cadou n'a pas été l'ami que j'espérais, mais je l'ai néanmoins souvent rencontré, dans ces communs d'un château perdu dans le marais de Goulaine où son affectation d'instituteur l'avait conduit. Il était moins loquace, moins chaleureux, moins camarade que Bouhier, sans doute parce que plus profondément poète, plus sûr de son talent, plus jupitérien. Petit, replet, le visage lunaire, ce Jupiter ressemblait, en fait, plutôt à Cupidon.

De ces quelques après-midi passées avec René-Guy Cadou du côté de Basse-Goulaine, je conserve

---

* Le lecteur trouvera les notes en fin d'ouvrage.

un souvenir émerveillé. De sa voix assurée, convaincante, il me récitait ses derniers poèmes. Parfois, il me lisait du Reverdy. Au mois de mars 1944, il m'annonça, bouleversé, que Max Jacob avait été arrêté par les Allemands et emprisonné à Drancy. On parlait de camps de concentration en Allemagne. On supposait des choses misérables, tragiques. On n'imaginait pas l'enfer.

Et puis, après la Libération, comme tout le monde je vins à Paris. Comme tout le monde, mais pas comme Cadou qui, le 16 avril 1946, m'écrivait de La Bernerie (une si jolie petite plage) : « Je vous souhaite beaucoup de bonnes réussites dans ce Paris que j'exècre et qui ne vaut pas la plus déserte des campagnes. »

Il avait choisi, ou plutôt il avait consenti à vivre dans une campagne peu pittoresque, où son métier d'instituteur l'avait conduit, à Louisfert, éloigné de toute agglomération importante.

Les autres s'étaient pointés à Paris, au grand rendez-vous de la chance, de la gloire, d'un os à ronger, que sais-je ? La brasserie Lipp réunit un moment les poètes de Rochefort autour d'un de leurs aînés, Maurice Fombeure. C'est là que je connus Manoll, arrivé de Saint-Calais, Rousselot venu d'Orléans, Bérimont en permission d'Allemagne où il dirigeait la revue *Verger*... Et il s'opérait, parmi ces poètes « parisiens », une légende de René-Guy Cadou.

Dans un de mes nombreux allers et retours, de Paris à Nantes, je retrouvai Cadou, en 1949, par hasard dans un petit bistrot à tonnelles un peu éloigné de la ville, en compagnie de son ami et éditeur Chiffoleau. Nous passâmes quelques heures ensemble et, comme nous procédions à un tour d'horizon littéraire, il me fit cette confidence qui m'étonna :

– Moi, je serai le Francis Jammes de ma génération.

Avec son front hugolien et sa chevelure angélique, avec sa jeune gloire et mon inexpérience, je voyais Cadou un peu comme un Rimbaud rural. Mais, à la réflexion, sa boutade n'était pas si fausse. Et Louisfert, où il mourut si prématurément en 1951, devint pour quelques poètes un lieu de pèlerinage, comme Hasparren en un autre temps.

Je ne sais comment j'ai pu connaître Julien Lanoë qu'André Salmon appelait « Jean Paulhan de Nantes » (Cadou, lui, l'avait rencontré par Manoll et me chargeait souvent de lui transmettre ses amitiés). Dans l'intelligentsia nantaise, Julien Lanoë représentait tout ce qu'il y avait de plus prestigieux. Issu du milieu opaque de la grande bourgeoisie intellectuelle, ce dilettante avait fondé et financé, dès 1925, une revue dont le titre lui avait été proposé par Jean Cocteau : *La Ligne de cœur.* Jusqu'en 1928, cette revue avant-gardiste publia des textes de Georges Hugnet et de Jacques Maritain, de Max Jacob et d'André Salmon, de

Supervielle et de Pierre Reverdy. Plus tard, il avait été le premier préfacier de Maurice Fombeure (*Silence sur le toit*) et l'un des premiers, sinon le premier, à publier des poèmes de René-Guy Cadou dans sa nouvelle revue : *Sillages*, « Cahiers de l'Arcture ». Ce dandy, cet homme élégant, d'une extrême amabilité, m'a souvent reçu avec beaucoup d'affection dans son hôtel particulier du boulevard Delorme. Comment a-t-il pu apercevoir dans ce petit prolo buté, timide, mal vêtu, qu'il accueillait avec tant de prévenance, les prémices de dons littéraires ? Je retrouve une lettre de Julien Lanoë, datée du 10 février 1944 : « Il y a certainement en vous une vocation. C'est le principal, mais aussi, c'est alors que les difficultés commencent. »

L'extravagance de cette rencontre était si grande que, vingt-cinq ans plus tard, auteur connu, et notamment très connu et reconnu à Nantes, une dame « de la haute », chez qui ma mère travaillait comme ravaudeuse, lui demanda un jour : « Mais comment votre fils peut-il avoir rencontré M. Julien Lanoë ? C'est un homme de la grande bourgeoisie ! »

Je dois dire que si cette attention de Julien Lanoë m'étonne et m'émeut aujourd'hui, lorsque j'avais dix-neuf ans elle ne me semblait pas du tout extraordinaire. Ce qui me paraissait beaucoup plus étonnant, beaucoup plus merveilleux, c'était d'avoir pu approcher « le Prince des poètes », Paul Fort en personne, venu à Nantes avec sa Tourangelle, le Théâtre Graslin commémorant les cinquante ans de vie littéraire de l'auteur des quarante volumes des *Ballades françaises.* Nous fêtâmes beaucoup Paul Fort, qui nous fêta, nous les jeunes gens épris de poésie. Paul Fort, auquel je trouvais une ressemblance avec le Jules Berry des *Visiteurs du soir,* donc beau diable charmeur, peu avare de dédicaces et de compliments (ça ne coûte rien et ça fait plaisir à ceux qui les reçoivent), Paul Fort qui ne portait plus son grand chapeau de rapin des années 1900, échangé pour un béret noir tiré sur l'oreille qui lui donnait fâcheusement un air d'ancien combattant.

Ce qui me paraissait beaucoup plus étonnant, beaucoup plus merveilleux, c'était, après tant d'années de solitude, d'isolement, d'éloignement de tout milieu intellectuel, de rencontrer à la fois des poètes et des peintres et que l'un de ces peintres devienne mon premier ami, mon frère. Ce qui me paraît beaucoup plus étonnant, c'est que cinquante ans plus tard il soit toujours là, que nous soyons toujours aussi proches, aussi intimes. Je veux parler de James Guitet.

James Guitet était alors élève de l'École des beaux-arts. L'intérêt porté à ses dessins par le médecin de famille l'avait conduit dans ce lieu où il se sentait un peu en effraction. En tout cas, on le lui faisait sentir. Sa famille ouvrière ne le prédestinait pas à une carrière artistique. Les professeurs de l'École des beaux-arts ne le repoussaient pas, mais lui conseillaient néanmoins de postuler à un emploi de dessinateur aux Chantiers de la Loire.

Il avait une folie, comme j'avais la mienne : il voulait être peintre. Nos deux folies allumèrent un si beau feu de joie qu'elles brûlent encore.

A partir de cette amitié avec James Guitet, qui doit dater du printemps 1943, ma vie changea de couleurs. Elle était grise, comme « Nantes la grise », ainsi baptisée par un Nantais dont on ne parle pas, Grandjouan, bourgeois peu convenable puisque caricaturiste anarchiste de *L'Assiette au beurre*, dont je publierai plus tard des dessins. Ma vie se colorera désormais aux couleurs des peintres.

James Guitet était un assez grand jeune homme (douze centimètres de plus que ma taille, mais il est vrai qu'elle est courte). Des lunettes, une chevelure bouclée châtain clair, une pipe au bec. Il avait reçu d'un capitaine au long cours, ami de son père, une pirogue indienne creusée dans un tronc d'arbre, amarrée au bord de l'Erdre. Nous aimions pagayer en remontant la rivière, vers les prairies, les nénuphars et les sous-bois. James emportait sa palette et son chevalet. Je m'efforçais de façonner avec des mots ce qu'il construisait avec ses pinceaux. Je lui faisais aimer Francis Jammes. Il me faisait aimer Delacroix. A Nantes, nous restions des heures dans les salles du musée des Beaux-Arts, devant *Les Cribleuses de blé* de Courbet,

Le Vielleur de Georges de La Tour et le portrait de *Madame de Senones* d'Ingres. Tout a commencé là, dans cette manière où la peinture s'incarnait dans la passion d'un jeune homme, James Guitet, et la poésie dans la passion d'un autre jeune homme, René-Guy Cadou.

Et un second peintre nantais, que l'histoire retiendra, est arrivé très vite. Au cours de l'été 1945, juste avant mon départ pour Paris, je rencontrai celui qui allait devenir Martin Barré, mais qui s'appelait alors Michel Barré. Je fus frappé par l'esprit moderne des tableaux que Barré me montra dans sa chambre. Il avait déjà un goût résolument tourné vers l'avant-garde. Avec James Guitet, nous parlions de Cézanne, de Gauguin, de Bonnard. Barré, lui, misait sur Matisse et me parlait avec enthousiasme de Léger, de Miró. Mais Barré avait sur nous deux la supériorité d'avoir vécu à Paris, en 1943. Il s'y était rendu à pied (huit jours de marche) et, pendant huit mois, avait logé dans un hôtel de la rue Mazarine, travaillant dans des ateliers libres, afin d'avoir un modèle. Même si Paris, en pleine occupation allemande, n'était guère excitant, il en avait rapporté de quoi faire une exposition à Nantes qui déclencha des rires unanimes. Pourtant, si je m'en souviens bien, ces tableaux postcubistes étaient assez sages et montraient plus de qualités plastiques que de provocations choquantes.

Barré possédait à Nantes un bel ensemble de disques et me faisait écouter le jazz New Orleans, Ravel, de Falla. Tout un monde nouveau pour moi. Et il partageait ma passion pour la littérature. Nous discutions autour des *Nourritures terrestres* de Gide, du *Rappel à l'ordre* de Cocteau. Nous nous enthousiasmions pour les romans de Joseph Conrad, de Gorki, de Giono, de Ramuz, pour *Moby Dick*, pour *L'Apprentissage de la ville* de Luc Dietrich, pour *Voyage au bout de la nuit* de Céline.

Fils d'architecte, Barré (Michel) montrait un goût très vif pour l'architecture. Sans doute est-ce lui qui me parla pour la première fois de Le Corbusier. Nous avions tous les deux vingt et un ans. Très maigre, avec une chevelure abondante, d'une démarche extrêmement lente, comme mesurée, il s'arrêtait pour vous regarder de ses yeux noirs perçants, toujours un peu ironique, fumant sans arrêt des cigarettes mal collées qu'il roulait lui-même.

Guitet d'abord, puis Barré, me rejoindront à Paris. Nous les retrouverons tout au long de ces mémoires. Mais à mes débuts à Paris, Nantes encore me prendra par la main. Comme j'étais parti pour la capitale avec, pour seul viatique, le peu d'argent fourni par la vente du vieux vélo de mon père, sans logement, sans travail, sans amis, quelqu'un à Nantes (je ne sais qui ?) me recommanda à un très jeune journaliste radiophonique qui disposait d'une émission prestigieuse : « La Tribune de Paris », antécédent de ces émissions de débats et de controverses dont le succès n'a fait que grandir.

Il s'appelait Paul Guimard. Pourquoi ce fils de bourgeois nantais, aux débuts parisiens si brillants, marié alors à une délicieuse actrice qui jouait *La Sauvage* d'Anouilh, m'accueillit-il aussi chaleureusement ? Je m'en étonne encore. Pourtant, dans mes premières années parisiennes, où j'étais si démuni, Paul Guimard, non seulement me reçut chez lui, porte Dauphine, souvent à dîner, mais s'acharna à me trouver du travail de journaliste. Tout échoua, sauf les piges qu'il réussit à me faire obtenir à la radio pour des productions littéraires sur la littérature prolétarienne. Et il m'invita même à discourir à sa célèbre « Tribune de Paris ».

Nous venions de milieux sociaux trop différents pour que cet accueil, si affectueux, puisse se muer en solide amitié. Paul Guimard n'était mon aîné que de trois ans, mais sa précoce réussite, sa prestance, son physique avantageux, me donnaient l'impression qu'il était beaucoup plus âgé que moi. Il l'était plus en effet, de par ses études, ses connaissances, ses relations. Il avait bien sur moi au moins vingt ans d'avance. Cette avance l'a conduit jusqu'à l'Élysée, conseiller et ami du président de la République. Nous nous sommes perdus en cours de route.

1

La littérature prolétarienne en question...

Au cours du premier trimestre 1945, entre mes poètes et mes peintres, vint se glisser, comme un coin très dur, un peu douloureux, la littérature prolétarienne. Déjà, mes axes d'intérêt divergeaient, se multipliaient, devenaient apparemment contradictoires. Les poètes et les peintres m'avaient apporté un heureux dérivatif. Je m'étais échappé un instant avec eux de ma condition d'autodidacte, de petit pauvre, bien qu'encore, avec James Guitet, nous partagions la même origine sociale. Et puis voilà que ma famille paysanne restée en Vendée, que mes sinistres années d'apprentissage à Nantes, du saute-ruisseau au manutentionnaire, que les années prolétariennes de mon adolescence me réempoignaient. « Ne trahis pas », m'enjoignait Jean Bouhier. Pas question. L'aurais-je voulu que ma culture populaire première, que la condition misérable de ma mère, que nos années de dèche et d'inconfort, me retenaient par les pieds.

Dans mes lectures s'introduisirent les ouvrages

de Jean Guéhenno : *L'Évangile éternel*, *Caliban parle*. Je m'étais cru Ariel. De toute évidence, j'étais Caliban. Tout était à recommencer. Guéhenno me renvoyait à la case départ en me faisant découvrir la littérature prolétarienne[2].

Avec stupeur, je m'aperçus qu'il existait une littérature d'expression populaire, dont les « Histoire de la littérature » ne parlaient pas. Des ouvriers, des paysans, écrivaient des livres. A la fois stupeur et enthousiasme. Pourquoi pas moi ?

Je correspondis avec trois d'entre eux, après, bien sûr, avoir lu leurs œuvres : le paysan Émile Guillaumin, à Ygrande, dans le Bourbonnais, auteur de *La Vie d'un simple*, le premier roman sur la vie paysanne rédigé par un paysan authentique, demeuré toute sa vie à la ferme, dans son village ; Henry Poulaille, à Paris, leader de cette littérature prolétarienne à propos de laquelle il avait publié une sorte de manuel : *Nouvel Âge littéraire ;* Ludovic Massé, à Perpignan, auteur de romans régionalistes puissants : *Le Mas des Oubells*, *Le Vin pur*.

Pourquoi Ludovic Massé ? Je ne sais pas. Beaucoup moins connu alors que Guillaumin ou Poulaille, moins typique aussi de la littérature prolétarienne, les années 80 l'ont redécouvert, réhabilité. Toujours est-il que c'est avec lui que j'établis une correspondance la plus suivie, qui se concrétisera par une amitié très chaleureuse. Ludovic Massé, le premier, me donna dans ses lettres du « cher camarade ».

Poulaille m'avait indiqué l'adresse des éditions

Grasset où je pourrais le rencontrer lorsque je serais à Paris. Je m'y précipitai. Il me regarda de travers (mais je ne savais pas qu'il était si myope) et me dit :

– Qu'est-ce que tu viens foutre dans ce merdier ? Tu pouvais pas garder ton boulot à Nantes ? Tous pareils ! Le miroir aux alouettes !

Il m'en fallait plus pour me rebuter. Depuis mes quatorze ans, où, garçon de courses à Nantes (on disait courantin), j'avais reçu mes premières baffes, j'étais habitué à la rudesse des travailleurs manuels. Cette rudesse, cette propension aussi à gueuler, Poulaille les avait conservées, même s'il n'était plus travailleur manuel depuis longtemps, même s'il ne l'avait été, en réalité, que pendant son adolescence et les sept premières années de sa maturité. Mais son aspect physique, son accent parigot, sa manière de s'habiller, son irréductible anarchisme, et sa profession de foi prolétarienne, faisaient qu'il paraissait (et qu'il paraît encore) comme le prototype même de l'écrivain prolétarien.

Qu'il soit d'origine populaire, nul doute. Fils d'un charpentier anarcho-syndicaliste et d'une canneuse de chaises, orphelin à quatorze ans, pratiquant des petits boulots, autodidacte complet, Poulaille n'affabulait pas. Mais il avait su néanmoins pousser sa singularité au mythe. Car enfin ce doctrinaire qui professait, comme une condition même du label d'écrivain prolétarien, le refus de parvenir, c'est-à-dire la volonté de demeurer dans sa classe d'origine, et même dans son métier (un écrivain paysan devait demeurer toute sa vie paysan, un écrivain ouvrier devait demeurer toute sa vie ouvrier), abandonna dès ses vingt-sept ans la précarité des métiers manuels sans qualification pour une confortable carrière dans l'édition. Chef du service de presse des éditions Grasset, de 1923 jusqu'à l'âge de la retraite, en 1956, Poulaille bénéficiait d'un poste privilégié qui lui facilita la possibilité de devenir le leader d'une tendance littéraire. Le plus étrange, c'est que personne ne lui reprocha de ne pas pratiquer ce « refus de parvenir » qu'il imposait à tous ses disciples, au risque d'exclusion. Comme personne ne lui tint grief d'avoir accepté d'être l'héritier de la maison de Paul Delesalle à Palaiseau, alors qu'il ajoutait à l'obligation du « refus de parvenir » celle du refus de toute propriété.

Mais pendant les années où je fréquentai assidûment Poulaille et ses amis, il ne me vint non plus jamais à l'idée de trouver cette situation anormale. Et, aujourd'hui, je considère que ces anomalies ne ternissent pas l'image de Poulaille et que, bien au contraire, elles l'humanisent.

Bernard Grasset disait que Poulaille avait transformé la plus belle pièce de sa maison en une véritable cour des Miracles. Mais Grasset pardonnait tout à Poulaille, même lorsque celui-ci critiquait les essais littéraires de son patron (le seul, parmi ses employés, à l'oser, et avec quel ton acerbe !). Dans ce qui, au premier étage de l'immeuble de la rue des Saints-Pères, s'appelait « la grande salle » (qui n'existe plus et qui était celle du service de presse), Poulaille avait en effet instauré une sorte de salon littéraire pour bohème prolétarienne. Rappelons toutefois que le service de presse, en ce temps-là, et jusqu'au début des années 60, n'avait aucun rapport avec l'industrie médiatique d'aujourd'hui. Au milieu de cette grande salle, où je me suis rendu si souvent, encombrée de journaux épars, de dossiers éventrés, Poulaille, debout, examinait à la loupe les coupures de journaux que lui tendait son adjoint, un menchevik russe émigré, aussi peu fait pour ce travail que Kerenski pour la présidence des Soviets.

Comme Poulaille ne se couchait qu'à deux ou trois heures du matin, il arrivait chez Grasset très tard. De petite taille, trapu, un béret basque sur la tête, les vêtements froissés, déformés par les livres et les papiers qui en gonflaient les poches, un éternel mégot au coin des lèvres, il se refusait à porter des lunettes, bien que d'une myopie invraisemblable, ne lisant qu'avec une énorme loupe, le livre ou le journal presque collé à son visage.

Cette première fois où je le rencontrai et où il me rembarra si brutalement, je sortis de son bureau avec, entre les doigts, une étiquette sur laquelle il avait griffonné quelque chose d'illisible. Et il m'avait dit : « Tu donneras ça en bas, au magasin. » Je donnai ça et, en échange, on me remit des livres tout neufs, des livres « en service de presse ». Et, à chaque fois que je revenais voir Poulaille, je repartais les bras chargés de livres. Dès le premier jour, je compris que ce bourru, ce mal poli, était la générosité même.

On faisait antichambre dans le bureau de Poulaille, comme chez Gallimard dans celui de Paulhan. Mais les visiteurs n'étaient pas les mêmes. Morand, Montherlant, Maurois, Mauriac (les célèbres quatre M) avaient beaucoup de mal à accéder au service de presse de leur éditeur, Poulaille ne leur accordant qu'une attention furtive et ne leur cachant pas qu'il tenait leurs livres pour absolument inintéressants. Par contre, Rirette Maîtrejean, compagne de Victor Serge à l'époque de la bande à Bonnot, était une familière des lieux, tout comme Léon Werth, Édouard Dolléans biographe de Proudhon, et toute une cohorte de militants anarchistes et d'écrivains plus ou moins ouvriers dont les noms ne diraient plus rien à personne. Ce qui ne signifie pas que leur personnalité, leur originalité, leur conviction, aient été moindres que celles des personnages, tous glorieux, qui fréquentaient le bureau de Paulhan.

Scandalisé par l'absence des écrivains ouvriers et paysans de tous les manuels d'histoire littéraire, j'avais entrepris à Nantes d'écrire un ouvrage qui serait à la fois un inventaire, une réhabilitation et un pamphlet. J'apportai, bien entendu, mon manuscrit à Poulaille. Quelques jours plus tard, il m'adressa une lettre de cinq pages comportant une critique très serrée de mon travail dont il réfutait presque tous les choix :

Guéhenno : « Des mots de professeur. »

Louis Guilloux : « M'a déçu comme homme. La figure de Cripure me choque. Depuis *Compagnons*, Guilloux n'a plus rien à dire. »

Jean Giono : « Du chapardage dans Ramuz. Du Giraudoux à rebrousse-poil. Les refus de Giono ont amené un tas de jeunes à refuser et ils ont payé de prison d'avoir pris à la lettre les esbroufes de ce saltimbanque. Je tiens à ce que tu ne t'emballes pas sur ce personnage qui est plus fantoche que tous les fantoches. C'est un imposteur. »

Céline : « La merde n'est malheureusement pas un moyen d'expression. »

« Pour un Peisson, un Ramuz, un Cendrars, un Massé, une Audoux, un Guillaumin, une Neel Doff, un Couté, que de gens foutres ! Il n'y a que Neel Doff, Couté et Guillaumin que j'aime. »

Il ajoutait : « Lucien Bourgeois est le cas le plus typique de la littérature prolétarienne. » Et il m'engageait à le voir sans tarder.

A partir de là, c'est-à-dire dès septembre 1945, un mois à peine après mon arrivée à Paris, Poulaille allait faire mon éducation, me mettant en garde (comme précédemment Bouhier) contre mes fautes d'orthographe. J'avais obtenu mon certificat d'études primaires avec un sans-faute, mais sept années sans école, sans autres études que celles où me conduisait ma fantaisie ou le hasard, allaient me handicaper pendant longtemps. Poulaille a fait plus pour moi que quiconque, avec une générosité dont je ne mesurais pas alors toute l'intensité. J'avais vingt et un ans et il en avait presque cinquante. Il était célèbre, croulait sous le nombre de ses amis, de ses quémandeurs, et il m'ouvrit la porte de son logement à Vanves, me fit connaître sa femme, ses enfants, tous ses amis, m'imposa parmi eux. Je suis, je serai toujours, stupéfait de tant de générosité.

Poulaille habitait dans un très modeste immeuble locatif, au 13 de la rue de Châtillon. Il avait comme voisin de palier Louis Lecoin, anarchiste pacifiste intégral, que ses douze années de prison plaçaient en tête, avec Blanqui, des records d'incarcération pour délit d'opinion. Dans le bâtiment voisin, logeait Pierre Monatte, animateur depuis 1925 de la revue *La Révolution prolétarienne.*

Bien sûr, Poulaille me présenta à Lecoin et à Monatte. On ne pouvait mieux démarrer dans la vie.

Lucie Poulaille était très accueillante et les trois enfants fraternels. Marcel, qui avait mon âge, garçon séduisant, audacieux, fit une brillante carrière chez Philips. L'aînée, Georgette, était mariée à un jeune écrivain, Jean Desternes, qui devint vite un copain. Le plus jeune, Robert, n'avait que quinze ans ; Robert qui a écrit en 1994 dans la revue *Itinéraires* ces lignes qui me touchent beaucoup :

« Michel Ragon venait souvent manger la soupe avec nous et discuter avec mon père... des discussions parfois orageuses. Mon père l'aimait bien, mais ils se sont séparés pour se retrouver à nouveau. Je me souviens de Michel Ragon, terriblement malheureux à l'hôpital de la Cité universitaire, j'avais l'impression que lui aussi perdait un père. »

Discussions orageuses... Sans doute à cause de son injustice à propos de Giono, de Guilloux, de Guéhenno, de son incompréhension de Céline qu'il appelait « Louis-Ferdinand Sénile ». Je rappelais à Poulaille qu'il avait été l'éditeur de Giono chez Grasset et son premier ami parisien, qu'il loua Giono dans *Nouvel Âge*[3] en ces termes : « Ce n'est pas qu'un bel écrivain, c'est un grand bonhomme. »

Qu'il ait pu se tromper à ce point le mettait en rage :

– Grand bonhomme ! Tu me fais rire, avec Pan la panique.

– Mais enfin, Poulaille, *Un de Baumugnes, Colline,* vous ne me direz pas que c'est du chiqué !

Je le vouvoyais, même s'il me tutoyait. C'était la règle alors, entre jeune et vieux.

Il écumait :

– Trop de poésie pour la poésie ! Trop de belles tournures de phrases. L'image est moins souvent nue qu'habillée, plus amenée que spontanée, trop artiste.

Mais qui ne l'avait pas déçu ? Eugène Dabit parce qu'il avait accepté le Prix Populiste, Panaït Istrati parce que, après son retour de l'URSS, il se croyait « marqué par le signe sacré des témoins ».

Ces jugements à l'emporte-pièce détenaient toujours une part de vérité. Dans son conflit avec Guéhenno, qui lui reprochait de mépriser la vraie littérature et auquel il répliquait : « J'avoue mon indifférence pour ce qui est du bien écrire », entre ces deux hommes du peuple, au destin si dissemblable, ne se manifestait-il pas l'antagonisme entre le boursier et l'autodidacte ? Le boursier, bénéficiaire d'un savoir qui le mènera à l'inspection générale de l'Éducation nationale et à l'Académie française, et l'autodidacte qui, malgré son renom et sa réussite professionnelle, demeurera un marginal.

En réalité, au fur et à mesure que l'amitié de Poulaille grandit, je m'aperçus qu'il était beaucoup moins intolérant qu'on le disait ou qu'il le paraissait.

– Ne crois pas, m'avouait-il, que la littérature prolétarienne soit une fin de l'art d'écrire. L'influence d'œuvres comme celles de Ramuz ou de Cendrars aura peut-être plus d'importance encore que toutes les tentatives prolétariennes réunies... En fait, si intéressante que puisse être la littérature prolétarienne, elle ne saurait se substituer à la véritable littérature vers laquelle d'ailleurs l'artiste prolétarien tend, même s'il l'ignore.

Et il m'engageait à étudier, le plus que je pouvais, me disant son regret de ne pas connaître les langues vivantes :

– Le latin et le grec ont un intérêt moindre, encore que quand je me mets dans le vieux français j'ai dix fois plus de mal à m'en tirer que si je possédais ces langues... Tu seras comme moi, les humanités te manqueront. On se fout que les fils d'ouvriers et de paysans fassent leurs humanités. Il est dommage qu'un gosse, doué comme toi, n'ait pas été suivi. L'éducation sera toujours une affaire de caste.

Alors il m'envoyait partout où je pourrais avoir une chance de glaner quelque chose. Il demanda à Édouard Dolléans, l'historien du mouvement ouvrier, professeur à la Sorbonne, de l'aider à me dégrossir. Et comme le ministère des Déportés, où je travaillais à mon arrivée à Paris (eu égard à mes humbles services dans la Résistance), avait fermé ses portes, puisque l'on savait qu'aucun déporté disparu ne reviendrait plus, il talonna ses amis pour qu'ils me trouvent un emploi stable, dans les postes, les chemins de fer (il avait, sous la main, des écrivains-postiers et des écrivains-cheminots). Mais ces administrations étaient inflexibles. Sans brevet élémentaire, pas d'entrée possible.

Le jour où j'informai Poulaille que j'avais enfin trouvé un travail de manœuvre dans une fonderie, à Vincennes, grâce à l'entremise de Georges Navel, il entra dans une grande colère, me reprochant de faire les mêmes conneries que lui.

J'étais décontenancé. Je croyais que cette manière de rentrer dans le rang, de ne pas « trahir ma classe », l'aurait enthousiasmé. Ne prenais-je pas à la lettre sa doctrine ?

Ah oui, que l'on se méprenait à propos de Poulaille ! D'être d'origine prolétarienne, d'avoir un frère ouvrier (avec qui je dînais parfois à Vanves), d'être le leader de la littérature prolétarienne, ne l'empêchait pas d'être profondément un intellectuel et même, oserais-je le dire, mais c'est dans ma bouche une louange : un esthète.

Car s'il ambitionna, comme romancier, de donner une réplique aux romans-fleuves bourgeois alors fort en vogue (*Les Pasquier* de Duhamel, *Les Thibault* de Martin du Gard) avec sa suite de quatre volumes racontant la vie d'une famille ouvrière : *Le Pain quotidien*, *Les Damnés de la terre*, *Pain de soldat*, *Les Rescapés*, ce propos ambitieux resta inachevé. Inachevé parce que ses curiosités, ses dons d'animateur, ses travaux d'érudition, le tiraient à hue et à dia. Animateur de revues (trois entre les deux guerres mondiales, une après 1945), directeur de collections, collaborateur de multiples périodiques (avant qu'il ne soit embauché chez Grasset il avait déjà décroché depuis longtemps de la vie ouvrière, au profit de la bohème journalistique du pigiste), Poulaille s'est d'ailleurs souvent évadé de la littérature prolétarienne. N'a-t-il pas été un critique de cinéma réputé, au temps du muet, et un critique de disques ? N'a-t-il pas collecté les chansons d'amour au cours des âges, les noëls anciens, les images d'Épinal et la caricature ? N'a-t-il pas mené, avec Arnold Van Gennep, des travaux sur le folklore ? L'histoire de l'imprimerie passionnait également cet homme de très grande culture, dénicheur de talents comme Félix Fénéon, auquel il ressemblait par bien des traits, malgré son aspect fruste.

La manière dont il anglicisait son prénom, avec cet *y* (Henry), sa propension à porter des nœuds papillons en guise de cravates, dénotaient une coquetterie un peu esthète, non ?

L'une des associations de la Fédération anarchiste s'appelle aujourd'hui : « Groupe Henry Poulaille ». Mais Poulaille était trop profondément anarchiste pour avoir appartenu « de son vivant » à aucune organisation anarchiste. Ni militant ni théoricien anarchiste, ses romans seuls se réfèrent à la doctrine ou à l'histoire libertaire. Grand lecteur de Proudhon, de Kropotkine, de Jean Grave, d'Élisée Reclus, s'il était imprégné de la pensée libertaire, il réfutait toutefois l'anarchisme individualiste d'E. Armand, tout comme le socialisme libertaire de Sébastien Faure.

C'est néanmoins lui qui m'introduisit dans les milieux libertaires, d'une manière naturelle, puisqu'il me présentait à tous ses amis et que nombreux étaient ses amis anarchistes. Il espérait d'ailleurs me faire obtenir un emploi de correcteur d'imprimerie, grâce à l'appui de Louis Louvet et de Simone Larcher qui bénéficiaient d'une grande influence au syndicat des correcteurs. Mais il était difficile de confier la responsabilité de la correction des articles de presse à un individu d'une orthographe aussi incertaine.

Redresseur de torts, Poulaille se plaçait dans une certaine tradition libertaire où toute réussite est suspecte. Poulaille aimait presque exclusivement les écrivains inconnus, oubliés ou occultés. Dès que Giono devint célèbre, il lui cracha dessus. Moi-même, dès que je commençai à être connu (et cela en grande partie grâce à tous ses efforts), il m'en voulut. Il n'y avait qu'un seul écrivain à succès, dans son groupe, qu'il aimait fraternellement : Édouard Peisson. Personne n'a jamais compris comment cet ancien officier de marine, alors retraité à Aix-en-Provence, pouvait être un exemple type d'écrivain prolétarien. Mais qui lit encore ce Conrad du pauvre ? Sans doute Poulaille pressentait-il que Peisson serait un jour oublié. C'était donc quelqu'un que l'on pouvait chérir.

Sa manie des réhabilitations le poussera, en 1957, à soutenir que Corneille avait écrit les pièces de Molière. Il publiera chez Grasset un livre sur ce sujet qui absorbera une grande partie de ses énergies de sexagénaire, au grand scandale de ses disciples orthodoxes qui se lamentaient dès qu'ils le voyaient s'écarter de la littérature prolétarienne. Ceux-ci eurent aussi un autre motif de se scandaliser lorsqu'il se sépara de Lucie, son épouse, pour vivre avec une jeune romancière, Florence Littré.

Juste au moment où j'arrivais à Paris, Poulaille lançait sa superbe et très copieuse quatrième revue : *Maintenant*, éditée chez Grasset. Le numéro un s'ouvrait avec un texte de Florence Littré : « La petite pionne ». On y lisait aussi des textes de Ramuz, de Léon Werth, de Ludovic Massé, de Roupnel, de Dolléans, de Guillaumin.

Dès le numéro deux, *Maintenant* (avril 1946) offrait ses colonnes à mon premier texte littéraire : « Au temps des massacres », extrait d'un roman toujours inachevé, raté et finalement détruit. Dans le numéro quatre (novembre 1946), je publiai une petite étude sur Gaston Chaissac et un choix de ses contes. *Maintenant* arrêta sa publication en juin 1948 avec un numéro double (9-10) sur la révolution de 1848 pour lequel je donnai des articles sur Jules Michelet et Edgar Quinet.

Maintenant regroupait évidemment les amis de Poulaille, ce qui facilita mon introduction parmi eux.

Tout groupe a ses hiérarchies. Le Groupe des écrivains prolétariens n'y échappait pas, et le second de Poulaille fut pendant longtemps Tristan Rémy, employé aux chemins de fer, romancier populiste à la René Clair, qui dérapa en adhérant au parti communiste, ce qui lui valut d'être qualifié par Aragon, en 1936, de « grand écrivain de la vie du peuple de Paris ». Bien sûr, ces mauvaises fréquentations brouillèrent quelque peu l'amitié entre Poulaille et Rémy. Cependant, je le retrouvais souvent dans la « grande salle », chez Grasset, où s'élaboraient les numéros de *Maintenant*. Et j'allais parfois le soir chez lui, 66, boulevard Ornano. Un peu distant, mais courtois et bègue, de ce bégaiement qui le faisait trébucher de Poulaille à Aragon et d'Aragon à Poulaille, et qui le fera finalement expulser du P.C. en même temps qu'Auguste Lecœur. Par ailleurs, excellent critique et historien du cirque, il est l'auteur d'ouvrages de référence : *Les Clowns* (1945), *Le Cirque et ses étoiles* (1949), *Entrées clownesques* (1962).

Je m'étais toujours demandé par quel miracle j'avais pu, à vingt-deux ans, publier à Paris le premier article sur Gaston Chaissac, bien avant que Dubuffet et Paulhan s'en emparent. Et voilà que, compulsant mes archives pour ces mémoires, je trouve une lettre de Tristan Rémy, datée du 1er octobre 1946 :

« Chaissac me demande s'il y aurait quelque moyen de le faire entrer à la *Revue du Bas-Poitou.* Connaissez-vous quelqu'un qui le puisse accepter avec sa prose si lyrique ?

« Chaissac me précise que sa collaboration le ferait connaître en Vendée où il pourrait se trouver quelques personnes pour lui acheter des toiles. De cela je doute un peu. Mais non point que la parution de ses histoires l'encouragerait un peu. »

Tristan Rémy, en m'écrivant, s'adressait au Vendéen. Mais je n'avais aucune relation intellectuelle en Vendée et c'est à Poulaille que je proposai les contes de Chaissac, qui les accepta.

La dernière fois que je rencontrai Tristan Rémy, en juin 1974, il m'avait donné rendez-vous dans le hall de *L'Humanité.* Cet exclu revenait sur les lieux de sa dérive. La vieillerie, me dit-il, ne lui permettant plus de monter les six étages de l'immeuble du boulevard Ornano, il se retirait sans enthousiasme à la campagne. Il y mourra trois ans plus tard.

Qui se souvient, aujourd'hui, de Tristan Rémy ? Il publia en 1932 un recueil de poèmes, *Prolétariat*. Certains d'entre eux sont superbes. Mais aucune anthologie, aucune histoire littéraire (sinon, bien sûr, mon *Histoire de la littérature prolétarienne*) ne les mentionne.

J'ai bien conscience que de vouloir parler ici des amis de Poulaille, qui furent aussi les miens, est une gageure. Comment intéresser des lecteurs à des auteurs dont ils ignorent les œuvres et même le nom ? Essayons quand même !

Et parlons d'abord du plus oublié d'entre eux, Lucien Bourgeois, le plus pauvre, le plus démuni, déjà oublié lorsque je le rencontrai (sauf par Poulaille, évidemment), le plus détaché des milieux littéraires et politiques, et qui me donna toute sa tendresse de vieil homme presque impotent. Comme il était employé à la Sécurité sociale, après avoir été concierge, manœuvre d'usine et autres emplois d'infortune, il se considérait comme plus riche que moi qui n'obtenais que des boulots aléatoires. Aussi m'invitait-il souvent à sa maigre table. Tout le monde faisait d'ailleurs maigre, en ce temps-là. Le rationnement du pain, supprimé symboliquement à la Libération, avait été vite rétabli. Et les trois cent cinquante grammes que l'on obtenait par jour, avec des tickets, étaient boulangés avec de la farine de maïs d'un goût peu appétissant, offerte généreusement par les Américains.

Mais depuis les débuts de mon adolescence, n'étais-je pas habitué aux restrictions alimentaires, aux cartes de rationnement, aux portions congrues ? Lorsque James Guitet vint me rejoindre à Paris, dans la chambre sordide que je louais à un bougnat, dans un hôtel de charbonniers, près du canal de la Villette, nous faisions nos choux gras de flocons d'avoine, bouillis et rebouillis. Car la ration de pommes de terre se limitait à un kilo par semaine, celle de vin à un litre, celle de viande à cent cinquante grammes. A ce régime, James finit par craquer et dut retourner à Nantes où, pendant un an, une pleurésie le cloua au lit. Mais, lui aussi, dans ces premières années parisiennes, bénéficia de la généreuse hospitalité de Lucien Bourgeois et de sa femme.

Ils habitaient 182, rue Ordener, dans le XVIIIe arrondissement, un logement constitué d'une cuisine exiguë et d'une petite chambre, menant là l'existence triste des employés de dernière catégorie.

Ce logis de deux pièces, où la table touchait le lit, s'ornait de bibelots de bazar et de chromos naïfs pastichant Greuze. Sur une étagère, seulement quelques livres. « Oui, je sais, me disait-il, j'ai vu chez des gens des cloisons entières couvertes de livres. Mais à quoi ça sert ? Les livres que l'on aime on les porte en soi, toute sa vie. »

Lydie, sa femme, était une compagne parfaite. Tous les deux vivaient dans une sorte de sainteté. Je crois bien que Lydie devait être affiliée aux

Témoins de Jéhovah. Qui savait, parmi ses collègues de bureau de la Sécurité sociale, parmi les autres locataires de l'immeuble de la rue Ordener, que Lucien Bourgeois avait publié chez Rieder son premier livre, *L'Ascension*, en 1925 ; que Henri Barbusse avait préfacé son second ouvrage, *Faubourgs*, en 1931 ; qu'il avait fréquenté Péguy et que Jean Guéhenno, Daniel Halévy, Jacques Maritain, comptaient parmi ses admirateurs ?

En août 1947 une congestion, suivie d'une paralysie, le conduisit à l'hôpital Bichat. Il y mourut le 16 septembre. J'étais à Nantes. Aucun de ses amis ne fut présent à ses obsèques. Poulaille, prévenu par Lydie, répondit qu'il se « refusait d'assister à toutes ces grimaces et qu'il préférait passer pour un sauvage ». N'était-ce pas une manière de masquer son émotion par sa brusquerie habituelle ? En tout cas, il me demanda un article sur Lucien Bourgeois pour *Maintenant*, qui fut publié dans le numéro 7.

Puisque Ludovic Massé habitait Perpignan, nous nous sommes plus écrit que rencontrés. Beaucoup écrit. Instituteur à Céret jusqu'en 1940, il fut déplacé par Vichy comme « esprit néfaste exerçant une fâcheuse influence sur les populations et particulièrement sur les milieux ouvriers et paysans ». Il quitta alors l'enseignement et sa connaissance de l'art moderne l'amena à devenir courtier de tableaux. Jean Dubuffet témoigna beaucoup d'amitié et d'admiration pour Ludovic Massé, à tel point qu'il envisagea d'habiter Perpignan pour vivre près de lui. Quant à Ludovic Massé, il me disait de Dubuffet :

– Je le considère comme un extraordinaire écrivain, mais aussi un peintre et un poète brimé, contenu par... sa trop vive intelligence. Quel gars pour qui le connaît et l'aime !

Ludovic Massé poussa Dubuffet à rencontrer Poulaille. Cela va de soi. J'ai, entre les mains, la lettre que Dubuffet écrivit à l'auteur du *Pain quotidien*, se référant à l'amitié de Massé, de Tristan Rémy et de la mienne :

« [Ils] m'ont parlé du goût que vous aviez pour les productions populaires et des collections de documents que vous possédiez dans ce domaine ; or je n'ai que ça en tête, moi aussi, et alors je voudrais bien vous voir pour en parler avec vous et voir vos documents et vous montrer les miens. »

Mais l'amabilité de Dubuffet se heurta à la bougonnerie de Poulaille qui lui lança que Ludovic Massé était « un sale con » puisqu'il était devenu millionnaire en vendant des tableaux de Dufy et de Matisse.

Beaucoup plus tard, Dubuffet ira rendre visite à Poulaille à Palaiseau, l'amènera rue de Sèvres pour lui présenter sa collection de l'art brut. Mais les deux hommes ne parlaient pas du même art populaire. Ils se sépareront sans s'être compris.

J'ai dit, plus haut, que Georges Navel m'avait procuré un travail de manœuvre dans une usine. Voilà un des rares auteurs gravitant autour de Poulaille dont on se souvient encore. Peut-être parce qu'il fut également loué par Paulhan et édité chez Gallimard. Son premier livre, *Travaux*, date de 1945. Cet ancien jardinier de Paul Géraldy (auquel il demanda bizarrement de préfacer son livre) devint vite une curiosité parisienne. Bien qu'ajusteur chez Renault, Berliet et Citroën avant la guerre, il ressemblait plus à un bourlingueur qu'à un ouvrier. Bohème du travail, il l'était d'ailleurs, depuis son retour d'Espagne, où il fut volontaire dans les Brigades internationales. Ce grand gaillard, désinvolte, à la démarche chaloupée, finit par obtenir à Paris un emploi de correcteur d'imprimerie. Il ne s'y plaisait guère, me disant que ses collègues se montraient très méchants avec lui, jaloux de ses succès littéraires, et qu'ils le plaçaient près des chiottes, où il se trouvait à la fois dérangé par les allées et venues et écœuré par l'odeur. En réalité, Navel était d'un caractère difficile, plutôt mauvais camarade, orgueilleux et méprisant. Retombé dans une certaine obscurité (le milieu des lettres étant fort volage), il en montrait beaucoup d'aigreur et de chagrin.

Georges Navel, authentique écrivain, sut exprimer, dans une langue claire et belle, la poétique du travail, comme son aliénation. Il resta néanmoins en dehors du Groupe des écrivains prolétariens, se contentant de faire avec une certaine désinvolture allégeance à Poulaille comme il faisait allégeance à Paulhan.

Le Groupe des écrivains prolétariens se rapetissa beaucoup après la guerre. Les défections, les exclusions, aboutissaient à ce que si, autour de Poulaille, on rencontrait toujours d'authentiques ouvriers écrivant, par contre la plupart des écrivains d'expression populaire, dont l'œuvre prenait de l'ampleur, s'éloignaient. Il en résulta une évidente médiocrité dans la cour des admirateurs inconditionnels de Poulaille. C'est le travers de toutes les vies de cour. Il suffit de se rappeler à quel dessèchement André Breton conduisit le surréalisme, campé après 1946 au milieu du carré de ses derniers fidèles ; à quelle platitude Aragon accula les ultimes staliniens français dans son bureau des *Lettres françaises.*

Parmi les exclus du Groupe des écrivains prolétariens : Marc Bernard. Poulaille reprochait à Marc Bernard d'avoir abandonné l'usine pour le journalisme, Barbusse ayant offert sa chance à cet ancien ouvrier fraiseur en lui confiant, à vingt-neuf ans, le poste de secrétaire de rédaction et de critique littéraire au journal *Monde.* Ce qui ne manquait pas d'inconséquence de la part de Poulaille qui, à vingt-sept ans, répétons-le, avait abandonné lui aussi sa condition prolétarienne pour celle de cadre de l'édition. En réalité, il en était pour Marc Bernard, comme pour Giono, comme pour Panaït Istrati, Poulaille ne leur pardonnait pas leur succès littéraire. Non par jalousie (bien que, sait-on jamais...) mais parce que, à ses yeux, ces écrivains lui paraissaient récupérés par le milieu littéraire « officiel » qu'il exécrait (à juste titre). Récupérés (mais l'étaient-ils vraiment ?), ils devenaient, à ses yeux, des bourgeois. Circonstance aggravante, Marc Bernard obtint le prix Interallié en 1934 pour *Anny* et le prix Goncourt, en 1942, pour *Pareils à des enfants.*

Marc Bernard, je le trouvai un jour qui m'attendait dans le couloir obscur conduisant à ma mansarde de la rue des Saints-Pères. C'était un homme gentil, aimable et fort bien vêtu. Donc tout le contraire de Poulaille. Il était même coiffé d'un chapeau mou, comme Simenon. Rien de prolétarien dans son allure, toutefois, parmi les signataires du Manifeste de Poulaille, il sera le seul, après la Seconde Guerre mondiale, qui continuera à publier des œuvres inspirées de la vie populaire, comme *Salut, camarades* (1955), sans parler de son enquête sur la vie dans un grand ensemble, où il s'était astreint à habiter : *Sarcellopolis* (1964).

Je n'ai pas assez fréquenté Marc Bernard. A chaque fois que nous nous sommes rencontrés, il passait quelque chose de très fort et de très doux dans nos échanges. Marc Bernard n'avait pas cette morosité de nombreux auteurs « populistes ». Il y avait chez lui beaucoup d'entrain et d'humour. Les amis de Poulaille (disons, plutôt, le clan Poulaille) ne lui pardonnaient pas d'avoir « enlevé » la femme de l'un des leurs. Et c'est sans doute ce manque de bonne conduite bourgeoise qui les offusquait le plus. J'ai souvent rencontré Marc Bernard avec cette femme. Ils formaient un couple apparemment heureux. D'ailleurs, au décès de celle-ci, en 1972, Marc Bernard publiera un livre superbe et bouleversant : *La Mort de la bien-aimée.*

Poulaille me fit lire, puis rencontrer, un écrivain portugais auquel il vouait une telle admiration que, lui qui ne voyageait jamais, s'aventura un jour jusqu'à Lisbonne pour vivre un mois près de Ferreira de Castro.

Je n'avais pas alors fréquenté d'écrivain aussi célèbre que celui-là et sans doute n'en ai-je pas approché beaucoup d'aussi connus. Blaise Cendrars avait préfacé et traduit, en 1938, *Forêt vierge,* dont il disait que c'était « un documentaire extraordinairement vrai sur l'Amazonie ». A propos de ce livre, la *N.R.F.*, si mesurée dans ses éloges, proclama : « C'est aussi bon que du Kipling, meilleur même que du Kipling. » Traduits dans une quinzaine de langues, les romans de Ferreira de Castro ouvrirent la voie de la littérature sociale, d'expression populaire, au Portugal et au Brésil. Ferreira de Castro anticipait sur cette littérature latino-américaine, aujourd'hui si prisée. Né en 1898, il avait donc cinquante ans lorsqu'il passait par Paris et qu'à chacune de ses visites il m'invitait à dîner dans les hôtels somptueux où il descendait. Cet homme rondouillard, au teint basané, et à l'accent chantant, d'une amabilité exquise, me donnait l'impression de la plus grande réussite, à la fois intellectuelle et sociale, à laquelle un écrivain peut parvenir. Aucune difficulté à parler de lui dans les publications qui m'étaient entrouvertes. Au contraire, ma familiarité avec Ferreira de Castro me permit de débuter ma collaboration à la revue *Paru* en décembre 1948 par une interview bien placée.

Ferreira de Castro avait évidemment participé à *Maintenant* (numéro 3, juillet 1946) et tous ses romans : *Terre froide, Émigrants,* étaient publiés chez Grasset, à l'exception des *Brebis du seigneur* édité par Cécile Robert Denoël, en 1950, avec une très longue préface de Poulaille qui profitait de l'occasion pour égratigner une nouvelle fois l'auteur de *Jean le Bleu :* « C'est autre chose que les bergeries de Giono. »

Mais Giono, dans les années 60, et plus encore post mortem, a bien pris sa revanche. Alors que la gloire de Ferreira de Castro s'est éteinte, me démontrant, s'il en était besoin, la fragilité de la renommée, la vanité de la gloire et l'inconséquence de la postérité.

Si Henry Poulaille fut pour moi un très réel père adoptif (d'où ces agacements que je laisse fuser à son égard, car on ne pardonne pas à son père de n'être pas parfait), il ajouta à ce cadeau inappréciable celui de m'offrir un grand-père en la personne d'Édouard Dolléans.

Né en 1877, cet universitaire historien du mouvement ouvrier demeurait 28, rue de l'Université, donc à deux pas des bureaux de Grasset, à deux pas aussi de mon logement rue des Saints-Pères. J'avais peu à me déplacer pour aller de l'un à l'autre.

Pas du tout de ressemblance entre Dolléans et Poulaille. Grand bourgeois, apparenté à Guizot, habitant un bel appartement dans un immeuble cossu, il avait été l'ami de Bergson. Mais ce septuagénaire consacrait sa vie aux biographies et à l'histoire des militants syndicalistes, du socialisme dit utopique, des premières féministes, etc.

Il m'aida à mettre un peu d'ordre dans mes idées confuses, me fit lire plus méthodiquement Robert Owen, Fourier, Considérant, Cabet, Pierre Leroux. Ses étudiants en Sorbonne avaient formé autour de lui « L'Équipe 28 » et se réunissaient à dates fixes dans son appartement. Il voulut que je participe à ces séminaires. Je m'y sentais comme un poulet écorché dans une volière de dindons, mais j'écoutais, j'écoutais. Je ne disais pas un mot. Pendant plus de dix ans je suis resté muet. C'est sans doute cela qui m'a valu tant d'amis. Celui qui écoute ne gêne personne.

Édouard Dolléans s'effrayait de me voir sans situation sociale et sans diplôme. Comme Jean Schlumberger, dont j'aurai l'occasion de parler plus loin, m'avait recommandé chez Gallimard pour un poste de lecteur, et comme Dolléans était un ami de Schlumberger, il appuya ma candidature auprès de Paulhan et m'envoya interroger l'Oracle. Je me souviens d'avoir fait antichambre avec le sympathique Henri Calet. Paulhan apparut, prit la lettre de Dolléans, disparut par une porte, reparut presque aussitôt par une autre et me rendit la lettre en me disant d'un air las :

– Monsieur Gallimard n'a besoin de personne.

L'hypocrite, le faux cul ! On reconnaît bien là celui qui, lorsqu'il montait les étages de l'immeuble de la rue Fontaine, pour rendre visite à André Breton, enlevait soigneusement le ruban rouge qui ornait son revers de veste. Et Breton, pas dupe, de lui dire en ouvrant la porte :

– Alors, Paulhan, vous avez encore décroché votre Légion d'honneur !

Édouard Dolléans fut l'un des deux témoins (l'autre étant Atlan) de mon premier mariage et voulut que le repas de noces se fasse chez lui. Il publia en 1953, aux Éditions ouvrières, dans sa collection « Masses et Militants », mon *Histoire de la littérature ouvrière et paysanne*, qu'il préfaça. Puis il décida un jour que je serais bibliothécaire et convainquit l'Institut catholique de m'admettre dans le cycle des études adéquates malgré mon manque de diplômes. On ne pouvait plus. C'était trop. Placé soudain dans la perspective de rentrer dans le rang, de faire carrière, je m'enfuis. J'ai ainsi gâché les dernières années, en petit-fils ingrat et désobéissant, de cet homme admirable qui me chassa de chez lui dans un geste indigné, si semblable à celui de *La Malédiction paternelle* de Greuze.

Cher Édouard Dolléans, j'étais beaucoup mieux destiné à m'entendre avec l'auteur de *Je suivis ce mauvais garçon.* Livre qui, en 1946, intrigua fort les milieux politiques et littéraires. En ces temps de résistantialisme triomphant et dictatorial, on subodorait derrière ce titre des réminiscences collaborationnistes et derrière le nom de l'auteur, Alain Sergent, un pseudonyme marquant une personnalité connue et sulfureuse.

Comme Alain Sergent avait publié en 1945 un roman « prolétarien » : *Le Pain et les Jeux*, Poulaille lui demanda de me rencontrer. Né en 1908, il était beaucoup plus jeune que Poulaille, mais néanmoins mon aîné de seize ans. En tout cas, après le grand-père, c'était un grand frère que Poulaille me procurait. Et c'est bien ce rôle qu'Alain Sergent tint près de moi pendant une dizaine d'années.

Poulaille avait une arrière-pensée en m'envoyant Alain Sergent : me donner les moyens de fonder une revue de littérature prolétarienne qui prendrait la suite des trois revues qu'il dirigea avant la guerre : *Nouvel Âge, Prolétariat, A contre-courant.* Sachant Alain Sergent doué pour les intrigues, il comptait sur lui pour convaincre le carré de ses grognards orthodoxes de laisser les coudées franches à ce gamin qu'ils considéraient avec méfiance comme un intrus dont s'était entiché le « patron ».

Alain Sergent me convainquit (sans mal), convainquit les grognards (avec plus de difficultés) et, en novembre 1946, sortit le premier numéro des *Cahiers du peuple*, dont le siège social se tenait dans ma chambrette, à cent mètres, il est vrai, du regard de Poulaille puisque celle-ci et les bureaux de Grasset se tenaient dans la même rue des Saints-Pères.

Les grognards de Poulaille se retrouvèrent néanmoins en majorité au comité de rédaction, alors que le nom d'Alain Sergent n'apparaissait pas, pour des raisons politiques que j'ignorais encore. Le poids des grognards de Poulaille m'empêcha d'ouvrir très largement la revue à de jeunes collaborateurs. Ma revue (car c'était quand même ma revue, dont j'étais le rédacteur en chef, comme l'avait exigé Poulaille, non sans mal) ressemblait désespérément à une revue d'avant-guerre. Elle était rétrospective, hélas ! Après trois numéros, elle mourut, d'avoir vécu trop étiolée. J'avais terminé mon livre sur *Les Écrivains du peuple.* Alain Sergent porta le manuscrit à un nouvel éditeur, transfuge de Grasset, Jean Vigneau, qui l'accepta. Aussitôt sa parution, mon essai bénéficia d'une presse énorme. Il est vrai que le peuple était très à la mode. Ça ne dura pas. J'aurais dû m'empresser d'en profiter.

Les Écrivains du peuple ! Quel titre claironnant dans ces années où le clairon de Déroulède ne cessait de faire retentir ses cuivres rouges.

Je m'immergeais dans la littérature prolétarienne, mais je ne perdais de vue ni les poètes ni les peintres. La plupart des poètes (et de nombreux peintres), répondant à l'appel du clairon, avaient rejoint les rangs du parti communiste. Certains d'entre eux : Guillevic, Marcenac, Luc Decaunes, crurent opportun de m'entraîner au Comité national des écrivains, temple de la littérature officielle. Le C.N.E., qui aspirait à devenir l'égal de la sinistre Union des écrivains soviétiques, se réunissait dans un superbe immeuble particulier, tout près du palais de l'Élysée. Je n'avais jamais vu un tel luxe, de tels tapis déroulés, de tels candélabres allumés, et tant de laquais. Très vite, je compris que je me trompais. Il ne s'agissait pas de laquais, mais d'écrivains. Parmi eux, un couple très beau, resplendissant comme la gloire elle-même. On me poussa vers cet homme et cette femme sur lesquels convergeaient tous les regards. L'homme était grand, svelte, avec des cheveux gris, taillés courts. Il allait de l'un à l'autre, serrant les mains, donnant l'accolade. La femme était petite, un peu boulotte, et ressemblait aux dames de la bonne société nantaise qui me donnaient vingt sous lorsque j'étais garçon de courses.

On me poussa vers eux. On me présenta. Louis Aragon eut un rire moqueur :

– Mais c'est un gamin ! On n'écrit pas un essai

sur un sujet aussi grave à vingt ans. Vous auriez dû vous en tenir à la poésie... Ragon, c'est votre nom ou un pseudonyme ? A la guerre, j'avais une ordonnance qui s'appelait Ragon. Quelle coïncidence ! Vous devriez changer de nom, sinon il vous manquera toujours un A.

Le couple star disparut dans la foule de ses admirateurs. Mes amis poètes étaient un peu déçus. Ils croyaient offrir à leur idole une nouvelle recrue et Aragon la rejetait. Mais sans doute Aragon avait-il sur eux la supériorité de ne pas s'être contenté de lire le titre de mon livre et, le feuilletant, s'était aperçu que mes paragraphes étaient imprégnés d'anarchisme.

Quelques jours plus tard, Louis Parrot, titulaire du feuilleton littéraire des *Lettres françaises,* parlait dans son article d'un « aveuglement qui rendait touchantes [mes] bonnes intentions... Lorsque le problème de la disparition des classes dans la société sera révolu, celui de la littérature prolétarienne le sera aussi. »

Je connaissais bien Louis Parrot, l'un des premiers à avoir consacré un livre à Dubuffet. Il me questionnait au sujet d'Alain Sergent, voulant savoir qui se cachait derrière ce pseudonyme. Ce qui me mit la puce à l'oreille. Alain Sergent avait-il vraiment suivi un « mauvais garçon » ? Je compris que les grandes oreilles du P.C. écoutaient nos bruits de couloir.

Je discutais ferme avec les chroniqueurs qui critiquaient mon livre. Et, plus étonnant, ils répondaient très aimablement, par de longues lettres manuscrites, à ce jeune homme colérique, cherchant à se justifier et s'excusant même de leur sévérité pourtant fort courtoise. Comme l'ombre de Staline se profilait à tous les coins de rues, personne n'osait s'affirmer antiprolétarien. Même si l'image que je donnais du prolétariat n'était pas orthodoxe, on ne savait jamais ce que l'avenir retiendrait. Rien n'était moins sûr que l'orthodoxie.

Personnellement, j'avais le culot, ou l'inconscience, de m'attaquer au C.N.E. et Louis Parrot me répondait consciencieusement :

« Ce n'est pas du tout parce que vous avez fait une place à des écrivains qui ont, dites-vous, un casier judiciaire politique pas tout à fait vierge que j'ai ainsi parlé de votre livre ; mais parce que vous avez mêlé des gens divers, opposés, et qui ne pourront jamais faire bon ménage. Je ne vois pas très bien Giono représentant de la littérature d'expression populaire : c'est une littérature bourgeoise qui fait son affaire du langage pseudo-provençal, comme une autre le fait de l'exotisme. »

Pauvre Giono, alors interdit de publication, et qui réussissait à mettre contre lui à la fois Poulaille et Aragon.

Jean Bouhier prenait moins de gants, me reprochant de placer « sur un pied d'égalité d'authentiques écrivains et des traîtres ». Récusant le gaullisme de Malraux (ce qui n'avait rien à voir avec mon sujet puisque je ne parlais pas du tout de Malraux dans mon livre), il m'affirmait que « *La Condition humaine* est le tableau le plus odieux que l'on ait jamais écrit sur l'esprit révolutionnaire... Un Malraux, un Giono, participent à la lutte contre le peuple... Un Giono est le type parfait du défaitisme. Il détourne l'homme du combat au nom d'un vain bonheur champêtre. » Et il repoussait Navel parce que préfacé par Géraldy.

Mais on me faisait d'autres reproches, plus intelligents, bien que plus « droitiers ». Par exemple Marcel Béalu, poète de l'École de Rochefort, refusait d'être classé parmi les « écrivains du peuple », alors qu'il avait quitté l'École à douze ans et avait exercé une kyrielle de petits boulots : commis-grainetier, apprenti chapelier, vendeur en nouveautés :

« Je connais des "nobles fauchées" extrêmement sympas qui vivent de la vente de broderies qu'elles tissent elles-mêmes, je connais des banlieusards camelots enrichis par les pillages de l'exode et assez hideux... Lesquels sont *peuple* ? Les seconds de toute évidence. Or c'est pour les premiers que j'écris. Vous voyez bien que je ne suis pas peuple. Que ferez-vous de Queneau, de Prévert, de Mouloudji, écrivains "peuple pour snobs" certes, mais peuple tout de même, bien plus que Giono ou que Fombeure, ces bourgeois. »

Décidément, quelle unanimité contre Giono, qui les enterrera tous !

Paul Guimard m'adressa une longue lettre manuscrite de cinq pages :

« Je vous reproche un certain sectarisme inconscient et souvent contradictoire. Pouvez-vous me fournir une liste détaillée des métiers qu'il faut exercer pour être “du peuple” ?

« Dès lors qu'il s'agit d'écrivains je donnerai toujours ma préférence à celui qui *écrit* le mieux sans me soucier autrement de la position sociale de ses parents. Je sais bien que cette manière de considérer les choses est fort périmée à une époque où il n'est plus question que de symphonie du verbe, de l'écriture d'une statue, du vocabulaire d'une toile et du contenu social d'un concerto. »

Le futur hussard pointait son sabre, non sans à-propos. Ce qui n'empêchera que, dix ans plus tard, Paul Guimard commence son œuvre de romancier par un ouvrage considéré comme « populiste » : *Rue du Havre.*

Je n'aurai plus de contact avec Paul Guimard qui, à partir de là, décrocha. En février et novembre 1982, alors qu'il était membre du C.S.A., je lui écrivis deux fois pour lui demander d'attribuer une fréquence à Radio libertaire. Non seulement il ne me répondit pas, mais Radio libertaire fut saisie en 1983 et suspendue en 1984.

Malraux disait en 1949 :

– Il y a nous (les gaullistes), les communistes et rien.

Nous qui n'étions ni gaullistes ni communistes, nous obstinâmes à patauger dans ce rien.

Dans ce rien subsistaient néanmoins quelques tribunes, marginales, boycottées par les deux puissants partis de droite et de gauche. Je collaborais à des journaux syndicalistes comme *L'Émancipation paysanne* (mon premier article fut sur Émile Guillaumin), comme *Monde ouvrier*. Dans *Monde ouvrier* je publiais à la fois des articles politiques (sous pseudonyme) et des articles littéraires (portraits de Henry Poulaille, Tristan Rémy, Marc Bernard, etc.). Je faisais des conférences à l'Institut de culture ouvrière de Marly-le-Roi et écrivis pour ses *Cahiers du travail*, de 1948 à 1950, des études sur la littérature prolétarienne et les théoriciens socialistes du XIXe siècle : Proudhon, Pierre Leroux, Louise Michel, Agricol Perdiguier, Pierre Hamp, Péguy, Louis Guilloux, etc.

De *Monde ouvrier* et des *Cahiers du travail* vinrent les militants qui fondèrent la C.F.D.T. à laquelle, plus tard, j'adhérerai.

Faubourgs (« Cahiers trimestriels de culture et d'expression populaire ») me proposa de continuer *Les Cahiers du peuple*. Nous fusionnâmes. Nous fusionnâmes également avec *Peuple et Poésie* de Jean l'Anselme.

Que d'efforts, que d'enthousiasme, que de joies de surcroît !

Parlant de ce militantisme marginal, Edmond Humeau écrivait dans *Arts*, le 20 février 1948 :

« Caliban, aussi, fait de l'excellent travail. Chez

tous ces camarades, qui trouvent aussi bien dans Lénine, que dans Péguy ou dans Martinet, dans les universités populaires et les écoles de cadres, des intercesseurs et des patrons, la conscience est générale que nous devons être des instituteurs d'une civilisation et d'une culture dont les caractères d'imprimerie sont encore un luxe. »

Caliban parlait, certes, mais sa faible voix n'arrivait pas à traverser le mur du son des tambours et des clairons.

Les ouvriers imprimant *L'Humanité* ayant posé quelques difficultés syndicales à leur patron, on vit Pierre Hervé (qui sera plus tard exclu du P.C. mais pour d'autres raisons) s'élever contre « ces irresponsables et ces Kollaborateurs ». Le mot était dit : tout individu qui ne marchait pas en cadence normalisée était un « Kollaborateur », avec un K, comme boche (K-boche). Je disais à Jean Bouhier :

– Tu reproches à Poulaille d'être un bourgeois. Crois-tu qu'Aragon et Eluard sont des écrivains prolétariens ?

Il me répondait stupidement :

– En tout cas, leurs poèmes chantent dans les cœurs de tous les ouvriers.

Jean Marcenac m'expliquait, sans état d'âme, que l'existentialisme était le résultat d'une propagande bourgeoise et que le meilleur ouvrage prolétarien était le *Manifeste communiste* de Karl Marx.

Rien de plus déprimant que de voir, dès qu'une guerre horrible se termine, les anciens combattants devenir patriotards. Il est vrai que la majorité d'entre eux, en 1944, et 1945, n'étaient anciens combattants que depuis les jours qui précédèrent ou suivirent la Libération. Pour rattraper le temps perdu, ils devenaient des tigres (de papier).

Donc, dans mes premières années parisiennes, il n'y avait plus que des cocardiers. Aragon, Eluard, Guillevic, et tant d'autres dont les noms ne diront plus rien à personne, s'enroulaient dans les plis du drapeau tricolore qui, opportunément, était rouge pour un tiers. On ne voulait plus se souvenir que la lutte contre l'occupant avait été une insurrection clandestine, que la libération de Paris avait été une levée populaire, plus proche de la Commune de Paris que de la bataille de la Marne. Les maquisards, les saboteurs, les radios planqués, les illégaux, les hors-la-loi étaient récupérés par l'armée, par la nouvelle armée nationale.

On nationalisait le volontariat, le courage individuel, l'abnégation des combattants improvisés. Tout comme l'insurrection paysanne vendéenne de 1793 avait été récupérée par l'aristocratie et l'Église qui firent de ces paroisses insurgées une « armée catholique et royale », le gaullisme et le communisme, alliés pour la circonstance, récupéraient l'esprit insurrectionnel (la seule arme qui vaille !). Et les officiers de C.R.S. se recrutaient parmi les volontaires des maquis.

Sans doute l'exaspération que me causait ce travestissement de l'Histoire me poussa-t-elle à l'indulgence envers Alain Sergent. Celui-ci m'avait raconté comment il avait « suivi ce mauvais garçon », en l'occurrence Georges Soulès. Georges Soulès, polytechnicien, membre de la S.F.I.O., collaborateur de Jules Moch, puis de Blum avait, lui aussi, suivi de « mauvais garçons » (Frossard, premier secrétaire du parti communiste, Paul Faure, secrétaire national de la S.F.I.O., Marcel Déat, député socialiste) qui avaient adhéré à la politique de Vichy. Alain Sergent (qui s'appelait en réalité André Mahé) et Georges Soulès allaient jouer un rôle dangereux entre Vichy et Londres. On les accusa même d'avoir participé à l'assassinat de Deloncle, le chef de la Cagoule. Mais ni l'un ni l'autre ne furent des collaborateurs au sens strict du mot. Agents secrets peut-être ? Au service de qui ? Je crois qu'eux-mêmes s'y embrouillaient. Georges Soulès, tout comme André Mahé, devint écrivain après la Libération. Et lui aussi choisit un pseudonyme qui lui permit de passer à travers l'épuration : Raymond Abellio. La même année où André Mahé (alias Alain Sergent) publiait *Je suivis ce mauvais garçon*, Georges Soulès (alias Raymond Abellio) publiait *Heureux les pacifiques* et, l'année suivante : *Vers un nouveau prophétisme.* Abellio transmuait dans l'ésotérisme son goût pour la politique de l'ombre.

Abellio continuait à exercer sur Sergent une réelle fascination. Autant Alain Sergent était agité, vif, ne restant pas en place, autant Raymond Abellio était impassible. Derrière ses grosses lunettes de myope, on ne discernait pas son regard. Les deux amis, les deux complices, tenaient toujours des conciliabules auxquels j'assistais parfois.

D'origine populaire, très pauvre, comme Mahé-Sergent, Soulès-Abellio s'était voué à l'étude, au bûchage des examens, à l'obligatoire réussite intellectuelle du boursier. Mais alors que Mahé se dirigea vers la littérature prolétarienne, lui s'enthousiasma pour le surréalisme. Marxiste à sa sortie de Polytechnique, la passion des idées le sauva de la technocratie, mais le perdit dans les miasmes idéologiques. Adhérant au groupe parisien des Étudiants socialistes reconstitué par un jeune agrégé de philo nommé Marcel Déat, puis à la Gauche révolutionnaire de Marceau Pivert, où il rencontra Daniel Guérin, cette passion politique devait l'égarer dans des lieux funestes.

– Aujourd'hui, me disait-il, je ne suis plus un homme de puissance. Je ne suis même plus un vaincu. Je ne suis plus rien.

Plus rien, comme politique sans doute, mais en tant qu'écrivain il se refaisait une santé.

Il n'avait pas l'enthousiasme de Mahé-Sergent ni sa générosité ; ayant gravi trop haut les échelles du pouvoir pour ne pas, dans sa chute, en être brisé. Mais puisque son ami Mahé-Sergent s'instituait mon mentor, il ajoutait parfois quelques réflexions à mon intention, sans trop croire dans leur efficacité pratique :

– Méfiez-vous du journalisme politique, qui est

un métier faux. On y supplée la réflexion par la conviction.

Ou encore :

– Croyez-vous que la conscience de classe soit un progrès absolu par rapport à la conscience tout court ?

Et il ajoutait, désabusé :

– Tout ce qui est collectif est régressif.

Alain Sergent, marqué par un activisme politique plus utopique, réprouvait le scepticisme d'Abellio. Ne se souciait-il pas d'encadrements, de regroupements, harcelant les écrivains prolétariens, les syndicalistes, les francs-maçons, pour des actions communes, toujours chimériques ? Ne laissant rien perdre, il m'enjoignait de solliciter mes amis poètes, d'autant plus que la plupart restaient liés aux mouvements issus de la Résistance. Il me harcelait de manifestes, de pétitions, de projets d'associations grandioses. Il me proposa d'organiser une communauté de jeunes, assez fumeuse, qu'il souhaitait appeler « Les Camarades ».

– Tu trouverais ainsi, me disait-il, le milieu vivant dont tu as besoin pour ne pas te couper, dans quelques années, de toute source d'inspiration. Tu n'appartiendras jamais à la catégorie des esthètes, de ceux qui écrivent comme d'autres sont épiciers, mais tu produiras pour rendre compte d'une expérience. Et celle que tu vivrais, si tu te limitais au milieu littéraire, ne te donnerait même pas la matière d'un livre. Tu vois où cela a mené Poulaille au point de vue de l'œuvre. Il s'est coupé de la vie, et l'on est bien obligé de se demander si finalement la force militante de son tempérament n'a pas servi à peu près uniquement à aider des gens à se caser. Le courant des écrivains du peuple, développé grâce à lui, n'a aucune puissance en tant que force d'action parce qu'il est coupé des milieux qui auraient dû se développer sur le même plan (syndicalistes, de plein air, etc.). Un bouquin, comme *Le Pain quotidien*, a moins d'importance en face de l'évolution de notre époque et des problèmes qu'elle pose, que l'adhésion de tel individu moyennement doué à une cellule communiste d'une ville de vingt mille habitants.

Naturiste qui, à cinquante ans, fera le tour de la France en vélo (il en rapportera un livre : *Un tour de France en Auberges de jeunesse*, 1953), adepte des mouvements ajistes (il m'entraînera dans les Auberges de jeunesse pour mon plus grand plaisir), prosélyte des médecines parallèles auxquelles il consacrera plusieurs ouvrages (*Ma Cure de rajeunissement*, 1956 ; *Colonne vertébrale, arbre de vie*, 1959), il se souciait beaucoup de ma carcasse, me prodiguant des conseils pour une meilleure hygiène de vie. Mais jusqu'à janvier 1949, où la carte de pain fut supprimée, jusqu'à mars-avril de la même année où les derniers tickets de rationnement (sur le lait, les corps gras, le chocolat) disparurent, s'ajoutait à mes privations de sans-le-sou la disette des restrictions collectives. Du début de mon adolescence, jusqu'à ma vingt-cinquième année, la pénurie alimentaire, comme celle des vêtements chauds et des chaussures imperméables, du charbon, etc. fut le lot quotidien de ma génération. L'hiver, le manque de matières grasses nous donnait des engelures.

Alain Sergent me disait aussi :

– Je m'inquiète du décalage entre ton âge physiologique et le caractère de ton activité qui exige une psychologie plus mûre... Ne donne pas trop l'occasion de louer ta gentillesse. On t'enfermera dedans comme un oiseau en cage. Botte gentiment, puisque c'est ta manière, botte autant de culs qu'il se peut et les culs glorieux plus que les autres.

« Méfie-toi néanmoins de tes boutades. J'ai peur parfois que tu ne t'arrêtes pas en chemin et que tu ailles à l'extrême. Les positions centristes, ou de synthèse, sont les meilleures. Tu as l'étoffe d'un conciliateur, c'est rare, et surtout à ton âge.

Alain Sergent, me conseiller une position centriste, un comble ! Un jour, il arriva dans ma chambre, un peu pâle :

– On a découvert mon identité. La police m'a manqué de peu. Je suis grillé à mon domicile. Peux-tu m'héberger ?

– Que risques-tu ?

– Je suis condamné à mort par contumace.

Je lui demandai de me donner sa « parole d'homme » qu'il n'avait jamais pris part à aucune action contre des résistants, des juifs, des hommes traqués comme il l'était aujourd'hui.

Il me le jura.

Aucun refuge ne pouvait être plus sûr que chez moi. Trois ans auparavant, j'avais aussi été condamné par contumace à la déportation perpétuelle en Allemagne. J'étais, historiquement, tout ce qu'il y avait de plus « correct ». Nous cohabitâmes le temps qu'il fallut. Un jour, il eut l'imprudence de sortir prendre l'air, se fit ramasser, emprisonner. Lorsqu'il passa en jugement, on ne trouva dans son dossier rien de bien méchant et il ressortit, sans excuses, mais blanchi.

Quelques années plus tard, il faillit m'entraîner dans la fondation d'une communauté plus ou moins libertaire au Paraguay. « L'Europe est foutue, me disait-il, partons dans les bois, avec les sauvage. » C'était tentant. Il ne partit pas, lui non plus, se contentant d'envoyer sur place une avant-garde qui, après avoir végété pendant un an, revint dans un triste état. L'Europe et ses « vieux parapets » tenaient bon.

2

Mais la poésie, la poésie par-dessus tout...

Mais la poésie, la poésie que je retrouvais dans la littérature prolétarienne avec Gaston Couté, avec Tristan Rémy, avec Francis André ; la poésie qui me poursuivait sur la voie libertaire avec Armand Robin ; la poésie ne me lâchait plus. Elle m'accompagnera pendant une dizaine d'années.

J'avais acheté à Nantes, en 1943, le *Panorama de la jeune poésie française* de René Bertelé, qui témoignait de la renaissance de la poésie pendant la guerre. Dans ce choix étincelaient les noms de Robert Ganzo, baroque, précieux (*Orénoque*, 1937, *Lespugne*, 1940) ; Pierre Emmanuel, violent, vigoureux, emphatique (*Tombeau d'Orphée*, 1941) ; Eugène Guillevic, sec, dur comme le granit (*Terraqué*, 1942).

« Jamais sans doute, a écrit Georges Mounin, exégète de René Char, il n'y eut tant de gens pour écrire cette sorte de chose que personne ne lit. »

Personne, ou peut-être personne, sinon les poètes et ceux qui aspirent à l'être.

En tout cas, tous mes copains, tous les garçons de ma génération, n'aspiraient qu'à l'œuvre poétique. Qu'il s'agisse d'Hervé Bazin (qui deviendra romancier), de Massin (qui deviendra graphiste), de Michel Crozier (qui deviendra sociologue), de René Wintzen (qui deviendra germaniste et éditeur), de Robert Giraud (qui deviendra vendangeur des rues nocturnes), de René de Obaldia (qui deviendra théâtreux), de Jean Markale (qui deviendra celtisant).

Tous poètes et tous éditeurs de revues.

Hervé Bazin, qui obtint le prix Apollinaire pour son recueil *Jour* (1947), éditait la revue mensuelle *La Coquille* et animait des récitals de poésie dans une cave, 34, boulevard Saint-Germain. Massin, qui avait alors un prénom (Robert), recevait les mardis et les mercredis au 54, rue Mazarine, 4e étage, porte au fond du troisième couloir. Nous recevions en effet dans nos chambres de bonne, comme, croyions-nous, Mallarmé dans son salon et Edmond de Goncourt dans son « grenier ». Et nous nous faisions des amabilités, de revue à revue. Celle de Massin s'appelait *Proximités.* J'y publiai un article : « Littérature d'expression populaire et modernisme » et Massin écrivit pour mes *Cahiers du peuple :* « Le cinéma dans la rue ».

Proximités présentait des poèmes de Maurice Fombeure, de Robert Giraud et Jean Rousselot y parlait d'un « grand poète oublié », Paul-Albert Birot. Il était beaucoup question, en ce temps-là, du « grand poète oublié » Paul-Albert Birot. Massin, dans un de ses « Panorêves », se montrait assis « devant un gros chien qui fume sa pipe ».

Michel Crozier, autre poète de *Proximités* et par ailleurs étudiant à la Sorbonne, me demanda de le recommander auprès d'Édouard Dolléans pour la thèse qu'il désirait entreprendre. Cela le mènera à un séjour de quatorze mois aux États-Unis, d'où il rapportera son premier livre de sociologie politique : *Usines et syndicats d'Amérique*, que Dolléans publiera en 1951 aux Éditions ouvrières, dans sa collection « Masses et Militants ».

Comme quoi je ne cessais de sauter d'une berge à l'autre. Et comme quoi nos relations, nos amitiés, suscitaient des échanges fructueux.

Jean Markale nous paraissait alors un phénomène. On le voyait, le dimanche matin, longer l'étroite rue Saint-Louis-en-l'Ile, avec sa fiancée, pour se rendre à la messe. Au numéro 3 de la même rue, il éditait des « feuilles mensuelles de poésie » titrées *Escales*. Ce Breton mélancolique a longtemps fait escale en ce bord de Seine jusqu'à ce que Brocéliande le récupère. Dans le numéro 47 d'*Escales*, je rédigeai une note sur ses « Poèmes pour Claire », cependant qu'Hervé Bazin versifiait sur « Le bâton de flic » :

> « Dur et blanc
> Il se dresse au carrefour des mots
> Le bâton de flic
> De la conscience réglementaire... »

René Wintzen était rédacteur en chef (nous étions tous rédacteurs en chef de quelque chose) de *Vent debout*, revue ronéotée de huit feuillets.

Mais il y avait aussi les poètes-éditeurs-imprimeurs, comme le cordonnier Jean Vodaine et sa revue *Poésie avec nous*. Le numéro 1, au printemps 1949, s'avouait « composé et imprimé par des ouvriers poètes ». Jean Vodaine, avec « une petite presse à bras, six kilos de caractères, du papier et une tonne de bonne volonté », réalisait en Moselle ce que Jean l'Anselme faisait à Paris. *Poésie avec nous, Peuple et Poésie, Les Cahiers du peuple*, démarches fraternelles et cohérentes.

Jean Vodaine, pour ce numéro 1, m'avait demandé de présenter des poètes d'expression populaire et j'avais choisi mon complice Jean l'Anselme, le facteur des P.T.T. Jules Mougin et Gaston Chaissac.

Gaston Chaissac me pria de passer l'annonce suivante :

« Gaston Chaissac pense bientôt sortir de la presse à bras de Jean Vodaine ses *Histoires d'un vacher* dédiées à saint François d'Assise et auxquelles l'évêque de Luçon a refusé d'écrire la préface. »

Et il m'envoyait un poème intitulé : « Je suis un bourrelier » :

> « De cordonnier
> J'ai passé dans les décors

Puis écrivain je fais
Et le suis encor.

Et je cherche à rimer
Pour devenir poète
Le souci des pieds
Est toujours dans ma tête... »

Les presses à bras étaient les instruments, sinon favoris, en tout cas obligés, des poètes pour lesquels la rotative s'avérait trop onéreuse. Même *Les Cahiers du peuple* étaient composés à la main, avec les caractères très défectueux d'un artisan de Nemours qui avait tellement utilisé les plombs que leurs reliefs étaient à demi effacés.

Les poètes-imprimeurs amateurs faisaient mieux, comme Bruno Durocher dont la revue de « poésie contemporaine » s'intitulait justement, fièrement : *Caractères.* Au fond d'une cour du XXe arrondissement, puis 20, rue de la Harpe, en bas du boulevard Saint-Michel, Bruno Durocher publia *La Rose et le Vin* de Jean Cassou, *Liturgies* de Franz Hellens, et mon ultime recueil de poèmes : *Cosmopolites* (1952).

Bruno Durocher, de son vrai nom Kaminski, mort à Paris le 9 juillet 1996 et qualifié dans le Carnet du *Monde* de « Rimbaud de la poésie polonaise ». Comme quoi on peut fréquenter Rimbaud et le prendre pour un imprimeur !

Un poète et peintre brésilien, Vincent Monteiro, intitulait, quant à lui, ses éditions : La Presse à Bras. Des tirages infimes, mais d'une exceptionnelle qualité.

Dès mon arrivée à Paris, je m'étais précipité à la brasserie Lipp où Maurice Fombeure m'invitait à le rejoindre « tous les mercredis soir entre dix-huit et vingt heures[4] ».

Qui lit aujourd'hui Maurice Fombeure ? Son prestige était alors très grand, plus grand encore sur moi puisqu'il avait appartenu à la fois au Groupe des écrivains prolétariens de Poulaille et à l'École de Rochefort de Jean Bouhier. Je connaissais par cœur ses poèmes, ayant acheté dès 1942, à Nantes, son recueil *D'amour et d'aventure* préfacé par André Salmon. André Salmon, voici encore quelqu'un qui nous fascinait. N'avait-il pas été l'ami d'Apollinaire ? Il restait un peu de la présence du poète d'*Alcools* dans ce grand gaillard dégingandé qui traînait dans les bars. Même le pâle André Billy, académicien Goncourt et qui tenait toutes les semaines une chronique dans *Le Figaro littéraire,* se parait d'une aura qui eût été inexplicable si elle n'avait tenu dans ce constat : il avait connu Apollinaire.

De son service militaire, Fombeure avait rapporté un livre antimilitariste : *Les godillots sont lourds.* Mais modeste fonctionnaire de l'Éducation nationale, craignant sans doute pour son avancement, il reniait ce livre et prenait un air à la fois étonné et scandalisé lorsque je lui rappelais qu'il figurait parmi les signataires du Manifeste des écrivains prolétariens.

Entouré d'une cour de pseudo-disciples, il croyait renouveler au Lipp la prestation de Moréas à La Closerie des Lilas. C'était un homme affable, grassouillet, un peu prélat, qui eût été élu Prince des poètes si le titulaire du titre, Paul Fort, ne s'était obstiné à vivre octogénaire.

Qu'ai-je récolté de ces soirées au Lipp ? Pas grand-chose. Bouhier, Cadou, avaient raison de me mettre en garde contre l'oisiveté des cafés littéraires. Maurice Fombeure, qui restait pendant deux heures assis devant ses bocks de bière, finissait parfois par ne plus pouvoir se lever. Nous le ramenions chez lui, tout près, 6, rue du Vieux-Colombier, en le maintenant tant bien que mal en équilibre (il était lourd de tout cet avenir qu'il traînait misérablement derrière lui). Nous pensions à Verlaine et lui pensait à Carmen, sa redoutable épouse, qui l'attendait derrière la porte, armée d'un rouleau à pâtisserie.

A la première Foire aux poètes, que nous organisâmes en 1947, rue des Prêtres-Saint-Séverin, avec deux neveux d'hommes illustres : Hervé Bazin qui mettra beaucoup de temps avant d'éclipser l'oncle René, et Pierre Viaud qui n'arrivera pas à chausser les talons hauts de Pierre Loti – à cette Foire aux poètes sur des tréteaux, dans des cageots, voire sur des brouettes (la Préfecture de police ayant interdit les étalages fixes), Maurice Fombeure interpellait les curieux à grands cris :

– Enfants ! Regardez bien, regardez les poètes... Vous en verrez de moins en moins !

Arrêtons-nous un moment avec Jean l'Anselme qui a été l'un de mes amis les plus chers. Pourquoi ne nous voyons-nous plus ? Il vit en banlieue, fonctionnaire retraité, publie toujours des poèmes et passe ses dimanches à encourager son fils sur les routes, qui, coureur cycliste, pédale vers le maillot jaune. Cet ancien instituteur de la banlieue ouvrière, affecté au service des Relations culturelles du ministère des Affaires étrangères, était, lorsque nous nous sommes rencontrés, un beau gars du Nord qui habitait à Vincennes avec sa mère et ne fréquentait le dimanche que ses copains sportifs. Il avait vingt-six ans. J'en avais vingt-deux. Sa revue, *Peuple et Poésie*, publiait des écrits d'ouvriers, souvent malhabiles et naïfs. Cela le mena vers l'art brut et Jean Dubuffet. Tentant de réaliser lui-même en poésie ce que le peintre faisait avec des matériaux inusités, il écrivit de la main gauche (pour oublier ce que savait la main droite) des *Poèmes à la sourieuse rose*, reprenant un titre de Dubuffet.

Dubuffet, Paulhan, l'ont tenu sur les fonts baptismaux. Dubuffet a toujours manifesté une grande attention aux écrits de l'Anselme, qui participa à sa manière à l'art brut. Quant à Paulhan, il lui écrivait en 1947, à propos des poèmes d'ouvriers recueillis par *Peuple et Poésie :*

« Sont-ils fidèles ? Je me le demande. Ce que l'homme du commun exige (et j'entends, aussi bien de vous que de moi) n'est-ce pas, au lieu de ces fins (et un peu moins) vers libres, des poèmes fortement mesurés, fortement rythmés, *des poèmes que l'on retienne* ? »

Toujours chattemite, Paulhan !

La multiplicité des petites revues de poésie nous donnait l'illusion d'avoir un public. Mais nous savions bien que la finalité était d'être publié dans la revue de Seghers, *Poésie*, et dans ses éditions. Ou bien dans la collection « d'ouvrages en vers » que Robert Laffont éditait à Marseille. René-Guy Cadou y avait publié *La Vie rêvée*, Rousselot : *Arguments*, Clancier : *Le Paysan céleste*, Manoll : *Gouttes d'ombre*, André Salmon : *Odeur de poésie*.

Nous étions bien bas dans les marches du succès, comparé à ces aînés prestigieux. Mais j'avais néanmoins accès à une revue qui demeure sans doute la plus originale, la plus anticonformiste de cette époque : *La Tour de feu*.

Un artisan tonnelier, Pierre Boujut, en était le responsable, à Jarnac, en Charente.

La Tour de feu, qui a imprimé cent quarante-neuf numéros, de l'été 1946 à mars 1981 (ce dernier étant intitulé, très symboliquement : « Ni Dieu, ni maître »), a certainement été la revue de poésie la plus étrange, la plus folle et, politiquement, la plus engagée. Engagée contre tous les dogmatismes, c'est-à-dire délibérément contre l'aragonisme, le sartrisme et le lettrisme. Se faisant une référence de son provincialisme, elle proclamait : « L'amour de la province au service de l'idéal internationaliste ». Son besoin d'enracinement, d'attachement au sol, lui donnait une filiation avec le Giono d'avant 1939 et le Whitman de *Feuilles d'herbe.* Ses numéros d'hommage à Henry Miller, à Antonin Artaud, à Stéphane Lupasco, à Garry Davis, à Louis Lecoin (« Reconnaissance à Louis Lecoin... un petit homme immense », décembre 1962), voilà qui devait nous rapprocher et qui, en effet, nous rapprocha. Le pacifisme de *La Tour de feu* se plaçait sous le signe de Marcel Martinet (le mentor de Poulaille). Autre originalité : pas d'universitaire dans cette revue. Et une évidente parenté libertaire.

A l'époque de la guerre d'Algérie, Boujut publia un poème qui était un manifeste d'un pacifisme absolu et un refus catégorique de tout pouvoir :

« Refuse tout rapport avec le monde officiel
avec ceux qui représentent
d'une façon même infime
le pouvoir sur la terre
le droit de crime sur autrui
la haine et ses charniers

Tout officiel traîne avec lui
l'odeur des casernes
la couleur des prisons
les récompenses d'après mort... »

Passant de la théorie à la pratique, lorsque son fils Michel fut appelé pour être enrôlé dans l'armée, il l'aida à déserter et, insoumis, lui procura un refuge en Suisse.

Malgré ces affinités, et bien que j'aie collaboré à certains numéros de *La Tour de feu* (« Ne cherchez pas la lune », numéro 31, automne 1949), bien que, dans ses feuillets anthologiques, Boujut ait publié mon poème « Feux de camps », en octobre 1950, je suis toujours resté en marge de cette équipe, comme j'étais resté en marge de l'École de Rochefort. Sans doute parce que je n'avais jamais été vraiment invité aux colloques, aux rencontres de Jarnac, ou parce que, comme à mon habitude, je ne cherchais pas à imposer ma présence, ne convoitant pas une tribune, et que je me méfiais d'une convivialité que je savais souvent factice, parce que j'étais rebelle à l'enfermement dans une tour, serait-elle de feu.

Peut-être y avait-il dans l'entourage de Pierre Boujut pas mal de gens qui préféraient me savoir à Paris plutôt qu'à Jarnac. Toujours est-il que je ne suis jamais allé rendre visite au tonnelier charentais, que je ne suis jamais entré dans son magasin orné d'une enseigne archaïque : FERS ET FUTAILLES, que je n'y ai jamais vu le patron dans son cagibi, au fond de son chai, où il rédigeait ses factures et corrigeait les épreuves de sa revue.

Par contre, Pierre Boujut vint parfois me visiter à Paris. Nous nous sommes souvent écrit. Que nous n'ayons pas plus œuvré ensemble me paraît incompréhensible et, rétrospectivement, très décevant. Boujut pensait la même chose puisqu'il m'écrivait, le 26 mars 1953 :

« Bien que tu n'aies pas souvent participé à mes numéros, je te considère comme un proche poète de *La Tour de feu.* »

Et, le 29 avril 1991, m'envoyant son livre de mémoires : *Un mauvais Français,* il me le dédicaçait ainsi :

« Avec un peu de retard, je viens de lire *La Mémoire des vaincus,* qui m'a passionné. C'est une fresque épique avec ton Fred Barthélémy plus ou moins fictif et pourtant bien réel. Tu as tout dit et bien dit de ce siècle que nous avons vécu tous les deux parallèlement, à quelques années près et, je crois, dans une grande parenté d'esprit et de révolte. Ça m'a fait plaisir de te retrouver (en fait je ne t'ai jamais vraiment perdu après quarante années où tu passais parfois à *La Tour de feu*). »

Il y avait un autre cénacle, plus secret, plus esthète, dans lequel je m'introduisis par la porte de service : celui de Jean-Daniel Maublanc.

Comme Julien Lanoë à Nantes, Jean-Daniel Maublanc était, à Paris, un industriel heureux et mécène, intellectuel mondain fréquentant une équipe de poètes, de peintres et de musiciens qu'il soutenait à la fois par son argent et ses relations. L'industrie de Maublanc, ce charbon de bois apparemment parent pauvre dans l'économie nationale, devint en effet un carburant de remplacement pendant la guerre et l'après-guerre qui suscitait une énorme demande.

Robert Tanters, auquel il confia, en 1932, une petite sinécure à Bordeaux : veiller, pendant quinze jours, sur les sacs de « Carboépuré » à la Foire commerciale, disait de Maublanc qu'il passait « impunément de l'univers du charbon de bois à celui du diamant poétique ». Au cours de ses itinéraires de négociant, il avait rencontré Maurice Fombeure et Louis Parrot à Poitiers, Jean Rousselot à Vendôme, Robert Margerit et Georges-Emmanuel Clancier à Limoges. En 1936, il recevait de Nantes une lettre de Michel Manoll qui lui confiait :

« J'ai eu la visite du petit Cadou, qui est comblé de joie par votre amitié vigilante. Son avenir poétique me semble encore bien falot. Il ne fait que des poèmes d'écolier... »

Jean-Daniel Maublanc éditait bien sûr une revue : *Les Cahiers de la pipe en écume.* En 1942, dans le numéro 7, sur beau papier rose, il publia néanmoins des poèmes de Cadou, dont il sera un indéfectible promoteur et qu'il qualifiait de « surréaliste fantaisiste ».

Un peintre, auquel il avait consacré un de ces *Cahiers*, Germain Delatousche, dont je parlerai plus loin, sollicita Maublanc pour qu'il me procure du travail. Dans ses bureaux du Charbon épuré, tout près de l'immeuble où, peu de temps auparavant, était mort Paul Valéry, Maublanc m'offrit une sinécure un peu semblable à celle qu'il avait autrefois accordée à Tanters et à Parrot. Je classais les archives du Charbon épuré et je servais aussi de secrétaire à Maublanc, qui me chargea notamment de la correction des épreuves de son livre : *A l'orée de Brocéliande,* publié dans *La Pipe en écume,* en 1947. Curieux ouvrage sur Mellin de Saint-Gelais, Jean de La Péruse, Guy de Tours, Racan, les Bousingots, Petrus Borel, Hégésippe Moreau, Albert Glatigny. Car Jean-Daniel Maublanc était aussi un érudit épris de préciosité.

J'arrivais dans le cénacle de Maublanc comme le Huron à la cour de Louis XIV. Malgré la bienveillance du patron, je fis dans les bureaux du Charbon épuré un séjour de petit employé discret. Rien de commun avec *La Tour de feu,* si lointaine pourtant, mais si fraternelle.

C'est chez Louis Parrot que je rencontrai pour la première fois un jeune homme maigre, au visage anxieux, qui s'appelait Henri Pichette.

Il ressemblait un peu à Gérard Philipe. Je fus tout de suite attiré, intrigué, par son sourire crispé. Quelle passion bouleversait les traits de sa figure anguleuse ? Lorsque, le 3 décembre 1947, j'assistai à la première représentation des *Épiphanies,* au Théâtre des Noctambules, je sus quel feu dévorait ce poète qui s'élevait à des sommets que je n'avais encore perçus chez aucun de mes contemporains.

Gérard Philipe, Roger Blin, Maria Casarès, jouaient dans *Les Épiphanies* et cette fabuleuse interprétation donnait au poète une dimension exceptionnelle. De plus, en décembre 1948, les éditions K publiaient ce texte dans une livraison époustouflante, devançant toutes les extravagances typographiques, et qui allait faire du maquettiste, Pierre Faucheux, le graphiste le plus créatif de la décennie.

Nucléa, en 1952, confirma la puissance visionnaire de Henri Pichette.

Trente ans plus tard, j'ai souvent revu Pichette dans la grande salle de lecture de la Bibliothèque nationale. Nous sortions ensemble prendre un café, ou bien nous déambulions autour du petit square qui longe la rue de Louvois. Henri Pichette consacrait tout son temps à des recherches pour un livre sur le rouge-gorge, qu'il voulait tout à fait exhaustif. Étrange de retrouver un tel poète, jadis si inspiré, transformé en rat de bibliothèque. Pichette me disait que son œuvre poétique était terminée, qu'il avait bien droit à une retraite de poète que tout le monde lui refusait. Mais il n'avait pas encore tout à fait soixante ans et, au Centre national des lettres, il paraissait trop jeune pour bénéficier d'un secours définitif. Une petite bourse, de temps en temps, le tirait provisoirement d'affaire. Rien de misérabiliste, ni dans son aspect ni dans ses propos, malgré la précarité de sa situation financière désespérée. Il était toujours beau garçon, séduisant, charmeur. Simplement, il ne comprenait pas que ceux qui, autrefois, proclamaient son génie, ne lui assurent pas sa vie matérielle. Persuadé d'être l'un des poètes majeurs de son temps (et il avait raison), il me prenait à témoin de l'incorrection de certaines anthologies qui ne le citaient même pas. Il ne se croyait pas oublié. Il se voyait trahi.

Je lui disais que l'on n'est jamais quitte, que le vieux Montherlant s'indignait qu'à soixante-dix balais on demande encore aux écrivains de pondre un chef-d'œuvre tous les ans.

Il me répondait :

– Tu ne vas quand même pas me comparer à Montherlant !

Je l'avais un peu vexé. Mais il ne m'en voulait pas. Je n'ai jamais très bien compris pourquoi il me portait une amitié aussi fraternelle. Nous avions exactement le même âge, nous avions fait nos débuts au même moment, mais nos trajectoires étaient tellement différentes ! Il me répétait :

– Parmi les prosateurs, je n'estime que deux écrivains, toi et Jean Cau.

Compliment qui me paraissait fâcheusement empoisonné.

Puis, pendant dix ou quinze ans, Pichette disparut. Du moins dans ma vie. Et un matin, comme si nous nous étions quittés la veille, il me téléphone pour me demander comment on appelle le rouge-gorge dans le dialecte vendéen.

– Jabot roge.

– Jabot roge ! Il doit y avoir aussi d'autres noms. Le beni... Dans le marais, le bocage, la plaine, le rouge-gorge s'appelle comment ? Veux-tu que je vienne en discuter avec toi ?

Il n'a pas beaucoup changé, sinon qu'il s'est épaissi. Sanglé dans une sorte de blouson, on le devine toujours aussi passionné. La même ardeur, le même débit de paroles, avec une voix éclatante de comédien et quelque chose d'imprécatoire.

Comme il va donner un récital de ses poèmes au théâtre du Rond-Point des Champs-Élysées, il me dit qu'il lui faut commencer en sonnant très fort. Il rugit :

– Homme !

Ce mot éclate comme un coup de canon. L'appartement en tremble. Il répète, encore plus fort :

– Homme !

J'ai peur pour mes vitres. Mais non, rien ne casse. Et il éructe, dans son désert mental, Diogène sans tonneau et sans lanterne :

– Homme !

Comme il m'a parlé avec tant d'enthousiasme de deux de mes livres : *L'Accent de ma mère* et *Les Mouchoirs rouges de Cholet*, je lui offre *La Mémoire des vaincus.*

Il le feuillette rapidement et me dit, déçu :

– Ah ! Tu es anar ! Oh ! c'est dommage ! Comment peux-tu être anar ? Ni Dieu ni maître, quelle stupidité ! Dieu est Dieu, c'est tout. Il n'y a pas à discuter.

– Dieu est une hypothèse.

– Tu es un cochon.

Il entrouvre la porte pour s'en aller fâché. Revient :

– Un cochon que j'adore. Ragon est un cochon que j'adore.

Il reprend cette phrase avec une gourmandise de comédien qui se complaît dans une réplique : « Ragon est un cochon que j'adore. » Il rit, de son rire sardonique.

Puis il se lance, debout, menaçant, dans un grand discours sur le Christ, les apôtres, la vérité de l'Évangile.

– As-tu lu les gnostiques ?

– Non.

– Ah oui, le plaisir, le libertinage, le matérialisme. On se croit un héros et à soixante-dix ans on ne peut plus baiser.

Il déclame sa foi en Dieu, sa haine de la révolution de 1789 (« La décadence commence là »). Je le croyais imprécateur libertaire. Il est en fait doctrinaire intégriste. Quel parcours depuis *Les Épiphanies* où on le plaçait, près d'Artaud. Il a glissé vers Claudel. Et je vois le fléau de la balance chavirer du côté de Jean Cau. Cependant que moi, projeté en l'air, je tombe sur le cul.

Un grand choc en 1947 : la parution de *Paroles* de Jacques Prévert.

Prévert des *Portes de la nuit*, des *Visiteurs du soir*, des *Enfants du paradis*, du *Jour se lève*, de *Quai des brumes*... Quel romancier disposait d'une œuvre plus riche que celle-là ! Que de personnages inoubliables, que de dialogues savoureux, dont on se relançait les bons mots ! *Paroles*, ce recueil de fables et de comptines, de bouts-rimés et de chansons, fut sans doute la meilleure réponse à ce « déshonneur des poètes » dénoncé par Benjamin Péret. Une autre face de cette poésie populaire qu'Aragon prétendait incarner. Frondeur, nonconformiste, anticlérical, antimilitariste, ouvriériste, pacifiste, libertaire, Prévert crevait d'un coup de plume le ciel de lit des poètes dits « de la Résistance ». La vraie résistance, c'est lui qui l'assumait.

Nous avions tout pour devenir copains, Prévert et moi, sauf, bien sûr, la différence de notoriété et la différence d'âge. Mais il m'en voulut pendant longtemps d'un article où j'avais malmené Picasso, et dont nous reparlerons, intitulé : « Picasso s'éloigne ». Lui, si irrévérencieux, me reprochait mon irrespect envers le monstre sacré. Comme si cet éléphant pouvait être agacé par la piqûre d'un moustique !

Je regrette de n'avoir pas plus fréquenté Prévert. Heureusement, j'ai le souvenir d'une belle journée passée avec lui, à Vence, à l'ombre d'une tonnelle. Mais de nos propos, quoi ? Rien...

Lorsque l'on est bien ensemble, on ne dit que des banalités, on se satisfait de silences. Je réentends néanmoins son accent gouailleur. Je le revois mâchonner ses cigarettes, dont les cendres jamais secouées tombaient sur sa veste qu'il n'époussetait pas.

Prévert et Cendrars, mes deux maîtres ès poésies ! Lorsque Cendrars habitait Aix-en-Provence, et qu'il publiait *L'Homme foudroyé* (1943), *La Main coupée* (1946), sa légende était si grande que nous recevions ces livres comme des talismans. Le 11 juin 1948, il signa son nouveau livre, *Bourlinguer*, à la Librairie 73, boulevard Saint-Michel (là où je devais organiser, trois ans plus tard, la première exposition Cobra à Paris). La veille, un cocktail réunissait ses plus anciens amis : Henry Poulaille, Francis Carco et Curzio Malaparte que Cendrars appelait « dégueulasse et génial ».

C'est là que je rencontrai Blaise Cendrars et Raymone, assise discrètement près de lui. Je le revis souvent, lorsqu'il redevint parisien, dans son logement de la rue Jean-Dolent qui borde les murs de la prison de la Santé.

La Prose du transsibérien, *Les Pâques à New York*, quels poèmes m'ont plus bouleversé ! Si bouleversé qu'ils m'ont conduit à chercher l'aventure dans la bourlingue, pendant de longues années, de l'Amérique du Sud à l'Extrême-Orient et à perdre en cours de route ma vocation de poète, trop oblitérée par la poétique de Cendrars.

Cendrars au visage buriné, ridé, recuit... Son mégot aux lèvres... Son béret noir tiré sur le front... Sa manière de tenir son moignon de sa main gauche, en passant son bras derrière son dos...

Lorsqu'il parlait de ses voyages, on sentait bien qu'il en rajoutait, qu'il se laissait glisser dans la magie des situations et des mots. La manière dont il prononçait Ourougouaille, Paragouaille, nous transportait déjà dans la féerie de la forêt vierge.

J'observais comment il éludait les questions trop précises sur ses déplacements dans des régions si lointaines qu'il pouvait en dire ce qu'il voulait. Ne pas répondre, laisser dans le vague, feindre de ne plus se souvenir, conduire le questionneur à s'égarer dans ses propres suppositions, ses propres rêves.

Éternel voyageur d'une odyssée qui commence avec la fin de la Russie tsariste et s'achève dans l'explosion du continent latino-américain, Cendrars avait tout vu, tout su, tout deviné. On me disait qu'il mentait souvent. C'est qu'on le prenait alors pour un reporter, ce qu'il prétendait d'ailleurs être. On oubliait qu'un visionnaire ne dit peut-être pas ce qu'il a vu, mais qu'il imagine ce qu'il aurait pu voir.

Puisque j'aimais les peintres (il ne connaissait pas ceux que je fréquentais), il me racontait comment Fernand Léger chassait la gitane, comment

Kupka s'était engagé comme lui dans la Légion, comment Modigliani jetait ses sculptures cassées à la poubelle, que des marchands venaient ramasser la nuit, recollaient et revendaient en faisant fortune. Mais leur peinture, la spécificité de leur peinture, il ne m'en parlait pas, se désintéressant totalement de la peinture, n'attachant plus d'importance qu'aux photographies de son ami Robert Doisneau. Et il me déconseillait de m'engager dans la voie de la critique d'art :

– La critique d'art est aussi imbécile que l'espéranto.

Cendrars aimait beaucoup Poulaille, mais beaucoup moins la littérature prolétarienne. Pour Cendrars, Poulaille se plaçait bien au-delà de la littérature prolétarienne. Il le considérait plutôt comme un autodidacte érudit, un puits de science hétéroclite, un dingue de l'imprimé, une sorte de nouveau Gustave Le Rouge, ce docte polygraphe qu'il avait connu en 1907, auteur de brochures anonymes qui se vendaient dans les kiosques et de romans d'aventures.

– Poulaille a perdu son temps avec sa clique prolétarienne, me disait-il. Il est étouffé par une nuée de médiocres auxquels il dispense son savoir, qui est immense. Quel gaspilleur d'énergie ! Il aurait mieux fait de s'abandonner à sa vocation encyclopédique. Poulaille, c'est une bibliothèque fourvoyée.

Un jour que je lui avouais mon admiration pour Jules Vallès, il se mit à rigoler, farfouilla dans des monceaux de papiers et me sortit un texte, découpé il ne savait plus où :

« Poète, il ne l'était point de par le ciel, et il avait dû se donner un mal affreux pour le devenir. Il eut une minute de gloire, un siècle d'agonie : a-t-il dix ans d'immortalité ? A peine. Ses admirateurs peuvent tout au plus espérer pour lui qu'un jour un curieux ou un raffiné logera ce fou dans un volume tiré à cent exemplaires, en compagnie de quelques excentriques crottés. Ne demandons pas plus pour lui : il ne mérite pas davantage ; et combien sont tombés, qui étaient plus dignes d'être embaumés dans les pages d'un elzévir ; mais aussi ceux-là sont morts poitrinaires et non pas fous ; ils n'ont point eu les préoccupations terribles et les angoisses mesquines qu'eut toute sa vie ce forçat lugubre de l'excentricité. »

Le poète en question s'appelait Charles Baudelaire et Jules Vallès signait ces lignes aberrantes écrites le lendemain de la mort de l'auteur des *Fleurs du mal.*

– Ah ! la critique ! La critique ! s'exclamait Cendrars.

Et il répétait :

– Aussi imbécile que l'espéranto !

Et moi je pensais à mes camarades de la Fédération anarchiste qui croyaient à l'action désaliénante de l'espéranto.

3

Les Limousins de Paris 1944-1951

Le 7 novembre 1944, Jean Bouhier m'informe qu'il existe à Limoges un « jeune poète plein de talent et de projets » qui se nomme Robert Giraud.

– Je souhaite que vous preniez contact.

Une semaine plus tard, je recevais une lettre de Robert Giraud me faisant part de son ébauche d'une anthologie poétique : *Couronne de vent* et me demandant de lui envoyer des poèmes. Par retour du courrier, il m'annonçait qu'il acceptait ces textes pour son anthologie et se présentait :

« J'ai vingt-trois ans, ex-étudiant en droit, terroriste, ex-interné politique. Je suis actuellement journaliste. Je dirige le journal régional *Unir.* »

Cela pourra paraître aujourd'hui curieux, mais il était de bon ton, alors, de se dire « terroriste ». Robert Giraud avait été résistant, emprisonné comme tel, toutefois le terme de terroriste me semblait plutôt convenir à ceux qui l'avaient arrêté, aux voyous de la Milice et à leurs patrons abominables de la Gestapo.

Couronne de vent, préfacé par l'incontournable Jean Bouhier, sortit en avril 1945. On y retrouvait des poèmes de René-Guy Cadou, de Georges-Emmanuel Clancier, de Maurice Fombeure, de Michel Manoll, de Gilbert Prouteau, d'Yves Salgues, de Jean Rousselot, etc.

Débuter sous de meilleurs auspices me semblait inimaginable.

De Nantes à Limoges, les échanges épistolaires furent constants et de plus en plus chaleureux. J'envoyai de nouveaux écrits à Robert Giraud qui me répondit :

« J'ai lu vos poèmes. Ils sont excellents. Je suis prêt à vous publier dans ma collection "Les Écrits Libres". Je possède encore un peu de papier de couleur (vert et bleu) d'un merveilleux effet. »

Car à la difficulté de dénicher un éditeur de poésie s'ajoutait la pénurie du papier, sévèrement contingenté. Merveille ! Giraud était à la fois un éditeur complaisant et il possédait du papier. Ma première plaquette : *Prière pour un temps de calamité* sera donc imprimée à Limoges et comprendra, bien sûr, des illustrations de James Guitet.

Notre correspondance continua, de Paris à Limoges. En novembre 1945, il m'annonçait une nouvelle fabuleuse : toute l'équipe de son journal allait s'installer à Paris. *Unir*, « hebdomadaire des jeunes de la Libération nationale », patronné par Pierre Bourdan, ministre de la Jeunesse et des Sports, se référait, avec le panache de rigueur, à ses attaches avec la Résistance :

« Après avoir lutté les armes à la main, nous voulons lutter aujourd'hui, et longtemps encore, avec nos paroles. »

Recevoir cette équipe limousine à Paris me transportait d'enthousiasme. Elle aménagea ses bureaux, près du Louvre, 10, rue des Pyramides, et se logea dans un hôtel de la rue de Lille, à cent mètres de ma chambre de la rue des Saints-Pères. Grande chance pour moi d'être immédiatement intégré à ce groupe triomphant et de collaborer à un magazine aussi dynamique. Le sculpteur Émile Gilioli trouva dans *Unir* ses premiers supporters qui lui consacrèrent, le 1er mars 1946, une page illustrée. Émile Gilioli qui, jusqu'à sa mort, en 1977, demeurera pour moi un si grand et si merveilleux ami.

Oui, groupe triomphant, lié aux organismes tout-puissants de la Résistance. Mes nouveaux frangins étaient originaires de la bonne bourgeoisie provinciale, tous poètes, tous édités, joyeux, drôles, intrépides. Il y avait Robert Michaud, qui me dédia son recueil *Sang terrestre*, illustré d'un portrait par l'ex-dadaïste allemand Raoul Haussmann, réfugié à Limoges, fuyant le nazisme. Il y avait René Chapelot, avec lequel j'entretins une grande correspondance et qui collabora à mes *Cahiers du peuple*. Il y avait Pierre Giraud, frère de Robert, qui exposait au Foyer de l'art brut de Jean Dubuffet. Il y avait René Rougerie qui deviendra l'éditeur de poésie que l'on sait. Il y avait...

Mais le ministre de la Jeunesse et des Sports

Pierre Bourdan, prenant son titre à la lettre, se noya en pratiquant un sport nautique en Méditerranée. Et il entraîna le magazine *Unir* dans son naufrage.

Sagement, la rédaction d'*Unir* rentra à la maison, à l'exception de Robert Giraud qui demeura à Paris. Nous partageâmes alors le même dénuement. Pendant cinq ans, nous ne nous quittâmes pratiquement pas. Moi, j'étais habitué à l'insécurité, à la pauvreté. Mais lui plongea. Et, comme de bien entendu, sautant de plus haut, il plongea plus profond.

J'assistais quotidiennement à cette métamorphose qui allait faire du poète limousin l'écrivain typique des ruelles, des bistrots et des nuits parisiennes. Dépossédé de sa carte de journaliste, abandonné par ses compagnons retournés au pays, le chômage le conduisit à la dérive. Traînant la nuit dans les rues où les bars restaient ouverts, mais ne consommant rien, faute de quoi se payer un verre, il devint familier des filles stationnant sur les trottoirs, dans l'attente du client. Je ne crois pas que, là non plus, il consommait, et pour les mêmes raisons. Mais les putains se prirent d'amitié pour ce garçon perdu au profil d'Arabe. Pour l'avoir accompagné parfois dans ses pérégrinations nocturnes, j'ai pu voir que c'étaient les filles qui nous payaient à boire, qui aimaient bavarder avec nous, de pas grand-chose, du putain de métier qui était le leur, des manies et travers de leurs habitués. Robert Giraud leur récitait des poèmes de Francis Carco, qui se voulaient tristes et qui les faisaient rire. Au fur et à mesure qu'il s'enfonça dans la marginalité, son physique se modifia. Ses cheveux, très noirs, se dressèrent sur sa tête, ébouriffés. Il marchait d'un pas lent, du pas du promeneur qui n'en finit pas d'arpenter les heures de l'insomnie. Il se fit de nouveaux copains, familiers comme lui des troquets populaires et de la vie nocturne, en premier lieu Robert Doisneau qui illustrera plus tard de ses photos le livre de Giraud : *Le Vin des rues.*

Giraud me présenta à deux photographes, les deux meilleurs photographes parisiens de leur génération : Izis et Doisneau. Moi je le présentai à Henry Poulaille, à Tristan Rémy, à Jean Dubuffet et à James Guitet lorsque ce dernier vint partager ma chambre de la rue des Saints-Pères.

Je trouve ce mot :

« Tâche de faire en sorte que Poulaille passe dans *Maintenant* mon poème intitulé "Rues", que je t'ai dédié. Tâche aussi de me faire expédier en s.p. le bouquin de Tristan Rémy : *Les Clowns.* »

Car l'environnement dans lequel il se complaisait le rapprochait, bien que d'une manière très superficielle, de la littérature prolétarienne et d'une manière plus évidente du monde du cirque, de la fête foraine et de tous les phénomènes de l'asocialité.

Il allait ainsi devenir le spécialiste de l'argot, des clochards, du tatouage, des bars à vin. Pendant quinze ans, il écrira huit feuillets par semaine pour *L'Auvergnat de Paris.* Chacun de ces articles faisait le portrait d'un bougnat. De cette fréquentation assidue, il gagnera ses galons de barde des bistrots parisiens. Lui aussi abandonnera la versification pour une autre forme de créativité poétique qui le rapprochera des poètes qu'il aimait : André Salmon (qui préfacera son ultime recueil de poèmes, *Interdit au cœur,* 1952), Jacques Prévert et Pierre Mac Orlan. « Mac Orlan, le seul à qui je disais vous. »

Dans ses longues années de dèche, Robert Giraud travaillera comme manœuvre dans une entreprise de démolition, sera secrétaire du secrétaire du Foyer de l'art brut (et Dubuffet lui donnera une gouache qui, s'il l'avait conservée suffisamment longtemps, lui aurait rapporté beaucoup plus qu'un livret de Caisse d'épargne ; mais il est vrai que nous n'avions pas les moyens, non plus, de posséder un livret de Caisse d'épargne). Nous ramassions le soir aux Halles les déchets qui permettaient de manger au moins des légumes et des fruits. Peu à peu, d'autres marginaux arrivèrent et nous nous partageâmes deux chambres du quartier Latin pour une dizaine de personnes qui les occupèrent illégalement par roulement.

Nous faisions une popote commune sur de minuscules réchauds à alcool et de somptueuses salades lavées et assaisonnées dans les bidets. Mimi Pinson était venue nous rejoindre. Elle n'avait pas encore vingt ans, chantait à plein gosier des airs d'Édith Piaf. Étrangement éclose du monde de

Robert Giraud, elle devint très vite amoureuse de celui que nous n'appelions plus que Bob et, malgré les vicissitudes de l'existence, le resta toute sa vie. Délicieuse Paulette, coiffée à l'Aiglon, si spontanée, si gaie, si rieuse, si insouciante, que nous perdîmes un moment quand la tuberculose l'envoya en sana.

J'ai conservé des lettres où elle me demande d'aller voir Bob, qu'elle sait cafardeux, de m'occuper de lui. « Que fait-il ? Ne le quitte pas... » Comme elle n'avait même pas assez d'argent pour s'acheter deux timbres, elle mettait la lettre pour Bob et la mienne dans la même enveloppe.

De Limoges (décidément Limoges ne nous quittait pas) arriva un jour un sauveur. Bob me présenta un pseudo-aristocrate qui se proposait d'acquérir les éditions du Beffroi, nées dans la clandestinité à Moulins, en 1941.

Georges de M. occupait un pavillon à Bois-Colombes qui devint le siège social des éditions du Beffroi. Ayant acheté les parts de la société, il en assumait la gérance. Quant à Robert Giraud et à moi, par un coup de baguette magique, nous fûmes promus directeurs littéraires.

Curieux pavillon, dont l'état d'abandon aurait dû nous alerter. Bob et Paulette, qui n'avaient plus de domicile, se réjouissaient de s'installer dans une des pièces, bien que démunie de meubles. Mais bientôt le stock des livres invendus des éditions du Beffroi envahit tous les espaces du pavillon, à la manière des rhinocéros de Ionesco.

Bien sûr, Georges de M. n'avait pas plus d'argent que de particule et il nous emmena dans une sinistre affaire dont nous ne sortîmes pas plus pauvres qu'avant (c'eût été difficile) mais néanmoins prématurément désenchantés par le commerce du livre.

Je ne sais comment Robert Giraud rencontra Fréhel. Dans *Pépé le Moko*, cette ancienne vedette de music-hall, rivale de Mistinguett, paraissait déjà une vieille femme clochardisante. Mais c'était du cinéma. La Fréhel que retrouva Giraud était une épave, une vraie clocharde, qui n'avait pas perdu sa voix de Parigote. Il réussit à intéresser un bistrot rue Mouffetard qui disposait d'une grande arrière-salle et Fréhel y redevint, pour quelques mois, une étoile. Étoile d'abord des marginaux de la Mouffe, puis la nouvelle se répandit de la réapparition de ce fantôme. Les marginaux furent peu à peu repoussés par le public habituel des boîtes de nuit. Étrange music-hall que Bob affréta pour Fréhel, où il ressuscita l'ambiance des bastringues de la rue de Lappe. On s'entassait à tel point que même le comptoir servait de siège. Fréhel, courte sur pattes et énorme, immédiatement reconnaissable à sa célèbre frange, se frayait brutalement un passage. Puis, juchée sur une estrade improvisée avec des casiers à bouteilles, elle se campait, mains aux hanches, et entonnait d'une voix sourde, qui peu à peu s'amplifiait, une voix rouillée de vieille pocharde, l'émouvante chanson de *Pépé le Moko :*

« Où est-il mon moulin d'la place Blanche
Mon tabac et mon bistrot du coin
Tous les jours, pour moi, c'était dimanche
Où sont-ils, les amis, les copains
Où sont-ils tous mes vieux bals-musettes
Leurs javas au son d'l'accordéon
Où sont-ils tous mes r'pas sans galette
Avec un cornet d'frites à deux ronds
Où sont-ils donc ? »

Ce n'était pas de la frime. Ses copains de la Belle Époque, elle les avait perdus pour de bon. Et tous ces gens qui venaient écouter sa misère, on voyait bien qu'elle n'avait pour eux que mépris.

Une sorte de stupeur mélancolique et douloureuse nous saisissait tous. Ce n'était plus du cinéma, mais la vérité vraie, comme disent les enfants. Le bistrot de la Mouffe semblait plus vrai que la Casbah d'Alger. On retenait son souffle. On n'osait même pas applaudir. De l'assistance, sortit un soir un clodo avec un minuscule harmonica à la bouche. Fréhel fit signe de le laisser jouer. Il jouait fort bien, d'ailleurs. Et Fréhel, royale, magnanime, quêtait pour cet inconnu qui n'était pas un comparse. Puis elle disparut, s'enveloppant dans son grand châle élimé.

En septembre 1950, fut annoncée la collection photogravée « Poésie et Critique », réalisée par un jeune éditeur de Limoges, René Rougerie.

Puisque Rougerie m'ouvrait son imprimerie, je lui proposai d'écrire un texte sur Atlan, que ce dernier illustrerait de dessins originaux. Finalement, c'est donc grâce au clan des Limousins que je pus offrir à Atlan le premier livre qui lui fut consacré : *L'Architecte et le Magicien* (1951).

Quarante ans plus tard, René Rougerie, en principe à la retraite, continue à éditer, avec son fils Olivier, une quinzaine de recueils de poèmes par an, plus quatre numéros d'une revue : *Poésie présente.* La famille Rougerie, installée depuis un demi-siècle dans le village de Mortemart, à quarante kilomètres de Limoges, se targue d'être le dernier éditeur artisan de France. René, sa femme, leur fils plient les feuilles de papier sur la table du salon, les collent et les cousent dans l'atelier, au fond du jardin où la vieille presse, achetée à la casse, fonctionne chaque jour. Puis les Rougerie bourrent leur camionnette d'ouvrages et font le porte-à-porte des librairies et des bibliothèques. Vingt mille kilomètres, région par région.

Et c'est alors que, me trouvant dans le studio de Radio libertaire, à Montmartre, on me dit qu'allait venir me rejoindre l'auteur d'un livre sur

Gaston Chaissac, et que cet auteur, qui me connaissait, s'appelait Michaud.

Chaissac ? Chaissac qui s'était toujours dit limousin et non vendéen, je lui avais consacré le second de mes articles, dans *Le Limousin littéraire*, en novembre 1950 : « Gaston Chaissac, peintre, poète et épistolier limousin. » Que Chaissac et mon ami poète, du temps du magazine *Unir*, se retrouvent, me parut bien naturel.

– Michaud, de Limoges ? demandai-je.

– Lui-même.

Je revoyais Robert Michaud, tout blond, à l'abondante chevelure frisée. Robert Michaud qui m'avait jadis dédié un de ses recueils de poèmes...

Lorsqu'il arriva, j'ai failli l'embrasser.

– Ah ! que je suis heureux de te revoir ! Et tu apportes Chaissac dans ta giberne[5] ! Tant d'années... tant d'années...

Mais le nommé Michaud parut gêné, un peu confus :

– Ce n'est pas moi que vous avez connu. C'est mon père.

4

La voie libertaire 1945-1949

De Nantes, j'entretenais aussi une correspondance avec un poète breton près duquel l'élégiaque René-Guy Cadou paraît folklorique. Je veux parler d'Armand Robin. Le coin très dur et douloureux s'enfonçait de plus en plus profondément dans ma chair. Armand Robin devait mettre la blessure à vif.

Je lui demandais des renseignements biographiques pour le chapitre que je désirais lui consacrer dans *Les Écrivains du peuple.* Le 17 juillet 1945, il me mettait en garde contre une telle imprudence :

« Je vous dirai franchement que votre projet a toute ma sympathie et que j'ai été particulièrement touché du ton sincère de votre lettre. Mais je suis embarrassé par une chose qui est assez grave et dont c'est mon devoir de vous avertir tout de suite : c'est que, après avoir eu à lutter contre les fascistes hitlériens ou autres, j'ai maintenant à combattre les réactionnaires staliniens ; ces contre-révolutionnaires sont prêts à n'importe quoi contre ceux pour qui le peuple n'est pas un mot mais dont il constitue la chair et le sang. Vous savez que Aragon a réussi à me faire interdire comme trotskiste ; il est certain que mon opposition à ces réactionnaires ira en grandissant ; je ne voudrais pas que vous vous attiriez des ennuis plus tard pour avoir cité mon nom. Ne soyez pas étonné et ne croyez pas que j'exagère : c'est à cette fascisation de la vie intellectuelle, à cette interdiction de toute expression authentique et surtout révolutionnaire que l'on veut en venir[6]. »

Lue aujourd'hui, cette lettre peut prêter à sourire. Dans le climat policier, revanchard, dictatorial de 1945, en un temps où, si l'Europe ne s'était pas partagée à Yalta (Staline abandonnant l'Europe occidentale aux Américains et se réservant l'exclusivité de l'orientale), il est certain que le parti communiste, alors si puissant, aurait pris le pouvoir et que nous aurions goûté en France aux plaisirs du goulag ; dans cette perspective qu'il jugeait imminente, Armand Robin entrait à la fois en rébellion et en clandestinité.

Il s'était réinstallé dans le logement secret qu'il habitait pendant l'occupation allemande, considérant qu'une nouvelle occupation suivait la précédente. Très vite, me faisant confiance, il me donna l'adresse : 50, rue Falguière. Dès mon arrivée à Paris, je le rencontrai. Aussi hâtivement que je rencontrai Poulaille. Il me raconta sa vie, sa famille de paysans illettrés, les huit enfants au foyer, comment il n'avait parlé français qu'à l'école (on ne parlait que le breton, chez lui) ; comment, en 1929, il était entré en khâgne au lycée Lakanal, suivant l'enseignement d'un autre Breton, qui avait été boursier comme lui : Jean Guéhenno.

Polyglotte boulimique, entre dix-neuf et vingt-cinq ans il apprend les plus importantes langues européennes, dont le russe. Du long périple qu'il accomplit en U.R.S.S. en 1934, comme Panaït Istrati, et pour les mêmes raisons, il devient désenchanté et violemment antibolchevique :

« L'arrivée des Allemands et l'avènement des totalitarismes hitlérien ou autres, m'ont donné, par réaction, le goût fanatique de vivre chez tous les peuples à la fois, de briser, au moins par l'esprit, toutes les frontières, d'échapper coûte que coûte à la prison où tous veulent nous enfermer, m'écrit-il.

« Je me trompe peut-être, mais il se peut que l'événement intérieur le plus important de ma vie, pendant ces dernières années, fût mon contact (fort malheureux) avec les milieux dits littéraires et les milieux mondains qui règnent sur la "vie littéraire". Je n'ai pu tenir devant tant de fausseté et j'ai tout envoyé promener, semant contre moi des haines implacables.

« Je fais une exception, une merveilleuse exception, c'est pour Guéhenno ; celui-là n'est pas grimacier et il a gardé du peuple de quoi résister à tous ces gens.

« Je n'ai trouvé aucune paix depuis que j'ai quitté le peuple ; je pense que cette vie tumultueuse et dispersée vient de là ; je comprends Rousseau et très souvent je pleure jusqu'au sang d'être devenu un poète [7]. »

Armand Robin avait élaboré une manière originale de gagner de quoi vivre. Il écoutait la nuit les radios étrangères et rédigeait un bulletin qu'il distribuait par abonnements. Avec la vingtaine de langues qu'il comprenait, notamment l'arabe, le chinois et le japonais, il se tenait toutes les nuits à l'écoute des informations et commentaires politiques, en faisant une synthèse et une prospective. Avant quiconque, il annonça l'ascension d'un responsable local du parti communiste russe nommé Khrouchtchev.

Nous nous rencontrions dans une arrière-salle d'un café de Montparnasse, Le Sélect. La tenue d'Armand Robin ne correspondait pas au débraillé de sa correspondance ni à la véhémence de ses écrits. Il avait l'apparence d'un employé correctement vêtu, cravaté, les cheveux bien peignés et courts, des lunettes banales. Il était également courtois, attentif. Le type même de l'individu qui ne se fait pas remarquer.

Toutefois c'est lui et non Poulaille qui, le premier, me conseilla de prendre contact avec la Fédération anarchiste, au 145 du quai de Valmy ; et qui, le premier, me donna un numéro du *Libertaire.*

Au *Libertaire,* il se lia d'amitié avec Georges Brassens, qui assumait alors le secrétariat de rédaction du journal. Et la Fédération anarchiste publia en décembre 1945 ses *Poèmes indésirables* qu'il m'apporta auparavant sur des feuilles ronéotées.

Dédiés « à la mémoire d'Essenine et de Maïakovski, assassinés par le régime réactionnaire bourgeois-soviétique », les *Poèmes indésirables* s'ouvraient par un avant-propos inhabituel :

« La Pensée et la Poésie sont par nature indésirables... Ces poèmes sont, au nom des idées irréductiblement d'extrême gauche, un don du poète aux peuples martyrisés et en attente d'un plus grand martyre... Leur reproduction et leur traduction sont absolument libres pour tous les pays ; aucun droit d'auteur ; ces poèmes tombent dans le "domaine public" dès aujourd'hui ; ils ne doivent être utilisés par aucun parti politique existant ou à venir... ils ne doivent servir aucune cause "nationale" ni aucune cause faussement "internationale", ils ne doivent être cités élogieusement par aucun journal, aucune radio, aucune "revue littéraire", bref aucun organisme officiellement ou officieusement chargé de tromper. »

Armand Robin prenait des précautions bien inutiles. En un temps où Staline, coiffé de sa casquette de généralissime, fascinait toute la gauche, où une véritable terreur stalinienne allait stériliser l'intelligentsia européenne, qui aurait pris le risque de louer des poèmes aussi nihilistes ? On ne parlait que de « lendemains qui chantent » et

Robin n'évoquait que des lendemains qui déchantent.

« Il y a sur tout le pays une odeur de merde ;
Tous les jours, un peu plus, il y a odeur de merde ;
On tue un peuple chaque jour pour accroître la merde ;
Des journaux de merde, des radios de merde, des affiches de merde
Avec de grands mots de merde annonçant des progrès de merde
Même nous, les travailleurs, on veut que nous soyons merde. »

Pastichant le ton déroulédien des « poètes de la Résistance », il écrivait :

« Il n'y a plus de pensée, il n'y a que des clairons ;
Il n'y a plus de poètes, il n'y a que des Aragons. »

Il distribuait aussi, sur des feuilles toujours mal dactylographiées et ronéotées d'une manière on ne peut plus défectueuse, des « Lettres ouvertes » grâce auxquelles il réussissait à se mettre tout le monde à dos.

Par exemple : « Lettre ouverte aux membres staliniens du Comité national des écrivains », qui commençait par ces mots : « Fils de bourgeois staliniens et sans talent... »

Depuis Bernanos on n'avait pas lu de pamphlets aussi corrosifs. Mais qui les a lus ? Même pas, sans doute, ceux auxquels ils étaient destinés, car cette prose, qui n'était pas imprimée, sentait trop l'amateurisme, la vocifération ringarde. Ceux auxquels s'adressait Armand Robin avaient eu, eux aussi, recours aux ronéos déglinguées pour éditer leurs tracts, leurs poèmes, quelques années plus tôt. Mais aujourd'hui, ils paradaient en s'échangeant leurs textes sur beau papier, illustrés par Picasso et Matisse. Non, vraiment, cet Armand Robin quel emmerdeur !

Armand Robin s'appliquait à se rendre indésirable et impubliable. Ses provocations étaient tellement énormes qu'elles n'avaient d'autre effet que de le ridiculiser.

Il écrivait au Comité national des écrivains qu'il exigeait de rester sur la liste noire où il avait été placé non comme collaborateur avec les nazis, mais comme trotskiste. Car le Parti communiste français entendait bien profiter de l'épuration pour liquider trotskistes et anarchistes, comme ses maîtres l'avaient fait en U.R.S.S. et en Espagne.

Dans sa « Lettre ouverte aux membres staliniens du Comité national des écrivains », Armand Robin déclarait :

« Vos véritables raisons de me mettre sur la liste, vous n'avez jamais pu les exprimer, sachant bien qu'elles vous confondraient. Je vais les dire. J'avais la renommée d'être trotskisant et anarchisant ; je l'avais peut-être été pendant une période de ma vie, encore que je trouve plaisant d'être obligé d'avoir une couleur politique... Pour que votre dossier de bons policiers soit complet, je préfère vous dire tout de suite que depuis quelques mois – en dehors de mon cas personnel – les staliniens m'ont complètement dégoûté et je fréquente de nouveau les trotskistes et les anarchistes, qui sont vraiment d'une autre étoffe que vous...

« J'avais commis, en 1940, la triple faute impardonnable de laisser voir à Aragon le dégoût qu'un tel homme ne peut manquer de provoquer chez quelqu'un venant du peuple... Ce que vous, traîtres à la pensée, à la poésie, au peuple, vous ne pouviez supporter de laisser impuni chez moi, c'est ma fidélité à ces trois grandes choses : l'apparition d'une âme prolétarienne, d'une conscience profondément, irréductiblement populaire ; si vous aviez pu me fusiller, vous l'auriez fait, sous l'inculpation de posséder une âme prolétarienne.

« Une année auparavant, en août 1943, avec quelques camarades, je vous avais déjà maladroitement, mais purement averti ; dans deux pages intitulées "Un peu de clarté" j'avais dénoncé cette atteinte à l'honneur des poètes que vous aviez nommée "poésie de la Résistance" et qu'en surplus la Gestapo me traquait en ce même mois d'août, je ne pouvais accepter sans protestation une littérature (?) de propagande qui salissait les deux choses les plus respectables en ce temps : la Résistance et la Poésie. »

Ce que Aragon et le Comité national des écrivains ignoraient, c'est qu'en cette même année 1943, le 5 octobre, Armand Robin avait écrit une lettre aussi masochiste à la Gestapo qui, étant donné l'énormité du ton, avait dû paraître une plaisanterie puisqu'elle ne fut pas sanctionnée :

« Il m'est parvenu que de singuliers citoyens français m'ont dénoncé à vous comme n'étant pas du tout au nombre de vos admirateurs. Je ne puis, messieurs, que confirmer ces propos et ces tristes écrits. Il est très exact que je vous désapprouve d'une désapprobation pour laquelle il n'est point de nom dans aucune des langues que je connaisse (ni même sans doute dans la langue hébraïque que vous me donnez envie d'étudier). Vous êtes des tueurs, messieurs ; et j'ajouterai même (c'est un point de vue auquel je tiens beaucoup) que vous êtes des tueurs ridicules... Vous avez assassiné, messieurs, mon frère le travailleur allemand ; je ne refuse pas, ainsi que vous le voyez, d'être assassiné à côté de lui. »

Ni la Gestapo ni la Tcheka ne feront à Armand Robin l'honneur de l'assassiner. Des petits flics parisiens auront peut-être aussi bien accompli la besogne, en mars 1961, lorsque, disparu de son domicile, on le retrouvera mort à l'infirmerie spéciale du Dépôt.

Qu'il y eût un goût de l'autodestruction chez Armand Robin, nul doute. Non seulement il sabota consciencieusement son activité politique, en l'amenant à un nihilisme absolu, mais il saborda également son œuvre de poète.

« Poète sans œuvre, aboli par sa poésie, se suicidant chant par chant », disait-il lucidement de lui-même.

Toujours est-il que mon contact précoce avec un poète aussi absolu, un réfractaire aussi irréductible, m'a marqué à jamais. Poulaille était certes marginal, mais il composait néanmoins avec le monde. Armand Robin me montra une voie plus radicale, plus inconditionnelle.

Poulaille m'avait entrebâillé la porte de l'anarchie. Armand Robin me poussa, d'une bourrade, profondément à l'intérieur d'un monde obscur où des hommes et des femmes veillaient à ce que se maintiennent allumées de petites lampes qui se nommaient espérance.

Ces hommes et ces femmes se nommaient Gaston Leval, Louis Louvet, Simone Larchet, E. Armand, Émile Bachelet, Louis Lecoin, Maurice Joyeux, Suzy Chevet...

La fréquentation de Gaston Leval m'a beaucoup apporté. Il m'invitait parfois à souper chez lui et me racontait comment, délégué à Moscou dans les années 20, il s'était efforcé de contrer la faconde de Trotsky ; comment, participant à la guerre civile espagnole, il se heurta une fois de plus au communisme autoritaire. Dans mon roman, *La Mémoire des vaincus*, le personnage de

Fred Barthélémy a beaucoup emprunté, pour l'épisode russe, à la fois à Leval et à Marcel Body.

Il me disait :

– En réduisant le matérialisme à une conception économiste étroite de l'Histoire, Marx a dépouillé le socialisme de ses vertus spirituelles. Il a créé un amoralisme doctrinaire et politique. Marx et Engels ont entraîné le socialisme international dans une déviation autoritaire. L'État peut organiser le capitalisme d'État, mais jamais le socialisme. La libération de l'homme par l'État est le contresens le plus surprenant que puisse proférer un socialiste. »

Gaston Leval a publié nombre de manifestes, notamment le *Manifeste socialiste libertaire*, en 1951, où il développe ces thèmes. Mais qui les a lus ? Ces brochures éditées hors des grands circuits de distribution ne trouvent que peu d'écho, sinon chez de pseudo-théoriciens-journalistes qui les pillent sans les citer. Si bien que, tout en étant escamotés, les théoriciens anarchistes jouent néanmoins un grand rôle, un rôle occulte. Par personnes interposées, la pensée libertaire imprègne toute l'idéologie de la gauche non marxiste ou post-marxiste.

Au Café du Bel-Air, près de la gare Montparnasse, puis au Tambour, place de la Bastille, E. Armand organisait des causeries sur le thème de l'individualisme libertaire. Une cinquantaine de camarades entouraient le conférencier et Armand menait les débats. Pendant quarante ans, ce petit homme bedonnant, coiffé d'un bonnet de laine, l'air d'un vieux faune avec sa barbiche, organisera ainsi des conférences qui auront leurs fidèles. Je n'étais pas un assidu des causeries d'Armand, mais j'ai néanmoins participé assez souvent aux rencontres du Bel-Air et du Tambour. J'y ai même prononcé des « conférences ».

Marqué par l'anarchisme chrétien de Tolstoï, Armand avait publié entre les deux guerres mondiales une revue : *L'En-dehors* qui, après la Libération, devint *L'Unique.*

Ce titre faisait référence à l'ouvrage de Max Stirner, *L'Unique et sa Propriété*, publié en 1845, à l'origine d'un courant philosophique divergeant du socialisme libertaire : l'anarchisme individualiste.

On voyait parfois arriver dans ces arrière-salles de bistrots où se tenaient les réunions d'Armand, Jean Paulhan suivi par Dominique Aury. Paulhan regardait à droite et à gauche, comme s'il craignait d'être découvert, jouant à celui qui complote.

Sachant l'admiration que je portais (et porte toujours) à Victor Serge qui, bien avant Soljenitsyne a décrit avec la plus grande précision les mécanismes de la machine infernale bolchevique, E. Armand me mettait en garde contre la version des *Mémoires d'un révolutionnaire* publiée aux éditions du Seuil, en 1951.

–Je ne suis pas sûr que ces mémoires soient absolument authentiques. Henriette Maîtrejean qui a reçu, m'a-t-elle dit, plus de sept cents lettres de Kilbatchiche-Victor Serge, suppose qu'il s'agit de notes laissées par Kilbatchiche et dont la partie consacrée à l'anarchie a été remaniée ou refaite au goût des sympathies ou antipathies personnelles du compilateur.

Accusation grave, que je n'ai malheureusement jamais pensé à vérifier auprès de Rirette Maîtrejean. Et que sont devenues ces sept cents lettres ?

Dans ses mémoires : *Sous les plis du drapeau noir* (1988), Maurice Joyeux, évoquant la librairie qu'il tint à Montmartre et qu'il appela, en hommage au livre de Roland Dorgelès, « Le Château des Brouillards », raconte : « Un autre jour, un jeune écrivain poussa ma porte. Il s'appelait Michel Ragon. »

C'était en 1947. Poulaille m'avait en effet recommandé d'aller offrir à ce libraire un exemplaire de mes *Écrivains du peuple*.

Maurice Joyeux, ancien ouvrier serrurier, emprisonné pendant toute l'occupation allemande à Montluc et à Vancia, où il organisera des mutineries, s'évadera, sera repris, était un petit homme maigrelet animé d'une énergie débordante. Ses dons d'orateur et ses qualités d'animateur firent de lui, et de sa compagne Suzy Chevet, les reconstructeurs d'une Fédération anarchiste devenue anémique. Suzy Chevet s'était liée pendant la guerre aux anarchistes espagnols, notamment avec Pepito Rosell qui deviendra son gendre. Femme accorte, pleine d'entrain, Suzy Chevet sera l'animatrice sans laquelle les galas au profit de la Fédération anarchiste et du journal *Le Libertaire*, au Moulin de la Galette et à la Mutualité, n'auraient pas eu le succès qu'ils remportèrent.

Ces galas annuels constituaient des fêtes mémorables. Léo Ferré, Brassens, Jean Yanne, y firent leurs débuts.

Avant d'être chanteur, Brassens fut un militant discret dans le groupe anarchiste du XVe arrondissement. Le 20 septembre 1946, il publia dans *Le Libertaire* son premier article sous le pseudonyme de Géo Cédillo : « Vilains propos sur la maréchaussée ». Ses papiers dans *Le Libertaire* furent ensuite si nombreux qu'il fut embauché pour corriger les copies à l'Imprimerie du Croissant et devint même, comme nous l'avons vu, secrétaire de rédaction du journal.

C'est au cours de cette période que Jacques Grello prêtera sa guitare à Brassens qui s'en servit pour accompagner les chansons qu'il composait. Le succès venu, Brassens donna gracieusement son concours à tous les galas libertaires et offrit parfois une partie des cachets qu'il recevait ailleurs, lorsque la Fédération anarchiste connaissait des difficultés.

J'ai connu plusieurs témoins de la bande à Bonnot. Henry Poulaille d'abord qui, très jeune adolescent, fouinant dans la remise de la librairie de Jules Erlebach, dit Ducret, entendit les conciliabules de curieux clients qui s'appelaient Raymond-la-science, Soudy, Garnier. Puis Rirette Maîtrejean, impliquée plus directement dans l'affaire en tant que compagne de Kilbatchiche, futur Victor Serge, et chez laquelle se tenaient les réunions de la bande. Enfin Émile Bachelet qui m'apporta en 1947 le manuscrit de ses mémoires de vagabond qui ne sera publié qu'en 1951 sous le titre : *Trimards.*

Émile Bachelet était un petit homme (mais comme ils étaient de petite taille, tous ces grands bonshommes, que ce soit Poulaille, Lecoin, Joyeux, Armand, Daniel Guérin, aucun ne devant dépasser un mètre soixante !), un petit homme aux cheveux très blancs et abondants, alerte, avenant. Menuisier, ancien compagnon du Tour de France, Bachelet glissa dans « l'illégalisme », comme on disait, au début du siècle, des anarchistes en rupture avec la société. Pour s'être frotté d'assez près à la bande à Bonnot, il vit partir pour le bagne ou la guillotine un assez grand nombre de ses amis, dont le père et la mère de l'enfant qu'il adopta.

Retiré dans l'Yonne, Émile Bachelet, d'abord constructeur de ruches, se fit apiculteur. Il avait fondé pour lui-même, à l'échelon familial, une vraie communauté libertaire. L'enfant des bagnards était maintenant son gendre et l'aidait aux abeilles, son fils cultivait les champs autour du moulin qu'ils avaient aménagé. Leur autoproduction était presque totale, une chute d'eau assurant même l'éclairage électrique. J'ai passé chez les Bachelet de délicieux moments. Aller vivre quelques jours au moulin de Pouligny c'était s'embarquer pour l'Arcadie. J'y ai amené un jour Édouard Dolléans qui préfaça l'édition de *Trimards.* Émile Bachelet fut un grand exemple dans ma jeunesse. L'anarchie, l'anarchie vraie, que Bonnot dévoya, Bachelet l'incarnait. Il émanait de toute sa personne une sérénité qui, à ce degré, est la récompense de la sagesse.

Cette sérénité, cette sagesse et ce tranquille héroïsme, Louis Lecoin en était aussi porteur. Je l'ai rencontré pour la première fois en cette même année 1947 puisque je retrouve un mot de lui daté du 24 juillet :

« Pourquoi ne pas mettre à votre ordre du jour cette question qui est, hélas ! plus que jamais d'actualité : le rôle de la littérature prolétarienne, de la littérature de propagande, de la littérature révolutionnaire en faveur de la paix et contre la guerre ? »

Pacifiste absolu, Lecoin écopa cinq ans de prison dès 1912 pour « sabotage de la mobilisation ». Libéré en 1916, il retourna son ordre de mobilisation et fit tirer à douze mille exemplaires un tract intitulé : « Imposons la paix », qu'il distribua sur la voie publique. Arrêté de nouveau, il fut condamné une nouvelle fois à cinq années de prison plus dix-huit mois pour propos subversifs à l'audience. En 1939, comme en 1916, il rédigea un tract : « Paix immédiate » qui lui vaudra de nouveau d'être arrêté et emprisonné jusqu'en 1941.

En 1948, Lecoin fonda une revue : *Défense de l'homme* et y publia en décembre un article qui sera jugé comme particulièrement scandaleux : « Amnistie pour les nôtres, amnistie pour les leurs, amnistie pour tous ».

Il osait en effet s'élever contre les crimes de la Libération. Combien de prisonniers collaborateurs ou pseudo-collaborateurs étaient détenus ? Cinquante mille ? Quatre-vingt-dix mille ? Les chiffres n'ont jamais été clairs.

« Cent mille êtres humains, écrit Lecoin, ont été sommairement exécutés pendant les tragiques semaines de 1944, par une populace ivre de vengeance et des gouvernants je-m'en-fichistes, débordés, complices. De ce moment-là, et pendant de longs mois, des juges ont, de leur côté, condamné à la peine de mort et aux travaux forcés des prévenus auxquels, aujourd'hui, s'ils les rejugeaient, ils n'infligeraient guère que quelques années d'emprisonnement... Je réclame l'amnistie parce que les tribunaux sont des machines à frapper, non à juger... Je n'ai jamais compris l'acharnement contre le vaincu... Comme il est impossible de reconsidérer un à un tous les procès, il faut vider toutes les prisons. »

On peut difficilement imaginer aujourd'hui le courage qu'il a fallu à Lecoin pour écrire ces lignes. Alors qu'une ambiance de suspicion, de délation, de règlements de comptes, paralysait tous les esprits libres. L'heure n'était pas aux discours libertaires (rares), ni à ceux des trotskistes (discrets), ni à ceux des socialistes de gauche (désemparés). Le « Parti des fusillés », que Lecoin appelait le « Parti des fusilleurs », désignait les trois comme sociaux-flics, ce qui évitait tout débat. Et si certains osaient réagir, par exemple Arthur Koestler, transfuge du Komintern, l'intimidation se mettait aussitôt en marche. Jacques Duclos, en tête d'une délégation, n'était-il pas allé lui-même chez l'éditeur Calmann-Lévy, exigeant la non-publication du *Zéro et l'Infini* ?

Mon attitude pendant l'Occupation du côté des résistants, le dégoût que m'inspiraient les miliciens que j'avais pu voir à Nantes de trop près, l'ignominie des dénonciateurs et des collaborateurs actifs, me conduisaient parfois à critiquer Lecoin pour ses positions qui me paraissaient trop charitables.

– Écoute, me dit-il un jour, puisque tu te réfères si souvent à la Commune de Paris, songe aux Versaillais. Ils m'ont toujours paru extrêmement bas et sanguinaires. Mais ce n'étaient que des bourgeois ! Je croyais que ceux de ma classe, la classe des pauvres, ne commettraient jamais des actions aussi infâmes. Ils les ont commises ! Cent mille êtres humains sommairement exécutés... On n'a pas jugé, on s'est vengé.

Cher Louis Lecoin, je devais beaucoup le fréquenter dix ans plus tard, lorsqu'il se lancera dans sa croisade en faveur des objecteurs de conscience. Et de 1951 à 1955 je collaborerai activement à sa revue *Défense de l'homme.*

Pour l'heure, il m'entraînait dans une autre croisade, celle en faveur d'un exilé dont la cause semblait indéfendable : Louis-Ferdinand Céline.

Si l'œuvre de Céline me paraissait (me paraît toujours) l'une des plus essentielles de la première moitié du XXe siècle, par contre l'antisémitisme qu'il continua à professer au temps des camps d'extermination me répugnait, me révoltait et je ne voulais plus entendre parler de Céline.

Lecoin finit par me convaincre que la malédiction lancée sur Céline était une conjuration de bien-pensants, d'hypocrites, de pharisiens. Céline humilié, Céline malheureux, Céline exilé, voilà une nouvelle victime à défendre. Puisque j'allais au Danemark pour y exposer Atlan, pourquoi ne rencontrerais-je pas Céline, en lui apportant un message d'amitié et de soutien des libertaires ? Je contactai à Copenhague l'avocat de Céline qui refusa de me laisser approcher son client. Mais je fis parvenir néanmoins à Céline le message de Lecoin. Et il me répondit par une lettre assez folle, mais très belle :

« Vous avez bien du courage de soutenir une

cause plus que perdue, je pense... Le Duc Mayer de Montrouge-Vendôme possède droits de Haute et Basse-Justice et va me le faire bien voir. Il m'a voué, Dieu sait pourquoi, une haine spéciale ! Vengeance raciste. Hystérie d'orgueil surtout. Le diable ! Certes, il ferait bon que les libertaires m'épaulent... Mais que peuvent-ils ? La comédie est réglée, minutée... Hauts lieux de Hurle-la-Mort ! Ce qui se passe en cour n'est qu'une récitation de texte... à une virgule près. Vais-je faire le clown d'arène ? C'est possible... Le pitre de ce procès Dreyfus à l'envers ? C'est possible... Mais je suis bien malade. Oh non, ne venez pas me voir ! J'agrée tous vos bons sentiments... mais je trouve ma misère honteuse. Pas spectaculaire du tout. Job aimait le fumier, moi pas. Bien amicalement à vous. »

– Tu comprends bien que Céline est fou, me dit Lecoin. On ne condamne pas les fous, on les soigne.

Lecoin ne voyait pas, ou se refusait à voir, que Céline jouait avec les mots par une rouerie habituelle à tant d'écrivains. Feindre de s'étonner que Daniel Mayer lui voue « une haine spéciale » (« Dieu sait pourquoi ? ») ne manquait pas de culot. Un juif, même socialiste, pouvait éprouver envers lui quelque ressentiment. Céline retournait habilement la situation en sa faveur. C'est Daniel Mayer qui devenait raciste. Et Céline finissait par s'identifier à Dreyfus !

Lecoin n'accordait aucune excuse à l'hystérie

antisémite de Céline (sinon celle de la folie), mais que les Français se déchargent de leur antisémitisme viscéral sur le seul Céline, devenu bouc émissaire, et qu'ils absolvent du même coup l'antisémitisme de Barrès, de Claudel, de Bernanos, de Jouhandeau, etc. le révulsait.

– C'est comme la connivence du vieil Hamsun avec Goebbels, ou celle d'Ezra Pound avec Mussolini, me disait-il, quelle connerie ils ont faite là ! Mais pourquoi ne pas stigmatiser avec la même férocité la connivence du vieux Gorki avec Staline, ou l'appui inconditionnel d'Aragon à l'U.R.S.S. de la Tcheka ?

« Ezra Pound ? Moi, la poésie moderne je n'y comprends que dalle. Mais les spécialistes lui reconnaissent le mérite d'avoir découvert James Joyce dès 1913 et de s'être entremis pour faire publier *Ulysse* ; d'avoir, avant quiconque, loué les *Tropiques* de Henry Miller. Quant à Hemingway, il affirme qu'il a plus appris de Pound que de n'importe qui d'autre au monde. Eh bien, lorsque ce poète est passé en jugement à Washington, accusé de propagande fasciste dans ses émissions hebdomadaires à Radio Rome pendant la guerre, ce poète que l'on disait le plus grand et le plus célèbre poète américain, le merdeux de juge eut le culot de lui demander de décliner son identité. Et Pound de répondre : "Je ne suis personne. Mon nom est personne."

« Je peux te montrer des comptes rendus du procès. Qui les connaît ? Qui les a lus ? C'était en

1946. L'année du tribunal de Nuremberg, de l'insurrection en Indochine, de l'explosion de la bombe atomique à Bikini, de l'exécution de Laval, alors ce procès d'un poète que personne ne connaissait, à part quelques intellos, dans la triomphante Amérique, tu penses que tout le monde s'en balançait. Tiens, lis ça, ce témoignage d'un témoin du sort réservé à Pound dans le camp disciplinaire de l'armée américaine à Pise...

Le témoin s'appelait Robert L. Allen. Il prêta serment et raconta :

« On enferma Pound à l'écart des autres prisonniers, à l'intérieur d'une cage d'acier spécialement construite à son intention dans la cour de la prison. Il ignorait si son sort était de pourrir dans cette cage ou d'en sortir pour être pendu. Aucun de ses codétenus n'était autorisé à l'approcher ou à lui adresser la parole. Il ne disposait, pour tuer le temps, que d'un texte de Confucius, en chinois, qu'il traduisit. On était alors en plein été et le soleil italien était impitoyable. Une autoroute militaire passait à proximité immédiate et Pound était en permanence exposé au bruit et à la poussière. On avait orienté des projecteurs en direction de la cage, et, toute la nuit, leur lumière aveuglante venait brûler ses pauvres yeux injectés de sang. Pound dormait à même le sol de béton, enveloppé dans des couvertures, brûlé par le soleil, transpercé par les pluies. »

Puis on appela Hemingway auquel on demanda de décliner ses nom et profession. Hemingway s'écria : « Vous pouvez aller au diable avec vos simagrées ! Je suis Ernest Hemingway et Ezra Pound est mon ami. Un point, c'est tout... »

Le président : « Monsieur Hemingway, je suis désolé, mais... »

Hemingway : « Ne m'interrompez pas ! Je me moque de ce qui vous désole. Ce qui me désole, moi, c'est la manière dont on traite ici Ezra Pound. Je le dis franchement : je veux le tirer de là et je vais vous raconter deux ou trois choses à son sujet. Il ne consacrait à sa propre activité poétique que le cinquième de son temps... Le reste, il l'employait à améliorer le sort matériel de ses amis et les conditions de leur travail artistique. Il les défendait lorsqu'ils étaient attaqués. Il les casait dans les journaux, les faisait sortir du violon. Il leur prêtait de l'argent, vendait leurs tableaux, organisait des concerts, convainquait les éditeurs d'accepter leurs livres... Voilà quel type extraordinaire c'était ! Fou ? Et alors ? Bien sûr qu'il est fou... Au moins depuis 1933[8] ! »

Depuis 1933... Hamsun était, lui aussi, devenu fou en 1933 et Céline un peu plus tard, en 1937. De la même curieuse et diabolique folie...

5

12, rue des Saints-Pères

Sur la voie libertaire, je rencontrai encore un aîné qui devint un ami attentif et chaleureux : Germain Delatousche. Delatousche, artiste dans la tradition montmartroise, ne peignait que des maisons du vieux Paris. Jamais de personnages. Toujours des maisons grises, tristes, dont la facture rappelait qu'il était, par ailleurs, et surtout, un adroit graveur sur bois.

Il habitait, derrière la manufacture des Gobelins, 33, rue Croulebarbe, dans un atelier d'artisan, au fond d'une cour où s'accumulaient des échelles, des cordes, des échafaudages et des matériaux de maçonnerie. On sonnait de la rue et il venait ouvrir la lourde porte charretière à deux battants, de son pas lent de boiteux.

L'air d'un ouvrier parisien, tel que Daumier les croquait, le visage émacié, un mégot tremblotant entre ses lèvres minces, il vous guidait dans un escalier très raide et l'on arrivait dans une vaste pièce au mobilier plus ou moins bricolé. Sur la table, une soupière de faïence bleue servait de pot à tabac.

Plus rien ne reste de ce temps-là puisque, à la place de cet environnement rustique, s'est élevé, en 1960, le premier gratte-ciel d'habitation de Paris.

Fils d'un jardinier de Chartres, Germain Delatousche avait été peintre verrier jusqu'à ce qu'il vienne, comme Gaston Couté, tenter sa chance à Paris. Une chance qui se fit longtemps attendre. Mais il ne parlait jamais de ses années de dèche, sinon pour évoquer quelques souvenirs pittoresques, du temps qu'il était calicot, ou chanteur comique, ou encore barman dans un cabaret montmartrois. En réalité, il appartenait à cette bohème mi-artiste, mi-prolétarienne, très symptomatique de cette époque de l'avant-guerre où l'on déchargeait des wagons dans les gares, si l'on n'était pas porteur et où, la nuit, on se retrouvait avec des copains qui pouvaient s'appeler Modigliani ou Soutine.

Germain Delatousche n'était plus dans la mouise lorsque je le connus par l'intermédiaire de Henry Poulaille. Ses buis gravés lui valaient des commandes d'éditeurs. Et depuis que le musée Carnavalet lui avait acheté une peinture, des collectionneurs lui demeuraient fidèles, comme ce Jean-Daniel Maublanc qui, par son entremise, me procura un emploi temporaire.

Mais Delatousche fit beaucoup plus. Sa compagne, Huguette, avant d'habiter avec lui, logeait dans une chambre de bonne de la rue des Saints-Pères. Il me proposa de l'occuper, sans accepter que je lui verse un loyer qu'il prit à son compte.

Quitter ma piaule du bougnat près de la porte de Pantin pour une « chambre à soi » à Saint-Germain-des-Prés, à deux pas du bureau de Poulaille chez Grasset, quel rêve ! Comme James Guitet partageait ma chambre d'hôtel de la rue Petit, le bougnat nous loua sa charrette à bras et nous traversâmes tout Paris, l'un attelé dans les brancards, l'autre poussant à l'arrière. Nos bagages étaient minces et se composaient surtout d'une grosse caisse contenant les tableaux de James.

Poulaille considérait Germain Delatousche comme un « peintre prolétarien », bien que ce dernier ne représentât que des architectures (des architectures de la pauvreté, il est vrai). Poulaille, Bourgeois, Delatousche, m'aidèrent à subsister dans mes premières et difficiles années parisiennes. Leurs tables m'étaient toujours ouvertes. Elles le furent aussi pour James Guitet, du moins celles de Delatousche et de Bourgeois, Poulaille étant plus réticent à son égard. Lorsque Guitet apporta à Poulaille les illustrations qu'il avait réalisées à Nantes pour *Les Damnés de la terre*, ce dernier le rabroua, lui disant qu'il ne savait pas dessiner. Puis il se ravisa et acheta les dessins, qu'il n'utilisa pas. Toujours ce mélange de mauvais caractère et de bonté chez Poulaille. Lorsque j'écrivis plus tard un article sur Lucien Bourgeois, pour *Maintenant*, j'aurais aimé l'illustrer par le beau portrait que

Guitet avait croqué de notre vieil ami. Mais Poulaille ne le publia pas.

Delatousche était infiniment plus accueillant pour Guitet puisqu'il acceptait de recevoir les toiles de James dans son atelier avant de les porter au salon de la Nationale des Beaux-Arts. Nous passions, dans l'atelier de la rue Croulebarbe, de délicieux moments. Toujours de bonne humeur, l'air d'un joyeux drille, Delatousche ne se plaignait de rien. Même pas de cette jambe qui le faisait claudiquer.

Chacun vit avec ses illusions. Delatousche avait les siennes. Je veux dire qu'il était une vedette dans le milieu de la littérature prolétarienne, comme dans ce groupe de peintres dont il parlait avec la même admirative certitude que dans d'autres clans on évoquait Max Ernst, Miró, Magritte. Ses amis artistes s'appelaient Heuzé, Charlemagne, Kvapil. Leurs œuvres s'étalaient sur les murs de l'atelier de Delatousche. Et Jean-Daniel Maublanc leur offrait de somptueuses monographies. Mais ils ont disparu de toutes les cimaises des musées, de tous les catalogues et Delatousche avec eux.

Lorsque Poulaille s'aperçut que je devenais critique d'art, il m'en voulut beaucoup de ne pas placer Delatousche parmi mes peintres favoris. Mais comment aurais-je pu le faire figurer dans des expositions ou des articles, en compagnie d'Atlan, de Hartung, de Soulages ? J'appartenais, par de profondes attaches, à la culture populaire de Poulaille, de Delatousche, de Lucien Bourgeois. En même temps, une autre forme de culture m'attirait, dans laquelle je m'engouffrerai pendant plus de vingt ans. Et il n'y avait aucun pont d'une berge à l'autre. Je devais sauter sans cesse au-dessus du fleuve, au risque de me noyer.

De cette difficile gymnastique, j'allais sous peu en mesurer la difficulté. Dès le premier numéro des *Cahiers du peuple*, il me parut naturel de louer les œuvres encore balbutiantes de trois amis nantais : James Guitet (évidemment), Jean Bruneau et René Robin. Je croyais leur faire plaisir. Catastrophe ! Non seulement ils ne m'en furent aucunement reconnaissants, mais ils se montrèrent déçus et vexés. James Guitet, rapatrié à Nantes par une pleurésie, m'écrivit :

« Mon vieux Michel, juge la peinture en poète, mais ne la juge pas au point de vue technique. Il te faudrait autant de temps pour te mettre au courant de la peinture que tu en as mis pour la littérature (sinon plus). Et je crois que la parole de Bonnard est à méditer : "On se repent toujours d'avoir écrit sur l'art des propos lapidaires." »

D'accord, la manière que j'avais d'aborder la critique d'art n'était pas encore la bonne, à supposer que plus tard j'aie pu éviter d'employer des « propos lapidaires ». Mais je ne connaissais pas encore Cendrars et son axiome : « La critique d'art est aussi imbécile que l'espéranto. » J'avais encore du mal à me dépatouiller dans mes deux cultures. Je croyais naïvement qu'il serait utile à mes amis de profiter de la tribune de ma revue ; et puisque cette revue s'appelait *Les Cahiers du peuple*, je m'étais attaché à vouloir absurdement démontrer qu'ils s'incorporaient à un art populaire.

Pourtant, par ailleurs, quelle bouleversante correspondance affectueuse avec James Guitet. J'ai retrouvé environ cent quarante lettres de lui, de 1945 à 1956. Après cette date, devenu professeur au lycée Hoche de Versailles, nous nous rencontrions toutes les semaines et une correspondance ne s'imposait plus.

Seule la mort nous sépara du bon Lucien Bourgeois. Quant à Poulaille, mis à la retraite, il disparut à Palaiseau en compagnie de Florence Littré, s'enfermant dans une solitude hargneuse. Delatousche s'effaça lui aussi et James Guitet le retrouva bizarrement vingt ans plus tard, tout à fait par hasard, dans une luxueuse propriété des bords de Loire, près de Nantes. Il s'était retiré là, chez une dame apparemment fortunée. Ce cadre insolite, pour un bohème invétéré, si loin de ses modèles (les maisons lépreuses du vieux Paris), cette transformation du vieil anar en rentier, déconcertèrent James Guitet à tel point qu'il m'a souvent redit : « J'aurais mieux fait de ne pas le revoir. »

12, rue des Saints-Pères. C'est un très bel immeuble. On y entre par un portail vitré. A gauche, un large escalier auquel on accède par un perron surmonté d'une marquise dessert les appartements. A droite, derrière la loge de la concierge, l'escalier de service. C'est celui que j'empruntais. Six étages à gravir, aux marches étroites et, tout en haut, un long couloir mène aux chambres de bonnes. La mienne se trouvait au fond, près du poste d'eau et des W.-C. communs.

Seule la moitié de la chambre permettait de se tenir debout, la pente mansardée descendant très vite en oblique. J'avais dissimulé dans un placard étriqué le broc d'eau et la cuvette pour la toilette, le réchaud électrique pour la cuisine. Le lit était poussé sous la pente mansardée. Une petite table servait à la fois pour l'écriture et les repas, de toute manière fort succincts. J'ai logé pendant six ans dans cette chambre sans confort, néanmoins infiniment plus luxueuse que les taudis où j'avais vécu à Nantes avec ma mère. Et cette impression, bien des amis pourtant mieux lotis que moi la partageaient. Jean-Robert Arnaud, qui venait d'ouvrir sa première galerie, dans une cave de la rue du Four, a écrit : « Là ils vivaient dans une pièce sans eau ni chauffage, qui m'apparaissait somptueuse par sa taille et ses proportions et dont je garde, aujourd'hui encore, un souvenir ébloui. » Ils... c'est-à-dire Sally, ma première épouse, et moi. Car si j'ai partagé cette chambre avec James Guitet, si de nombreux copains y ont été hébergés, si Alain Sergent s'y est caché, j'y ai vécu aussi mes premières années conjugales, sans que nous en ressentions l'inconfort et l'exiguïté.

Des peintres unijambistes comme Hartung et Maryan ont gravi les escaliers des six étages sans rechigner. Dès son premier voyage à Paris, alors qu'il participait à une exposition collective que j'avais organisée galerie L'Arc-en-ciel, Gaston Chaissac m'y rendit visite et m'offrit une superbe gouache qu'il signa en s'agenouillant sur le carrelage. Jean-Clarence Lambert, alors élève de première au lycée Janson, m'y interviewa pour *La Gazette des Lettres*. Jacques Damase, qui avait dix-sept ans, m'y demanda des chansons vendéennes, puis m'incita à écrire mon premier essai sur l'art, dont il voulait être l'éditeur.

Comme le 12 de la rue des Saints-Pères a été le siège des *Cahiers du peuple*, puis la boîte aux lettres de la revue *Cobra* lorsque j'en fus le rédacteur français, je recevais beaucoup de monde dans ma chambre-bureau. Jamais je n'eus autant de copains. Tous s'émerveillaient de la propreté méticuleuse de cette pièce, des carreaux rouges sur le sol, cirés et brillants, de ma petite table de ferme, donnée par ma grand-mère, où une machine à écrire se glissait entre une pile de notes et un paquet de tabac. « Rien ne traîne, tout est en ordre... une inquiétante méticulosité », écrit un journaliste.

Inquiétante, pourquoi ?

Georges Navel, Atlan, Hadju, Robert Giraud, Marc Bernard, Hartung, Chaissac, Delpire, Obaldia... Et tant d'autres visiteurs, tant d'autres amis... Mais arrêtons-nous un moment avec René de Obaldia qui fut un familier du 12, rue des Saints-Pères.

René de Obaldia, mon aîné de six ans, était alors, lui aussi, seulement poète, auteur d'un recueil publié en 1949 : *Midi.* René de Obaldia, dit le Vicomte. Mon premier vicomte. Le prochain devait venir beaucoup plus tard, sorti du bocage vendéen et m'apporter, sans qu'il y mette de malice à mon égard, beaucoup d'ennuis de voisinage.

Comme si ce n'était pas suffisamment exotique d'être panaméen, René de Obaldia avait poussé la singularité à naître à Hong Kong.

René de Obaldia ne ressemblait à aucun de mes amis par l'insolite de sa tenue vestimentaire. Avec ses complets trois-pièces, ses cravates, sa calvitie naissante, sa prestance extrêmement stricte, il était « bien sous tous les rapports », eût dit ma mère. Mais il cassait cette présentation de cadre de l'industrie par un humour cocasse. Il ne pouvait dire une phrase sans qu'elle se termine en calembour. Si bien que toute conversation avec lui devenait vite impossible, sans cesse perturbée par les jeux de mots, les contrepèteries, les à-peu-près équivoques. Il lui arrivait d'élider les *r* (bien avant que Pérec élide les *e*, rendus définitivement muets) et de s'écrier avec emphase : « Dispahues les oses d'Ispahan. » Il parlait de la « rémission des pédés », coupait court aux objections en répliquant : « Occupez-vous de vos moignons. » Et finissait, flegmatique, désabusé, par vous dire en repartant : « Dieu, qui est auvergnat, reconnaîtra les chiens. »

Lorsque notre amie Clara Malraux lui obtint une planque à l'abbaye de Royaumont, il disparut de mon univers, aussi incongrûment qu'il y était entré.

Le 15 octobre 1952 il m'écrivait cette dernière lettre, suite à l'envoi, sans doute, de mon recueil de poèmes : *Cosmopolites* :

« Cher homme,

« Le Centre culturel international te salue. Depuis notre antre vue j'ai beau cœur ragonné. Outhre que geai pu me figure ceux fin été la non figuration, outre Angkor otras cosas, geai tété sans cible allumanité, au “tant pérament” (jinsixte sur le tempérament). Est-ce cuze moi. J'suis pas les tré comme herr ma Noll.

Çassesithu entre la Polinaire et le Cendre Ars, mets le Ragon eh là, eh bien là.

Maire si derechef. J'embrasse Sailly et je t'en broie cinq, chaudement

René de O. »

Obaldia ne deviendra auteur de pièces de théâtre que dix ans plus tard. En attendant je pris grand plaisir à la lecture de ses romans : *Tamerlan des cœurs, Fugue à Waterloo, Le Centenaire.* Un seul regret : qu'il ne m'ait jamais invité chez lui lorsqu'il vivait avec Milfred Clary.

Un soir, une voisine de couloir que nous rencontrions lorsqu'elle venait puiser l'eau au seul robinet de notre étage, nous dit qu'elle était femme de ménage chez un peintre qui s'appelait Pierre Roy et habitait 16, rue des Saints-Pères.

Pierre Roy ? Nous nous souvenions du mot d'Aragon : « Pierre Roy, qui est né à Nantes, comme tout le monde. »

Elle s'entremit auprès de son patron qui nous envoya aussitôt un mot d'invitation.

Pierre Roy nous reçut très gentiment, James Guitet et moi. Il nous sembla, en montant le bel escalier qui conduisait à son appartement, qu'un boa se lovait sur les marches. Tel est le pouvoir des peintres oniriques que leurs rêves s'introduisent dans la vision des gens ordinaires. Nous connaissions mal l'œuvre de Pierre Roy, sinon son tableau *Les Filles sauvages* qui lui avait valu l'amitié d'Apollinaire et qui se trouve au musée de Nantes. Mais nous savions que Max Jacob, comme André Salmon, considérait cet artiste comme le père du surréalisme.

Pierre Roy, qui devait mourir peu après notre rencontre, en atteignant sa soixante-dixième année, ressemblait à un rentier cossu d'autrefois. Apparenté à Jules Verne et, comme lui, issu de la bourgeoisie nantaise conformiste, chacun de ses tableaux était un pied-de-nez aux convenances. Bien qu'il n'y eût rien de scandaleux dans ses tableaux, sinon que la réalité était perturbée par le rêve, peut-être l'acte le plus délictueux qui soit. Presque inconnu en France, Pierre Roy, célèbre aux États-Unis, ne semblait pas souffrir de ce que les surréalistes, après l'avoir considéré comme leur précurseur, l'aient rejeté, comme ils avaient rejeté son ami Chirico. Je pense qu'il croyait, avec raison, se situer au-dessus de ces facéties. Il nous raconta qu'il avait été invité à Hawaï pour y réaliser un tableau célébrant le jus d'ananas. Qu'il dût accomplir un aussi long voyage, qui coûta si cher à la firme, alors qu'il eût pu réaliser le même petit tableau dans son appartement à moindres frais, le rendait extrêmement joyeux.

Immobilisé pendant un an à Nantes par la maladie, James Guitet m'écrivait pratiquement chaque semaine. Nous nous racontions tout.

Au printemps 1948 il revint à Paris pour préparer le concours de professeur de dessin et fut reçu cinquième sur cinq cents candidats.

Je l'emmenai dans l'atelier d'Atlan qui le reçut chaleureusement. Dès son retour à Nantes, Guitet m'écrivit :

« Je pense beaucoup à Atlan qui m'a donné un grand choc et m'a fait reprendre confiance. J'ai un merveilleux souvenir de l'après-midi avec lui. »

Atlan si convivial, si convaincant, si projeté tout

entier dans l'accomplissement de son art, intellectuel raffiné et bohème insouciant, ce contact avec un artiste au discours passionné et à l'œuvre déjà accomplie, devait beaucoup marquer James Guitet qui, nommé professeur à Pontivy, sera très vite déçu :

« J'aimais mieux notre existence bohème à Paris... Par moments, je me demande ce que je fais dans cette pauvre ville... Mes yeux et mon esprit sont totalement tournés vers Paris. J'en ai assez de l'enseignement. Je me sens bridé. »

Lui qui vivra la plus grande partie de sa vie en provincial et en professeur de lycée, aura du mal à admettre cette destinée qui lui paraissait briser un rêve. Muté au lycée d'Angers, il m'écrit, rageur :

« Il ne faut pas qu'ils s'imaginent que je crèverai dans la peau d'un professeur de lycée. »

Il n'en crèvera pas, accomplissant une brillante carrière d'enseignant, doublée de celle de l'artiste que l'on sait.

Ce sursaut, cette détresse devant un avenir de professeur isolé, loin de la vie artistique parisienne, peuvent être rapprochés de la réaction semblable de Stéphane Mallarmé, jeune professeur d'anglais au lycée de Tournon :

« Ce qui m'attriste, écrit Mallarmé à son ami Henri Cazalis, c'est de songer combien je perds de temps pour gagner ma vie... En effet, que d'impressions poétiques j'aurais, si je n'étais obligé de couper toutes mes journées, enchaîné sans répit au plus sot métier et au plus fatigant... Je reviens hébété... »

Mallarmé s'y fera. Guitet aussi. Mais il n'empêche que je lis encore dans les lettres de ce dernier : « Je ne pensais pas que le professorat prenait tant. » Et il essaie de biaiser en préparant le concours de l'enseignement technique (« Car j'aime mieux enseigner aux fils d'ouvriers qu'aux fils à papa »). Puis il s'acharne encore, sans succès, à tenter d'obtenir un poste à l'École des beaux-arts de Nantes.

A Nantes, où il retrouve chaque fin de semaine ses parents, il fréquente beaucoup Martin Barré. Tous les deux assistent à une conférence de Fernand Léger. Barré est tellement enthousiaste qu'il pensera un moment prendre le pseudonyme de Fernand Lourd. Toujours cet humour farfelu chez Barré, que bien peu de ses exégètes ont perçu. Quant à Guitet, il m'écrit :

« Je suis allé à la conférence de Fernand Léger. C'est un type épatant, très simple et très gai, et qui n'a pas peur de dire merde ou nom de Dieu en tapant fortement sur la table. »

Je les avais invités tous les deux à participer (toujours en cette même année 1948) à une exposition galerie de L'Arc-en-ciel. Guitet, encore marqué par nos fréquentations « prolétariennes », envoya un *Allumeur de réverbère* et Barré un *Paysage vert et rouge.*

Comme Paulhan m'agaçait énormément avec son snobisme du bizarre, du veau à cinq pattes, du pseudo-populaire, du dandysme biscornu, il me vint l'idée de donner à James Guitet, dans son amertume, un peu de fantaisie en créant de toutes pièces, avec son aide, un faux poète et peintre paysan dont nous enverrions les œuvres à Paulhan. James peignit les aquarelles et moi j'écrivis les poèmes de Jules Penfac, vacher dans la région nantaise.

La supercherie prit très vite des proportions que nous n'avions pas imaginées. Paulhan, Dubuffet, Jean l'Anselme mordirent si fort à l'hameçon que Jules Penfac apparut comme un artiste caractéristique de l'art brut. Chaissac établit avec lui une copieuse correspondance. Bien sûr, je disposais à Nantes d'une boîte aux lettres de complaisance. Au lieu de divertir James, Penfac renforça sa morosité :

– Je laisse Penfac passer avant moi... A quand une exposition de lui galerie Drouin ?

Il est vrai qu'à l'exposition de la galerie L'Arc-en-ciel, où Penfac figurait aux côtés de Guitet et de Barré, il éclipsait ses deux « confrères ». Pire, Guitet m'avouait qu'il prenait plaisir à lire les faux poèmes de Penfac que je composais et il me soupçonnait de préférer les gouaches du pseudo-Penfac à sa propre peinture. Effrayés, nous sabordâmes Penfac en révélant le canular à Jean l'Anselme que nous regrettions d'ailleurs d'avoir trempé dans cette farce.

Automne 1948. Je me préparais à partir au Danemark avec Atlan pour y présenter l'exposition que j'avais organisée. Je commençais à écrire sérieusement sur la peinture de mes nouveaux amis : Hartung, Schneider, Soulages, Atlan, Poliakoff. Et sans doute mes articles étaient-ils plus réfléchis que mon malheureux premier papier sur la peinture dans *Les Cahiers du peuple*, puisque James Guitet m'écrivait :

« Ton article sur l'art abstrait est très juste. Je l'apprécie énormément. Je vois que les abstraits auront en toi le plus brillant défenseur. »

Il ajoutait qu'il peignait énormément et se dégageait peu à peu du figuratif.

1949-1952. James Guitet, marié, installé à Angers, se fait une raison d'être professeur de dessin, y prend goût, monte au lycée un théâtre de marionnettes, présente au ciné-club des films sur Matisse et Delvaux. Par ailleurs, l'architecture l'attire beaucoup et il travaille à un projet de maison sans fenêtre.

Nos lettres deviennent plus rares.

La naissance de sa fille Laure lui donna beaucoup de bonheur. Mais, en même temps, son isolement à Angers, le manque de contact avec d'autres artistes, lui pesaient énormément :

« La douceur angevine m'agace... Il y a de quoi enrager dans cette ville. On y vit dans un monde abruti par le goupillon et les préjugés bourgeois...

De plus, dans l'enseignement, nous sommes traités ici comme des gens néfastes et sataniques... Claude-Roger Marx est venu à l'École des beaux-arts nous inspecter. J'avais lu des âneries de ce Monsieur, mais j'ai eu la confirmation qu'il en dit aussi. J'avais des élèves qui faisaient de très bonnes choses abstraites. Je suis dans l'obligation de donner un enseignement extrêmement traditionnel... En ce moment, je travaille beaucoup et désespérément. Je me libère de toutes les disciplines que je m'étais imposées : section d'or et compagnie. J'envie les gens qui peignent en toute quiétude. Je voudrais cesser de peindre pendant un moment, je ne peux pas. Quel vice que cette manie de peindre. Et que de peintres ! »

Au 12, rue des Saints-Pères, il m'arriva d'héberger Martin Barré lors de ses brefs séjours à Paris ou d'y accueillir ses envois de peintures destinées à des salons. Le 16 octobre 1948, je fus son témoin de mariage à l'église Saint-Pierre-de-Montmartre. Cette église paroissiale, écrasée derrière le Sacré-Cœur, lui avait fait digérer (mal) l'obligation de cette cérémonie religieuse :

– J'ai dû céder pour avoir la paix et pour voir Marie-Claude redevenir joyeuse. C'est invraisemblable ! Plus tard, elle regrettera, j'en suis persuadé, notre mariage religieux et elle sera la première à me reprocher de lui avoir cédé.

Martin Barré est toujours demeuré très anticlérical. Anti-tout, d'ailleurs. Absolument apolitique. Je ne crois pas qu'il ait voté une seule fois dans sa vie. Il ne s'intéressait qu'à la peinture, à la musique et à l'architecture. La littérature qui l'avait conquis dans ses limites extrêmes : Céline, Miller, Sartre, cessa vite de le retenir. Et il se moquait de mon adhésion à la littérature prolétarienne, comme de mes convictions politiques. Cela ne lui paraissait pas très sérieux. En tout cas, incompréhensible.

Ma correspondance avec Martin Barré est aussi abondante que celle avec James Guitet. Dans sa perpétuelle manie des jeux de mots, il s'amusait à orthographier le nom de ce dernier : Gui-thé. Impatient de savoir ce que l'on avait pensé de son expédition à la galerie L'Arc-en-ciel (quatre peintures, plus deux gouaches), il tarabustait James, me harcelait de missives. Hélas, personne n'en pensait rien, personne n'avait remarqué son envoi, ni celui de Guitet. On ne parlait que de Jules Penfac.

La correspondance s'arrête en 1949, lorsqu'il s'installe à Paris avec sa femme ; si l'on peut dire s'installer car il passera de logements d'emprunt en habitats temporaires. Marie-Claude est employée comme dactylo, ce qui assure la croûte quotidienne. Mais le 12 septembre, alors que je suis à Nantes chez ma mère, mon ami danois Victor Brockdorff m'écrit que Barré est à l'hôpital Laënnec, que sa femme qui attend un bébé a dû quitter son emploi. « J'ai l'impression que sa situation est assez désespérante et elle n'a pas de famille pour l'aider. »

Marie-Claude suivra son mari, transféré en sana à Cambo, près de Bayonne.

Notre courrier va reprendre :

« Ici, m'écrit-il, je suis dans une petite chambre, claire et propre ; une vraie petite cellule pour un dictateur ou un bénédictin... J'ai horreur de la solitude depuis toujours. Je suis toutefois moins seul ici que dans cette salle de Laënnec où j'avais l'impression d'avoir invité tous les soirs vingt-huit personnes à coucher dans ma chambre. »

Toujours l'humour le défend du tragique. Mais il lui arrive de craquer :

« Ma pauvre Nounoute ne trouve pas de travail et elle ne mange rien – car nous sommes fauchés, évidemment, pour ne pas changer – elle se nourrit le plus souvent de café et de pain... Moi je n'y puis rien car je suis toujours immobilisé dans ce maudit aquarium. C'est peut-être aussi bien car je me demande comment nous allons vivre quand je sortirai d'ici, étant donné que je ne pourrai pas travailler tout de suite... En ce moment je ne fais que penser à la peinture, surtout celle que je ne fais pas, à mon grand désespoir. »

Puis le ton de la plaisanterie le sauve, une fois de plus, et le rêve saugrenu d'ouvrir une boutique de mercerie, en obtenant un crédit. Il y a dans l'humour de Martin Barré quelque chose qui le rapproche de Beckett et même de Chaissac :

« Si nous avions des fonds, il nous faudrait une

petite boutique dans un petit patelin ; ça me permettrait de préparer mes expositions ; comme le patelin serait petit il n'y aurait qu'une petite clientèle qui me laisserait du temps. On pourrait même laisser les clients se servir tout seuls. Nounoute tiendrait la caisse et moi, tout en peignant, je surveillerais les clients. La mercerie, par exemple, c'est pas mal. La bonneterie également. La graineterie dans un petit pays doit aussi être excellente. Ou alors un petit bistrot avec l'autocar qui s'arrête devant, le chauffeur ça serait toujours un client assuré et puis le dimanche, de temps en temps, tu viendrais boire une chopine. »

Son premier enfant était né. Il l'appellera Josquin (comme Josquin des Prés).

Le 5 septembre 1950, il m'écrit de Bayonne (car il a quitté Cambo et soigne sa tuberculose par une médecine parallèle) :

« Je m'appelle Martin désormais et Marie-Claude est Martine... Il est interdit de m'appeler Michel. Lorsque tu m'écriras, ou parleras de moi à quelqu'un, tu devras dire Martin Barré. »

Et il ajoute, en vers :

> « Quand reverrai-je de mon petit logis
> Chauffer le radiateur... »

Leur retour à Paris sera tragique. La maladie, l'extrême pauvreté, le refus de toute compromission (je veux dire de compromission avec la société, le refus, par exemple, d'une position sociale, d'un second métier) le conduiront pendant de nombreuses années à une vie aussi précaire qu'obscure.

« Je ne comprends pas la naïveté de Martin Barré de vouloir vivre de sa peinture », m'écrit James Guitet qui avait choisi un second métier, non sans révolte.

La première exposition parisienne de Barré, en mars 1949, Galerie du Vert-Galant, était encore figurative et signée Michel Barré. Dans ma préface, je parlais de naïvisme et d'un esprit « imagier ». D'humour aussi, dans son bestiaire et sa flore.

Nous sommes bien loin de ce que sera l'œuvre si singulière de Barré, qui ne se manifestera guère qu'en 1955, lorsque je l'introduirai dans sa première galerie : La Roue, rue Grégoire-de-Tours, et préfacerai sa première exposition abstraite.

A l'automne 1953, m'étant procuré un logement un peu plus grand, mais aussi inconfortable, 76, rue de Sèvres, une sorte de resserre d'artisan, au fond de la cour, je m'arrangeai avec la propriétaire du 12, rue des Saints-Pères pour que Martin et Martine Barré puissent obtenir la location de ma chambre. Ils avaient deux enfants, mais cette mansarde leur parut merveilleuse, comme elle le fut pour moi. Et ils disposaient enfin d'un lieu où jeter l'ancre.

Ma situation financière, aussi précaire que celle de Barré, s'était améliorée grâce à Sally devenue infirmière à l 'École de puériculture. Comme elle terminait son service vers minuit, je passais toutes mes soirées chez les Barré, dans mon ex-chambre qu'il ne me semblait pas avoir quittée. Malgré sa pauvreté, Barré disposait d'une richesse inouïe : un pick-up et des disques. Peu de disques, bien sûr, mais de réentendre toujours les mêmes nous cultiva l'oreille. Vivaldi, Albinoni, Corelli... J'ai vécu là, avec les Barré, de délicieux, de passionnants moments.

Je lui avais fait rencontrer Atlan, Soulages. Tout comme pour Guitet, mon option pour l'art abstrait l'entraînera dans cette direction. Et il alla aussitôt à l'extrême, c'est-à-dire du côté de Mondrian, de Malevitch. Sa connaissance assez exceptionnelle de l'architecture moderne le conduisit à s'arc-bouter au Bauhaus et à y choisir un maître : Oskar Schlemmer. De tous les artistes dont je lui parlais, et qu'il put approcher, sans doute était-ce de Soulages qu'il se sentait le plus proche. Non pas dans le résultat de l'acte de peindre, où chacun se situait plutôt aux antipodes de l'autre, mais dans la manière d'appréhender la peinture comme théorie de la peinture.

Tant qu'il vécut avec Martine (ex-Marie-Claude), 12, rue des Saints-Pères, il sortit peu, ne fréquentant personne à part Sally et moi, rebelle à toute intégration dans un courant artistique, avec une propension, non seulement à la discrétion, mais à l'effacement. Sa timidité hautaine le mènera à un isolement peu propice à la médiatisation.

Il aimait jouer aux dames. Nous consacrions

tous les dimanches soir à d'interminables parties. Ce damier blanc et noir le fascinait. Il jouait très lentement. Tout était lent, chez lui, sa démarche, sa réflexion. Lent et précis. L'austérité et la simplicité du damier lui ressemblaient bien, lui qui réduisait à l'extrême tous les moyens employés pour sa peinture : matériaux, couleurs, outils.

Pendant quelques années, nous nous associâmes pour monter un modeste artisanat de peinture en bâtiment et de menuiserie qu'il appelait « la coterie ». Nous fîmes ensemble beaucoup de chantiers. Nous travaillions parfois durement, mais nous nous amusions bien. J'ai conservé un meuble que nous avons bâti en sciant une armoire que m'avait offerte ma marraine (la femme du bourrelier), une sorte de commode basse, avec deux poignées que Martin sculpta au couteau.

Il voulut, par mon entremise, rejoindre James Guitet qui avait été admis en 1954 dans l'équipe de la galerie Arnaud. A partir de 1957 ce fut chose faite.

De 1968 à 1973, il cessa de peindre pour se consacrer à la photographie dans la mouvance de l'art conceptuel. Nous nous étions éloignés. Il avait rompu avec Martine, j'avais rompu avec Sally. Les couples qui se cassent font souvent trébucher les amitiés les plus solides.

Ah ! Encore un mot à propos de la fille de Martin et de Martine, qu'ils appelaient Boogie.

Cette petite rousse, minuscule, délicate, était émerveillée par les harpes de la riche dame du second étage de l'immeuble de la rue des Saints-Pères. Celle-ci l'initiera à la musique, lui fera prendre des cours d'orgue dans un conservatoire municipal. Boogie y connaîtra un élève pianiste qu'elle épousera.

Martin Barré, que je voyais moins alors (mais nous nous sommes toujours retrouvés et je n'ai cessé de suivre l'évolution de sa peinture et d'écrire à son sujet), se désolait de ce gendre :

– Mais non, ce n'est pas un pianiste. Il est juge dans un tribunal. Tu te rends compte, un juge ! Ah ! si c'était un vrai pianiste !

Il se rendait malade de savoir sa fille épouse d'un magistrat.

Ce juge-pianiste deviendra célèbre, plus célèbre que Martin Barré, en se faisant une réputation de moraliste, de justicier inflexible, de redresseur des finances publiques. Il s'appelait Renaud Van Ruymbeke.

6

Du côté des peintres et des sculpteurs

En ce temps-là les critiques d'art ne sortaient pas de l'École du Louvre ni de l'École normale supérieure. Ils n'étaient ni universitaires ni muséographes. Mes humanités, je les ai faites essentiellement, de 1945 à 1949, dans quatre galeries d'art : Drouin, Denise-René, Colette-Allendy, Lydia-Conti.

Pour le petit provincial de vingt et un ans que j'étais, fraîchement débarqué à Paris, la galerie René-Drouin, place Vendôme, représentait un véritable palais des merveilles. Non seulement j'y découvris l'art abstrait (Arp, les Delaunay, Herbin, Kandinsky, Magnelli, Mondrian, Pevsner), mais parallèlement Dubuffet et Fautrier. Le rez-de-chaussée de la galerie Drouin, très vaste, offrait des expositions spacieuses, comme celles d'un musée, et le sous-sol était dévolu à l'art brut. Ce qui implique que, dès les premières années de l'après-guerre, il était parfaitement possible de connaître les deux tendances qui allaient marquer l'avant-garde jusqu'aux années 60 : la non-figuration et une « figuration autre ».

Si René Drouin s'attachait surtout à montrer l'art abstrait historique (celui de l'avant-guerre), Denise René, rue La Boétie, près des Champs-Élysées, quartier excentrique par rapport aux traditionnels emplacements des galeries (mais moins excentré que la galerie Colette-Allendy qui se situait dans une maison particulière, rue de l'Assomption), organisait, en février 1946, la première exposition de la jeune peinture abstraite (Dewasne, Deyrolle, Hartung). En 1944, Denise René avait transformé son atelier de mode en une galerie vouée à Vasarely. Néanmoins, Atlan y faisait sa première exposition en 1946 ; Schneider et Poliakoff y apparaissaient dans un groupe en 1947. A ses débuts, la galerie Denise-René ne s'était donc pas enfermée (comme plus tard) dans la seule tendance du géométrisme.

C'est d'ailleurs surtout en fonction de cette exclusive donnée à « l'abstraction froide », à la fois par Denise René, par le critique Léon Degand et par la revue *Art d'aujourd'hui* (1949) que les galeries Colette-Allendy et Lydia-Conti vont prendre une option en faveur de l'abstraction lyrique.

Colette Allendy, veuve du célèbre psychanalyste (dont Anaïs Nin, notamment, nous a donné un portrait pittoresque dans son *Journal*), se tenait toujours dans son salon du rez-de-chaussée, assise devant une table basse surchargée de revues et de livres. On poussait la grille sur la rue et on entrait dans cette maison calme, située non loin de la villa La Roche de Le Corbusier et des immeubles de Mallet-Stevens. On découvrait Mme Allendy lisant, entre cour et jardin. Bien sûr, il n'y avait aucun autre visiteur, sinon les jours de vernissage où c'était la fête. La fête des artistes exposants et de leurs amis qui constituaient alors le seul public de ces galeries intimistes. Colette Allendy vous recevait comme on reçoit chez soi et l'on regardait les tableaux sur les murs de sa maison comme s'il s'agissait de sa propre collection. Elle vous accompagnait aux étages et l'on voyait en passant des dessins d'Antonin Artaud, l'un des malades de son mari. Il y eut, dans cette maison bourgeoise du XVIe arrondissement, des expositions mémorables HWPSMTB (Hartung, Wols, Picabia, Stahly, Mathieu, Tapié, Bryen) en 1948. C'est chez Colette Allendy que les trois Cobra néerlandais (Appel, Constant, Corneille) exposèrent pour la première fois à Paris en 1950, à l'initiative de Doucet, familier de la maison ; et qu'en 1956 Pierre Restany présenta les *Propositions monochromes* d'Yves Klein. Mais c'est chez Lydia Conti, rue d'Argenson (non loin de Denise René), que Schneider, Hartung et Soulages apparaîtront à tour de rôle en 1947, 1948, 1949.

Hartung, Schneider et Soulages formaient un trio inséparable (qui s'est plus tard séparé). Ils exposaient toujours ensemble, se voyaient fréquemment chez l'un ou chez l'autre. Hartung bénéficiait d'une aura, car on lui savait un long passé de peintre abstrait (ou plutôt il n'y avait guère que Henry Goetz qui connaissait d'une manière certaine cette antériorité, avant que le Dr Domnick ne publie, en 1950, le premier album monographique fastueux consacré à l'un de « nos » peintres, événement si extraordinaire qu'en me le remémorant j'en suis encore bouleversé). Un jour de 1947, Hartung me dit : « Va au Salon des Surindépendants. Tu y verras un jeune peintre intéressant. Il s'appelle Soulages. »

Le Soulages en question m'a en effet produit l'un des grands chocs de ma vie rétinienne. Et, par-dessus le marché, je ramenais en cette même année, du Salon des Réalités nouvelles, la vision d'une peinture stupéfiante, dont on ne savait pas encore qu'elle s'appellerait informelle, signée Wols.

Du trio, Schneider était le plus âgé (puisque né en 1896, comme André Masson) et Soulages le plus jeune. Très exactement, entre Schneider et Soulages s'espaçaient vingt-trois années. Disons que Schneider commençait tardivement sa vie publique (à cinquante et un ans) et Soulages précocement (à vingt-huit ans). Entre eux deux, Hartung (quarante-trois ans). La révélation tardive de ses aînés, due à la fois à l'entracte de la guerre et à l'impossibilité d'exposer un art abstrait lyrique complètement insolite et inadmissible, fit que Soulages sauta une génération et se plaça d'emblée sur l'orbite de ses prédécesseurs dont il devint très tôt l'égal.

Schneider, grand, mince, élégant, toujours vêtu avec sobriété. Hartung appuyé sur sa canne, boitant peu malgré sa jambe artificielle invisible. Soulages gigantesque comme ses peintures, avec un physique de rugbyman. Mes trois amis que je rencontrais au moins une fois par semaine, combien vous m'avez appris à voir ! De connaître, si jeune, des artistes aussi importants, m'a transformé la vie.

Atlan rejoignait fréquemment le trio. Il exposait d'ailleurs avec lui, dans de mêmes groupes, ainsi que Poliakoff avec lequel Atlan se sentait plus d'affinités. Comme il tenait à affirmer ce qu'il appelait son identité judéo-berbère, il aimait croire que celle-ci trouvait des atomes crochus avec les origines de Poliakoff que celui-ci disait tziganes. Cher Poliakoff que j'allais visiter dans le petit réduit qui lui servait d'atelier, au fond d'une cour. Il y peignait des gouaches, belles comme des icônes.

Les samedis soir, Atlan ouvrait à tout venant sa demeure de la rue de la Grande-Chaumière. On y accédait par un escalier qui ressemblait plutôt à une échelle de meunier. Denise, son épouse, faisait interminablement du café turc (les jours fastes, rares). Atlan avait une convivialité qui, outre la grande originalité de sa peinture, attirait nombre d'artistes, d'écrivains, de copains constantinois. Gertrude Stein, André Gide, Marcel Arland, Maurice Nadeau, Arthur Adamov, Clara Malraux,

Jean Duvignaud, Albert Memmi, Obaldia, ont monté l'escalier menant à cet atelier qui tenait du grenier poussiéreux et de la réserve de brocanteur. L'atelier d'Atlan a été un extraordinaire lieu de rencontres. C'est en effet là que, au début de 1946, Asger Jorn rencontrera Noël Arnaud et Édouard Jaguer qui l'introduiront dans leur groupe surréaliste révolutionnaire. C'est dans l'atelier d'Atlan que se tiendront à Paris, avec Dotremont, Alechinsky et les trois Hollandais, toutes les réunions informelles de Cobra, avant que ma chambre de bonne de la rue des Saints-Pères ne serve de boîte à lettres au mouvement.

Outre Doucet, qui ne manquait pas un samedi soir, deux jeunes femmes peintres étaient familières des lieux : Marcelle Loubchansky et Huguette-Arthur Bertrand.

Ce que je raconte ici, et qui paraîtra sans doute évident en cette fin de siècle, n'était connu, vécu, que par un nombre infime de gens en 1947. Des quatre galeries citées plus haut, une seule bénéficiait d'une certaine affluence, sans doute en raison de son lieu géographique prestigieux et de son luxe : René-Drouin. Elle bénéficiait aussi du soutien des écrivains de la *N.R.F.* : Paulhan, Ponge, Arland, Malraux qui, contrairement à la plupart des critiques et des conservateurs de musée, saluèrent aussitôt avec enthousiasme Fautrier et Dubuffet.

Dans les années 45-53, la critique et les musées n'avaient d'yeux que pour Picasso. Un peu Matisse, un peu Léger, mais surtout Picasso. Et celui que l'on proclamait le plus grand peintre français, successeur évident de Picasso, s'appelait André Marchand.

La première exposition de Paul Klee, présentée à la sauvette au Musée national d'Art moderne, en 1948, n'intéressa personne. Pas plus que la première exposition de Kandinsky, galerie Drouin, en 1946. Et pourtant nous étions quelques-uns à ne jurer que par Klee et Kandinsky. J'écrivis à la gloire de ces deux nouveaux maîtres une suite d'articles qui scandalisèrent fort, notamment le premier avec son titre provocateur : « Picasso s'éloigne[9]... »

D'accord, Picasso est revenu[10]. Mais en ce temps-là, il s'était pour nous singulièrement éloigné. Notre fascination pour Klee, Kandinsky, Miró, Calder (que Jean-Paul Sartre préfaçait galerie Carré) ne souffrait pas de partage. Chaque génération se cherche des ancêtres. Nous les avions trouvés.

La seule fois où je vis Picasso, c'était au Salon d'Automne, en 1947, inauguré par Maurice Thorez. Fougeron y exposait ses *Parisiennes au marché.* Entre Thorez et un autre colosse du P.C., qui l'encadraient, Picasso m'apparut comme un prévenu minuscule, coincé entre deux flics énormes et menaçants.

Le misérabilisme de Bernard Buffet n'est plus qu'un souvenir anecdotique. Le réalisme socialiste ne nous semble plus qu'une plaisanterie d'un goût douteux. Le Salon des Peintres témoins de leur temps fait sourire. Et pourtant, dans les années 45-53, la figuration c'était seulement cela. Exclusivement. A tel point que Dubuffet et Fautrier passaient pour « abstraits » et exposaient d'ailleurs en groupe avec les non-figuratifs.

Dubuffet, Fautrier... et Chaissac, bien sûr. J'avais vingt-deux ans lorsque je publiai dans la revue *Maintenant* un choix de contes de Gaston Chaissac. Chaissac que je faisais par ailleurs (nous l'avons vu) participer à quelques expositions collectives à la galerie de L'Arc-en-ciel et en 1948 à la librairie Portes-de-France : « Art brut et expression populaire, peintres autodidactes ». Chaissac est le premier peintre à propos duquel j'osai une petite étude, par le biais de la littérature, en 1946. Rien d'étonnant. La littérature d'expression populaire à laquelle je consacrai mon premier livre, en 1947 : *Les Écrivains du peuple*, me conduisait directement à son pendant pictural : l'art brut, Chaissac et aussi, avec quelques détours, Cobra.

Je revois très bien Chaissac, pauvre diable maigre, dans ma chambre mansardée de la rue des Saints-Pères, dessinant à genoux sur des papiers d'emballage posés sur mon carrelage de tommettes rouges. Je l'entends encore me dire : « Pourquoi Monsieur Gallimard me nomme-t-il toujours Robert Chaissac ? Il croit donc qu'il n'y a que lui à avoir le droit de s'appeler Gaston ? » Ou bien : « Voyez les nègres, qui avec rien font des merveilles. Que ne feraient-ils pas si on leur donnait quelque chose ! »

Si la plupart des critiques, des conservateurs de musée, des collectionneurs ont été, non pas aveugles dans les années 1945-1953, mais ont tout simplement regardé ailleurs, je voudrais rendre hommage néanmoins à trois collègues : Michel Seuphor, Michel Tapié et Estienne qui, par anomalie, ne se prénomme pas Michel, comme nous tous, mais Charles, comme qui vous savez.

En 1948, le bruit courut dans le petit ghetto de l'avant-garde artistique qu'un revenant hantait les galeries. Il avait été, avant la guerre, l'ami de Mondrian, connaissait Vantongerloo, Van Doesburg, Arp. Ce personnage fabuleux s'appelait Michel Seuphor. L'année suivante il publia aux éditions Maeght la première histoire de l'art abstrait : *L'Art abstrait, ses origines, ses premiers maîtres.* L'art abstrait, hérétique, informe, trouvait enfin son pedigree. Il ne fallut pas plus de trois ans pour que Charles Estienne se dégoûte de cette officialité et publie un pamphlet en forme d'insidieuse question : *L'art abstrait est-il un académisme ?*

Michel Tapié fut sans doute celui qui répondit le OUI le plus retentissant. Clarinettiste de jazz, petit-neveu de Toulouse-Lautrec, Tapié de Céleyran était un curieux personnage épris de curiosités. Dubuffet lui ayant donné la charge de s'occuper du sous-sol de l'art brut, galerie Drouin, il tenta lui-même de faire de l'art brut sculpté (première falsification, à la source, de cette forme d'art qui ne peut être que d'expression populaire, ou psychiatrique), et l'exposa dans le groupe HWPSMTB, cité plus haut. Puis les *Hautes Pâtes* de Dubuffet et les *Otages* de Fautrier le conduisirent à prôner une régénération de l'art abstrait par l'informel. Pour Tapié, le Cézanne du nouvel art moderne était Dubuffet. A l'influence de Dubuffet s'ajouta sur Tapié celle de Mathieu.

Au trio Hartung-Soulages-Schneider répondit bientôt le trio Mathieu-Wols-Bryen. De sa première exposition galerie Drouin en 1950 à l'*Hommage au maréchal de Turenne* en 1952, Mathieu se dévoua pour que l'on reconnaisse le génie de Wols et pour que le terme d'abstraction lyrique soit entériné par l'Histoire. Ce qui a été fait.

Pour en revenir à Michel Tapié, cet aristocrate désargenté, chargé d'une nombreuse famille, fut beaucoup plus (ou beaucoup moins) qu'un critique d'art. Imprésario, manager, homme silencieux, long, maigre, le visage parcheminé, il inventa pour écrire sur l'art un style alambiqué, ampoulé, d'une facture stupéfiante qui connut, qui connaît encore, une féconde postérité.

Il eut le grand mérite d'introduire en France : Tobey, Pollock, Riopelle, Sam Francis ; de donner une dimension internationale à Appel (seul récupéré de Cobra) ; de montrer en permanence le

Grand Couple d'Étienne-Martin. Éminence grise, troquant ses conseils avisés auprès de galeries, lui permettant l'obtention de ses indispensables allocations familiales, Tapié exerça un rôle énorme dans les années 1951-1952, notamment par l'intermédiaire des galeries Nina-Dausset (*Véhémences confrontées*), Paul-Facchetti (*Signifiants de l'informel*), puis Rive-Droite et Stadler.

En 1952-53, ce sont les grandes années de Charles Estienne. A sa propre question : « L'art abstrait est-il un académisme ? », il donnait une réponse ambiguë : Oui, mais seulement quand il est froid.

La querelle du chaud et du froid occupait alors les rares publications vouées aux beaux-arts. Elle prenait une allure de querelle entre les Anciens et les Modernes. Les Anciens étaient bien sûr l'art abstrait géométrique (dit froid) dont Seuphor venait de raconter l'histoire. Comme pour donner raison à ses détracteurs, Dewasne ouvrait à l'académie de la Grande-Chaumière un atelier d'art abstrait. Les Modernes, c'était, en gros, l'abstraction lyrique (dite chaude).

Dans cette activité diffuse et confuse s'esquissait une seconde génération de l'abstraction lyrique, qui viendra à maturité au début des années 60 et butera malencontreusement sur toutes les exaspérations des nouvelles figurations : nouveau réalisme, pop art, hyperréalisme, etc. Ce qui la conduira à une douloureuse traversée du désert.

Henri Goetz raconte :

« Je voyais les Atlan tous les jours et fis connaissance de leurs amis... Michel Ragon, spécialiste en littérature populaire, qu'Atlan avait transformé en critique d'art[11]...

C'est en effet Atlan qui me fit rencontrer Henri Goetz. Mais il ne me transforma pas en critique d'art. En réalité, je n'avais jamais pensé devenir critique d'art. Ma fréquentation des peintres, de Guitet et Barré à Atlan, Hartung, etc. m'y conduisit.

Et dans ma connaissance de l'art abstrait, Henri Goetz marqua certainement une étape, moins par sa peinture imprégnée de muqueuses surréalistes, que par sa culture très vaste, et la documentation de sa bibliothèque, très fournie.

Goetz était sans doute celui qui avait le mieux connu Hartung avant la guerre et l'un des rares qui l'aient matériellement aidé en l'hébergeant dans son atelier. Ce doux, cet humble, un peu cauteleux, trop effacé pour être vraiment sincère dans son apparent détachement, aimait surprendre et choquer. Il se targuait de peindre avec son sperme comme liant. Ce qui ne se voyait absolument pas dans ses tableaux, du jaune d'œuf aurait aussi bien fait l'affaire. Ses velléités de scandales prenaient toujours une allure d'enfant qui piétine sur place, en se contractant le visage, mais sans oser crier.

Dans un renfoncement de leur petit atelier, 72, rue Notre-Dame-des-Champs, Christine Boumeester regardait en coin, silencieuse, affectant une quelconque occupation pour ne pas avoir l'air d'écouter ce que me disait son mari. Ses aquarelles sensibles exprimaient le silence de Christine, un silence qu'elle s'efforçait de ne pas vouloir méprisant envers le pauvre Henri Goetz qui, comparé à cette longue femme mince, si discrète, paraissait mesquin, un peu futile. On disait Christine Boumeester maîtresse du tonitruant Picabia. Avatar invraisemblable, mais toutes les aberrations...

Pourquoi suis-je si méchant avec Henri Goetz qui me fit un jour le cadeau de m'emmener chez Brancusi ? Car il était impossible de pénétrer dans l'atelier de Brancusi, si l'on s'avouait journaliste et, a fortiori, critique d'art.

Septuagénaire glorieux, Brancusi n'avait rien changé à ses habitudes, continuant d'habiter, impasse Ronsin, sa vieille baraque sans aucun confort, dans laquelle il avait tout fabriqué lui-même, aussi bien les tables que les bancs, les escabeaux et les socles pour ses sculptures. Célibataire, Brancusi recevait peu, sinon de belles dames attirées par sa solitude et peut-être aussi par son allure de pâtre barbu et ses yeux malicieux pétillant entre les poils de barbe qui lui dévoraient le visage. Était-ce Vulcain ? Était-ce Tolstoï ? Les belles dames s'asseyaient sur des morceaux de bois ou de pierres taillées par le sculpteur et Henri-Pierre Roché raconte qu'il « leur mettait un mouchoir fin sur les yeux et dans la bouche de petits oignons crus enrobés de fromage double crème en disant : Croquez et devinez ce que c'est ! »

Il y avait dans cet atelier un étrange silence. L'impasse Ronsin, dans son abandon, bien qu'à deux pas de la gare Montparnasse, paraissait un coin de campagne. On s'imaginait dans une chapelle, dont Brancusi eût été le prêtre. Les œuvres qui l'entouraient, c'est-à-dire presque toute son œuvre, ne semblaient pas lui appartenir. Il paraissait plutôt le gardien de ce trésor, parlant d'une voix faible, comme murmurée.

Je le revois dénuder ses sculptures recouvertes d'une housse, lentement, avec des gestes tendres, et mettre en marche un petit moteur silencieux qui les faisait pivoter. Puis il se retira au fond de son atelier, me laissant face à ces êtres de pierre et de bronze, soudain animés, vivant d'une vie muette, offrande et prière, une vie d'idole.

Des « poissons » tournaient dans l'air, pierres plates polies comme des galets vivifiés par beaucoup de caresses. Un « phoque » sortait d'une eau invisible, ruisselant, lisse, si lisse qu'il allait glisser sans doute vers quelque repaire de glace. Une « tortue » s'envolait. Des têtes, posées sur des socles, ne paraissaient pas décapitées, car elles se suffisaient à elles-mêmes, ces boules que l'on hésitait à toucher, de peur de les entendre crier. Et toujours, planant en plein ciel cet *Oiseau d'or* au bec ivre d'espace, ces poissons qui tournaient sans fin et ce silence de forêt pétrifiée.

N'étais-je pas, par hasard, transporté sur l'île de

Pâques ? Les grands coqs de bois dressaient leur crête comme des futaies d'arbres étranges. Les projets pour la *Colonne sans fin* semblaient à la fois des troncs dont on ne voyait pas les feuillages et les colonnes d'un temple. Ou bien ne pénétrais-je pas, justement, dans ce temple hindou que Brancusi rêva de construire, un temple où ne viendrait aucun profane, un asile de méditation, où les oiseaux d'or, immobiles, figés dans l'extrême tension de leur vol, deviendraient aussi énigmatiques que le sphinx ?

La nuit était tombée et Brancusi n'avait pas éclairé l'atelier. Il s'était assis sur un de ces bancs de bois taillés à la hache, comme il devait y en avoir dans les villages de Roumanie. Je m'assis près de lui et il me parla des Indiens d'Amérique, de l'Atlantide, de la civilisation égyptienne et de cette civilisation noire qui, croyait-il, avait pendant un temps dominé le monde. Comme il vivait en harmonie avec ces civilisations détruites, enfermé dans son temple-atelier, à quelques mètres des rails de la gare qui, bientôt, détruirait son quartier !

L'atelier sombre n'en était que plus mystérieux. Je n'apercevais qu'à peine le vieux sculpteur. Mais l'*Oiseau d'or* brillait. Les poissons tournaient toujours, comme dans un aquarium imperceptible. Les grands coqs jetaient le cri de leurs crêtes en dents de scie. Ce devait être l'heure où, dans les temples, se disait la prière du soir.

Je me souviens encore avec quel mépris Brancusi parlait du bifteck, c'est-à-dire de l'impression de chair donnée par certaines sculptures à l'opposé de la sienne.

Pendant longtemps, la présence de Brancusi dans la cité d'artistes délabrée de l'impasse Ronsin sauva celle-ci de la pioche des démolisseurs. Brancusi mort, plus rien ne s'opposait à l'éviction d'artistes moins célèbres : ses voisins Lacasse et le couple Istrati-Dumitresco. Ces derniers veillèrent aux ultimes années de leur compatriote et lui évitèrent de mourir trop seul. Mais que faire de l'atelier Brancusi, légué à l'État avec toutes ses œuvres, à la condition qu'il ne fût pas détruit ? Les lignes de chemin de fer allaient-elles le contourner et irait-on le visiter par une passerelle enjambant les voies ? Une solution radicale fut adoptée. On démonta l'atelier de l'impasse Ronsin et on le reconstruisit, exactement tel quel, verrière en piteux état incluse, à l'intérieur du musée d'Art moderne, avenue du Président-Wilson. Lorsque celui-ci fut intégré au centre Georges-Pompidou, on déménagea une nouvelle fois l'atelier de Brancusi que l'on posa comme une verrue au pied de l'architecture de Piano et Rogers. Et tout fut reconstitué à l'intérieur de l'atelier factice : les sculptures sur leurs socles, les bancs, les outils posés sur les blocs de pierre. Tout était là et, pourtant, rien n'était plus là. Sans Brancusi, cet atelier n'avait pas d'âme. Une pieuse reconstitution, mais sans vie. Un musée et non un atelier d'artiste. Les grands coqs n'y chantaient plus. Les têtes, maintenant décapitées, devenaient muettes. Le phoque ne ruisselait plus. Tout était pareil et rien n'était pareil.

En 1995, on vit bien pire. Le Centre Georges-Pompidou consacra une fastueuse rétrospective à Brancusi sous la forme d'un sinistre travestissement. Les sculptures classées par catégories, les bronzes ici, les bois ailleurs, on se serait cru au Salon des Antiquaires.

Seule l'œuvre compte, dit-on. Est-ce sûr ? Le petit homme à longue barbe de moujik, au regard malicieux, vêtu comme un charpentier, le gardien du temple, cet autre gardien appointé ne le remplace pas à Beaubourg. Les oiseaux de Brancusi y sont en volière et son phoque au zoo. Brancusi est reparti à pied, sans bruit, comme il était venu.

Pierre Soulages me raconte qu'un 14 juillet, vers 1950, l'ambassade américaine le pria de recevoir Nelson Rockefeller dans son atelier de la rue Schoelcher. Aussitôt arrivé, Rockefeller demanda à se laver les mains. Soulages regarda les mains du milliardaire, étrangement noirâtres. Surpris, il lui demanda comment il avait bien pu se salir à ce point.

– Je viens de rendre visite à Brancusi, dit Rockefeller. Il était malade et m'a reçu allongé sur son lit. Bien qu'il fasse plutôt chaud, Brancusi m'a dit qu'il avait froid et m'a demandé de rallumer son poêle à charbon.

Et Soulages de conclure :

– Ce malin de Brancusi a voulu se payer le

même plaisir que Titien laissant Charles Quint ramasser son pinceau.

Je me souviens d'un vieil homme empâté, que je rencontrais fréquemment dans les rues de Saint-Germain-des-Prés, marchant pesamment en s'appuyant sur une canne, la tête nue, avec des cheveux en couronne sur un front dégarni. Il vivait avec sa femme dans une chambre d'hôtel, jouait du banjo, buvait sec. Comme la chambre était très petite, il se servait de son lit comme table de travail, posant sur les couvertures de petites feuilles de papier qu'il remplissait de dessins rageurs. Il allait porter d'autres feuilles, maculées de taches de gouache, ou d'aquarelle, dans les galeries voisines, les offrant pour un prix modique. On les lui refusait partout. Certains galeristes, apitoyés, lui tendaient un billet de cinq mille francs (cinquante francs actuels) et négligeaient de prendre l'œuvre que l'artiste offrait en échange de cette aumône.

Lorsque ce peintre mourut, en 1951, je m'aperçus avec stupeur qu'il n'avait que trente-sept ans. Il s'agit de Wols, bien sûr.

En 1973, quand la Nationalgalerie de Berlin organisa une rétrospective de Wols, qui eut un retentissement mondial, la pauvre compagne des jours terribles, Grety, m'écrivit :

« Je suis écœurée lorsque je relis l'Argus du vivant de Wols, avec toutes les insultes que Messieurs les critiques d'art lui ont lancées pour les taches... Taches, taches, taches, peinture sans lendemain, écrit René Massat. C'était pourtant la révolution dans l'art d'après-guerre. Si Wols a été le premier, faut-il encore qu'il soit reconnu. C'est pourquoi je vous suis reconnaissante à jamais, que vous l'ayez vu, ressenti, affirmé, soutenu. »

Le rejet des artistes dits de l'abstraction lyrique, leur misère, de 1945 à 1950, est aujourd'hui inimaginable. Hartung, amputé d'une jambe, paraissait un privilégié avec sa petite pension de légionnaire mutilé de guerre. Schneider gagnait sa vie comme restaurateur de tableaux anciens. Poliakoff était guitariste dans un cabaret russe où un peintre alors célèbre, son compatriote Terechkovitch, lui jetait fastueusement des pourboires. Gilioli s'était casé dans un entrepôt de la S.N.C.F., près de l'impasse Ronsin. Gilioli et Babet son épouse repoussèrent dans un coin les caisses des chemins de fer et, très écolos avant l'heure, montraient dans leur dénuement un air aussi euphorique que celui d'Étienne-Martin, qui arborait déjà sa prestance de mage et ne semblait pas s'apercevoir que son atelier de la rue du Pot-de-Fer prenait l'eau avec des allures de bateau qui coule.

Mais Wols, Atlan et les peintres de Cobra (Appel, Constant, Corneille, Jorn) touchaient le fond de l'indigence. En août 1947, le rationnement du pain avait atteint son chiffre le plus bas depuis 1940 : deux cents grammes par jour et par personne. Et les tickets de pain ne disparaîtront qu'en 1949. Ces deux cents grammes de pain constituaient pour la plupart d'entre nous le seul aliment solide. Plus chanceux que mes amis peintres et sculpteurs, je passais de la famine à la fringale apaisée lorsque je reprenais le harnais des travaux manuels : manœuvre d'usine en 1946, ouvrier agricole en Angleterre en 1950, peintre en bâtiment en 1951 ; pour ne citer que les vrais métiers.

Georges Mathieu, lui, gagnait sa vie comme publiciste dans une compagnie de navigation américaine. Afficher ainsi un second métier, au risque de passer pour un amateur, paraissait déjà de l'extravagance. Et cette extravagance Mathieu saura la cultiver avec un grand brio.

Mathieu se place parmi mes tout premiers copains peintres parisiens, le premier peut-être. Bien que prononcer le mot de copain soit, à son propos, entaché de vulgarité.

Il habitait alors 27, rue Gay-Lussac, dans une petite chambre où figurait à la place d'honneur le portrait d'un monsieur dont la tête était peu connue. Ceux qui lui demandaient qui était cet homme s'attiraient une réponse digne :

– C'est Monseigneur !

Monseigneur ? C'était le comte de Paris.

Car Mathieu, à vingt et quelques années, était déjà royaliste et dandy. Je retrouve des lettres qu'il m'adressait en 1947 qui commencent toujours par : « Très cher ami » et se terminent par « Royalement ». Quant à la signature, j'ai écrit un jour que Louis XIV aurait aimé signer comme ça, s'il avait su. Et Mathieu reprit cette phrase, sans avoir perçu l'ironie qui s'y glissait, pour l'afficher en lettres énormes à l'entrée de sa rétrospective au Grand Palais, en 1978.

On disait, à ses débuts, qu'il peignait des crachats, des fœtus, des vagins, que sais-je encore. En réalité, influencé par Wols, il anticipait sur le tachisme. Très élégant, fine moustache (il l'amplifiera plus tard d'une manière dalidienne), cravate, chemise blanche à manchettes, il montrait un flegme étonnant dans les plaisanteries les plus saugrenues. Il lui arrivait d'acheter une salade dans un magasin de la rue de Buci, puis de l'effeuiller négligemment sur le boulevard Saint-Germain, comme une marguerite. Ou encore il demandait un bifteck dans une boucherie, le faisait couper en petits carrés et se promenait ensuite en suçotant la viande comme s'il s'agissait de bonbons.

Mathieu a cru réincarner le rôle d'un dandy, à la manière de Whistler ou de Barbey d'Aurevilly. Et l'on n'a vu que la répétition d'une pièce jouée déjà par Dalí. Premier malentendu. Second malentendu à propos de sa peinture, également mal perçue. Avec un art de la mise en scène exemplaire, il fit de son œuvre une sorte de peinture-spectacle qui anticipait sur les happenings. La presse s'est complu à donner de Mathieu une image de clown, en oubliant son très sérieux rôle d'animateur. N'est-ce pas lui qui organisa en 1947 la première exposition d'abstraction lyrique et qui, l'année suivante, introduisit à Paris l'expressionnisme abstrait américain ? Mes relations avec Mathieu se sont distendues, se sont rapprochées. Ce n'est pas un personnage facile. Mais c'est quelqu'un.

1948-1950, années d'intenses activités, un peu brouillonnes, où tout s'entremêle : l'art abstrait et la littérature prolétarienne ; mes dérives nocturnes à Montparnasse avec Atlan et mes premières bourlingues : l'Allemagne en ruine, le Danemark de Cobra, l'Angleterre des camps agricoles ; une amitié grandissante avec le trio Hartung, Schneider, Soulages que Nicolas de Staël appelait « le gang de l'abstraction avant » ; le début d'une activité journalistique à la fois de critique d'art et de critique littéraire ; l'obstination à écrire des poèmes : « Cri rouge », sur des peintures d'Atlan, publié dans le numéro 7 de *Cobra,* « Feux de camps », édité par *La Tour de feu.*

En août 1949 je rédige mon premier essai sur l'art contemporain : *L'Architecte et le Magicien,* qui ne sera publié qu'en 1951 grâce au clan des Limousins de Paris, comme nous le savons. Je le dédie à deux artistes : Soulages (l'architecte), Atlan (le magicien). Mais Soulages refuse, en ce qui le concerne, cette allégorie de l'architecte et ce texte, plus poétique que critique, sera donc seulement consacré à Atlan. Indiquons, en passant, qu'il s'agit là du texte initial dévolu à Atlan et que, l'année suivante, je publierai dans la « Bibliothèque de Cobra » la plaquette liminaire consacrée au même Atlan.

1948-1950, j'ai vingt-quatre/vingt-six ans. Le monde s'ouvre devant moi comme un rideau de théâtre.

Soulages inaugure sa première exposition, galerie Lydia-Conti. Bazaine vient regarder ce que produit ce jeune homme que la rumeur présente sous de si heureux auspices. Son verdict tombe comme un couperet de guillotine :

– Il est peintre. Il veut faire profond. Mais ça ne peut pas aller bien loin parce qu'il est coupé de la nature.

Bazaine, à quarante-cinq ans, exerçait une évidente autorité. Considéré comme le leader du groupe des peintres dits « de tradition française », il avait publié l'année précédente un livre dans lequel il tentait d'ouvrir le procès de l'art abstrait : *Notes sur la peinture d'aujourd'hui.* Ce rejet de Soulages par la tradition soi-disant française ne nous émut pas. Nous étions persuadés que Soulages « irait loin ».

Euphoriques années, où tout paraissait si simple, où l'avant-garde artistique ne connaissait aucune ambiguïté ; où aucun doute ne nous effleurait : les peintres et les sculpteurs que nous aimions seraient les grands artistes de demain. Aucun doute pour notre petit clan, seulement notre clan, car les peintres et les sculpteurs que nous aimions étaient encore des marginaux, et cette marginalité nous offrait un argument supplémentaire prouvant leur originalité.

Ni l'anathème jeté sur l'art abstrait, à la fois par *Le Figaro* sous la plume de Claude-Roger Marx, et par *L'Humanité* prônant le réalisme socialiste, ni les critiques d'art influents qui décernaient leur prix à Bernard Buffet ne nous détournaient de notre choix. Il ne s'agissait d'ailleurs pas de choix, mais de passion.

Et cette passion n'était pas aveugle puisque à mon adhésion aux théories de l'abstraction lyrique j'ajoutais une non moins enthousiaste adhésion aux manifestes de l'art brut de Jean Dubuffet. Et que tous, nous aimions les têtes de Giacometti.

Ce Giacometti que nous voyions arriver à La Coupole, vers une heure du matin, pour y dîner ou y déjeuner, en tout cas pour couper sa journée par un entracte festif. Avec son visage buriné, plissé, ses cheveux crépus, nous lui trouvions l'air d'un sosie boiteux de Jean Cocteau. Mais de nuit en nuit, d'année en année, son visage se mit à un tel point à ressembler à ses sculptures bosselées, tailladées, qu'il se métamorphosa en peau de crocodile.

Depuis 1927, il habitait un très inconfortable atelier, rue Hippolyte-Maindron, dans le XIVe arrondissement et jamais il n'y changea ses habitudes

Pendant longtemps, la pluie s'insinua dans sa chambre au sol battu et ce n'est qu'à regret qu'il consentit, quelques années avant sa mort, à y faire poser un carrelage rouge.

A une époque où la sculpture tendait au purisme, de Brancusi à Gilioli, en passant par Arp, Giacometti s'obstinait à chercher l'expression aiguë des visages. Pourtant l'œuvre de Giacometti, par bien des aspects anachroniques, nous fascinait absolument.

Jusqu'à sa mort, en 1966, il restera cloîtré dans ce même atelier misérable, bien qu'il fût devenu riche et célèbre, fantôme gris sortant seulement la nuit et paraissant devenir sa propre ombre grise.

Il s'acharnait à sculpter et à peindre des visages, mais aussi à piéger le mouvement, le personnage en marche, la main tendue.

Lorsqu'il modela un chien, à Jean Genet qui s'étonnait de cette figure insolite, il répondit :

« C'est moi. Un jour, je me suis vu dans la rue comme ça. J'étais le chien. »

Jean Genet qui, lui servant de modèle pour une peinture, assis bien droit, immobile, sur une inconfortable chaise de cuisine, entend Giacometti dire :

« Comme vous êtes beau ! »

« Il donne, ajoute Genet, deux ou trois coups de pinceau à la toile sans, semble-t-il, cesser de me percer du regard. Il murmure encore comme pour lui-même : "Comme vous êtes beau !" Puis il ajoute cette constatation qui l'émerveille encore plus : "Comme tout le monde, hein ? Ni plus ni moins [12]." »

De janvier à juillet 1948, je tiens une rubrique hebdomadaire dans le journal *Arts ;* puis, à partir de décembre et jusqu'en 1950, dans la revue *Paru.* Ce sont aussi les années Cobra dont nous parlerons plus loin. Ce sont d'intenses années où je m'immerge dans la vie artistique, mais en même temps je ne perds pas de vue la littérature prolétarienne et l'activité syndicale, continuant ma collaboration au *Monde ouvrier,* aux *Cahiers du travail,* à *Peuple et Poésie,* à l'Institut de culture ouvrière. Et Poulaille veut que je n'oublie pas que son ami Joseph Lacasse, peintre prolétarien des débardeurs et des carriers, est devenu artiste abstrait. Ses grands tableaux de la série *Les Jours de la création,* en 1948, se rapprochent de Poliakoff, mais un Poliakoff sombre. Et Poulaille m'assure que Poliakoff a copié Lacasse. Ces querelles d'antériorité sont toujours oiseuses. Gauguin a-t-il copié Émile Bernard ? Si oui, il n'en reste pas moins que Gauguin est un artiste infiniment plus génial qu'Émile Bernard. Injustice sans doute, mais il ne faut s'en prendre qu'à Dieu, s'il existe, et qui distribue le génie et les infirmités à tort et à travers. Lacasse est un bon peintre, toutefois chez Poliakoff il y a un plus, ce plus de l'injustice, justement, ce plus qui n'est pas acquis par le travail, mais qui est donné par l'Inconnu.

J'aurais pu écrire sur Lacasse. Poulaille me bassinait avec son Lacasse. Je voyais ses expositions. C'était un type sympa, Lacasse ! J'aurais dû m'en occuper, c'est vrai. J'aurais dû faire plaisir à Poulaille, au lieu de m'obstiner à bouder Lacasse, rien que pour prouver à Poulaille que j'étais devenu grand, si vite, si vite ingrat, si pressé de m'affirmer seul.

Tout s'entremêle, disais-je. Oui, mais avec quels tiraillements, quels déchirements !

Pendant de longues années (à peu près trente ans), il n'y eut aucune corrélation entre mon activité littéraire et mon activité artistique. Mes amis « écrivains prolétariens », mes amis anarchistes, ignoraient complètement l'existence d'une peinture abstraite ou, s'ils en avaient entendu parler, la tenaient pour une expression bourgeoise décadente. Et mes amis peintres ignoraient complètement l'existence d'une littérature prolétarienne ou, s'ils en avaient entendu parler, la considéraient comme une expression désuète et niaise. Quant à l'anarchie, elle n'était guère à la mode, le marxisme accaparant l'attention des milieux intellectuels où il était de bon ton de se dire communiste.

Mes essais littéraires initiaux, mes premiers romans, n'intéressaient absolument pas mes amis peintres qui ne m'en parlaient jamais et auxquels je me gardais bien d'en parler.

J'eus ainsi, pendant presque toute ma vie, deux activités qui, rarement, se rencontraient. Je me débrouillais comme je pouvais pour passer d'une berge à l'autre, sans me noyer au milieu du courant.

J'ai longtemps souffert de ce mauvais partage, de ce corps coupé en deux, de ce mépris porté à la fois par mes deux « mondes » sur une part affective de mon travail. Mais j'avais appris très tôt la vertu du silence. Lorsque j'étais manœuvre, au temps de mon adolescence, avouais-je à mes collègues ma passion pour Jean-Jacques Rousseau et Michelet ? Non, bien sûr. Ils m'auraient ri au nez et considéré comme une gonzesse. Donc écrivain débutant, je continuai à garder pour moi mes secrets. Et mes regrets. Et mes chagrins.

J'avais collaboré au numéro de *Maintenant* commémorant le centenaire de la révolution de 1848. Cet événement est aussi le prétexte à d'autres articles, notamment dans le journal *Arts* où, le 27 février, je publie : « 1848 et les écrivains : la poésie ouvrière il y a cent ans » et, le 24 mars, le compte rendu un peu ironique de la célébration à la Sorbonne en présence de Léon Blum :

« M. Léon Blum, d'une voix faible, un peu tremblante, est souvent coupé dans son discours par des rires. Lorsqu'il cite le *Manifeste communiste* de Karl Marx, les applaudissements crépitent au même endroit et bientôt la police doit intervenir pour expulser les jeunes manifestants, conspués par l'assistance. Ce qui fait crier par un auditeur : "On applaudit la police à la Sorbonne !" M. Léon Blum est nerveux. Il serre les poings lorsque fuse à son égard le mot "trahison". Quelques échauffourées et tout rentre dans "l'ordre"...

« Le *Chant des ouvriers* et *La Jeune République* de Pierre Dupont sont chantés ensuite par la chorale. L'orchestre achève la soirée par la *Marche hongroise* de Berlioz, cependant que M. Léon Blum, pensif, bat machinalement la mesure. »

Je suis entré à *Arts,* grand hebdomadaire de la vie artistique, pour parler de la littérature prolétarienne. J'écris dans ce contexte toute une suite d'articles : « Hommage à Eugène Dabit », « Visite à Tristan Rémy », « Visite à Ferreira de Castro », « Édouard Dolléans et les écrivains prolétariens du XIXe siècle », quand un événement fortuit me fait changer de registre. Le dimanche 9 février, au Vésinet, Utrillo est parrain du fils de son marchand Paul Pétridès. Le journal doit couvrir cet événement, mais les critiques d'art sollicités se dérobent. Un dimanche, la barbe ! Le rédacteur en chef n'a d'autre ressource que de m'envoyer à leur place. Si bien que j'aurai droit à la une, le baptême de Gilbert Pétridès ayant l'air plus médiatique que la rétrospective de Paul Klee qui s'ouvrait à la même date au musée d'Art moderne. Personnellement je n'en avais rien à foutre de Pétridès, mais approcher Utrillo me paraissait un beau cadeau !

La réception se tenait dans le chalet de Maurice Utrillo et de son épouse Lucie Valore, vaste demeure entourée d'un parc, et baptisée « La Bonne Lucie ». La bonne Lucie prenait tous les draps, déployant la splendeur de sa robe rouge et de ses sandales dorées, faisant étinceler ses bagues et ses colliers. Mais Utrillo ? On me montra, derrière le chalet, la petite chapelle où, me dit-on, il pratiquait ses dévotions à la Vierge et à Jeanne d'Arc. On me montra la photo hilare de Maurice Chevalier avec la dédicace : « D'un Maurice à un autre Maurice ». Sur les murs, les tableaux d'Utrillo étaient mêlés à ceux de Suzanne Valadon et de Lucie Valore. Lucie Valore partout, jusque dans ces inscriptions murales qu'Utrillo était censé avoir écrites en son honneur :

« Tout reflète en ces lieux une chère présence
Ici le bonheur calme épouse le silence
Tout est ordonné, vivant, harmonieux
Le rêve vous y prend à l'image de Dieu. »

Mais Utrillo dans tout ça ? On me poussa vers Lucie Valore qui demandait que l'on photographie son pékinois dans le moïse blanc du nouveau-né. Les invités se bousculaient devant le buffet pour lequel on avait dû réquisitionner tous les pâtissiers de Seine-et-Oise. Le préfet de Soissons, le comte Armand de La Rochefoucault, Othon Friesz, Carette... Jamais je n'avais vu tant de beau monde à la fois, sinon autour d'Aragon au Comité national des écrivains.

J'aperçus enfin Utrillo assis devant un piano. Mais un valet se précipita, rabattit le couvercle presque sur les doigts du peintre, l'empoigna sous les aisselles et le releva avec peine. Utrillo devait saluer ses invités. Le valet, le maintenant par le bras, le poussa vers un groupe de dames aux gigantesques chapeaux. L'une d'elles lui demanda :

– Mon cher maître, quel est le peintre du Louvre que vous préférez ?

Utrillo, interloqué, réfléchit un instant puis répondit, bougon :

– Watteau...

– C'est curieux, dit la dame, mais vous ne peignez pourtant pas comme lui.

Utrillo haussa les épaules :

– C'est parce que je n'ai jamais eu de pinceau assez petit.

Le valet le refoula par l'épaule vers un autre groupe. Utrillo, regardant désespérément le piano, essaya de revenir vers l'instrument. Mais son valet-garde-chiourne le tenait d'une main ferme. Lucie Valore lui faisait de petits signes pour l'appeler. Le valet le poussa. Il rechigna, traîna les pieds. Tiré comme un pantin désarticulé, il passa tout près de moi. Je n'avais plus ni l'envie ni le courage de l'interviewer. Que faisions-nous là, tous les deux ? Lui, le prolo de la famille, égaré chez sa maman Lucie, prisonnier de son épouse et de son marchand, si manifestement complices. Comme il refusait de jouer la comédie à laquelle on voulait le contraindre, le valet-geôlier le laissa retourner vers le piano qu'il maintint fermé. Alors Utrillo, affalé sur le tabouret de velours, sortit de sa poche un petit livre de prières, tout écorné. Et il s'évada dans la dévotion, comme autrefois dans l'alcool, vers un paradis de maisons blanchâtres et de personnages enfantins.

Ce reportage raté me vaudra l'attribution d'une chronique hebdomadaire dans *Arts*, intitulée : « Promenades dans le monde ». Autrement dit, le rédacteur en chef me demandait de continuer ce que j'avais commencé avec Utrillo : devenir, en quelque sorte, un chroniqueur mondain un peu caustique. A part la causticité, il ne pouvait plus mal choisir. Toutefois, cette chronique eut l'avantage de me nourrir dans les cocktails et de m'introduire dans toutes les expositions d'art.

J'assistai, en février, au vernissage de la première exposition de Hans Hartung, galerie Lydia-Conti et pus y rencontrer Magnelli, Dewasne, Bazaine, Lapicque, Poliakoff, Bryen, Hélion, Schneider, Atlan. J'écoutai, le même mois, une conférence d'Atlan, galerie de L'Arc-en-ciel. En avril, je me rendis dans l'amphi Richelieu, à la Sorbonne, où Alain Cuny lut des poèmes de Reverdy, Char, Eluard, en hommage à Georges Braque. Je suivais les conférences des « Amis de l'art ». Le 30 avril, Léon Degand y mit en accusation le public :

– Autrefois, lorsqu'on montrait une Vénus ou un Christ, le public s'intéressait à la mise en scène et non à la plastique. Les peintres d'autrefois faisaient de la mise en scène et les critiques comme Diderot de la critique dramatique. Le public continue aujourd'hui à demander du théâtre. On lui apporte de la peinture. Il y a là un énorme malentendu.

Un auditeur demanda ingénument si les crétins n'avaient pas droit à une peinture de crétins.

– Non, répondit le conférencier, superbe, ils ne la comprendraient pas.

A la Foire aux livres des Écrivains combattants, il y avait peu de monde devant Henri Troyat et Armand Salacrou, mais foule auprès de Georges Bidault et de François Poncet. Comme quoi la prééminence publicitaire des politiques sur les littéraires ne date pas d'aujourd'hui.

En juillet, Sartre et Simone de Beauvoir abandonnèrent le Flore pour La Rhumerie martiniquaise et André Breton ne vint plus aux Deux-Magots puisque Thierry Maulnier, très roseau pensant avec sa chevelure en saule pleureur, s'y était attribué un guéridon, non loin de Serge Reggiani et de Roger Blin. Quant à Boris Vian, il jouait de la trompette dans la cave du Tabou...

Ma petite chronique m'introduisait partout. Je rencontrais les lettristes dont les soirées étaient toujours ponctuées par cette conclusion de Pommerand : « Vous êtes une bande de cons ! » Je retrouvais les mêmes peintres, dans toutes les galeries d'avant-garde, que ce soit chez Jeanne Bucher, alors boulevard Montparnasse, au-dessus de la librairie de Georges Hugnet, ou chez Denise René, ou chez Lydia Conti, ou chez Colette Allendy, ou à L'Arc-en-ciel. Toujours Hartung, Soulages, Schneider, Atlan, Poliakoff. Et les illustres veuves : Sonia Delaunay, Nina Kandinsky.

A force de me voir, ils finirent par se demander ce que pouvait fabriquer ce petit jeune homme timide qui regardait avec tant d'attention leurs peintures. Et, lorsqu'ils surent que je travaillais au journal *Arts*, ils me dirent qu'ils aimeraient bien si je pouvais, de temps en temps, glisser un mot sur leur travail. Je transmis leur requête au rédacteur en chef qui, n'ayant jamais entendu parler d'aucun d'entre eux, me répondit que si ça pouvait me faire plaisir, une petite note sur les expositions que j'aimais ne ferait de mal à personne.

Et c'est ainsi que je devins critique d'art.

Critique d'art, pas tout de suite. D'abord polémiste, informateur, vulgarisateur. Je mène une campagne en faveur de mes nouveaux amis peintres, pleine de parti pris ; mes articles ont toujours des allures de manifestes... en faveur de l'art abstrait. Et souvent l'art abstrait et le populisme entrent en collision, comme dans cet article d'octobre 1949 : « Le Salon populiste ou de l'inutilité de la peinture » :

« Ma première réaction a été de refuser de faire le compte rendu de ce salon. Pas un peintre d'avant-garde n'y figure (j'entends, par là, peintres non-figuratifs). Lorsque je dis à l'organisateur combien je regrettais cette lacune, il me répondit :
– Non, c'est un genre encore trop jeune. »

« Illustrateurs d'eux seuls et de Dieu », en juillet 1949, dans *La Tour de feu,* revue de poésie. « Défense de l'art abstrait », en janvier 1950, dans *Faubourgs,* revue d'expression populaire... Je vais toujours d'une berge à l'autre, en entraînant mes filets.

Pas de véritable critique d'art, en effet (et ai-je été autre chose qu'un écrivain qui parle des peintres qu'il aime ?). Je mords, je piaffe, j'insulte, je délire parfois, comme dans cet article de *La Tour de feu :*

« La marchande de poissons de Fougeron, les ouvriers de Taslitzky, l'actuelle colombe-affiche de Picasso, sont à la fois un défi à l'art et un reniement de l'artiste. Un artiste qui se soumet, qui "descend" vers le public est un décadent. Picasso a assez de génie pour nous étonner encore demain, mais il n'est humainement que plus fautif de se livrer à une comédie électorale...

« Défendre l'imaginaire, c'est défendre la libre

expression de l'individu contre les dogmatismes d'État, d'Églises, d'Écoles. C'est lire, avec plus de plaisir, Jules Verne, Wells et même le vieux Hugo si touchant parfois qu'il semble le grand-père du Douanier Rousseau, que les ordonnances du code civil et les décrets du *Journal officiel*. C'est refuser d'attacher une importance à ce qui est arrivé (donc fini) pour s'attacher au magique, au merveilleux. C'est préférer la sorcière au prêtre, le guérisseur au médecin, le poète au grammairien, Louis Armstrong à Gounod et Charlie Chaplin à François Mauriac. C'est éprouver une répulsion devant un médaillé du travail (trente ans sous le même patron) et un médaillé militaire (quinze ans de caserne). C'est saluer Garry Davis et rester couvert lorsque se joue *La Marseillaise*, etc. »

S'engager dans la critique d'art et retrouver la voie libertaire.

Atlan me présente à un de ses amis, titiste comme Jean Cassou, Maurice Nadeau, Clara Malraux. Car en 1948 la générosité impliquait d'être titiste contre Staline, comme on sera plus tard castriste et maoïste. Étrange comme les dictateurs fascinent les intellectuels les mieux intentionnés !

Aimé Patri dirigeait une revue littéraire, *Paru*. Là aussi, comme dans *Arts*, mon entrée se fit sous les arcades de la littérature, mais je débordais parfois, comme en juillet 1949 où je consacrai un grand article aux « Premiers maîtres de l'art abstrait ».

Comme nous l'avons vu, ma collaboration à *Paru* commença en 1948 avec un portrait-interview de Ferreira de Castro, ami de Poulaille, et se poursuivit par un autre portrait-interview de Jean Schlumberger. Nous parlerons plus longuement de Schlumberger dans mon chapitre 8 : « Retrouver l'Allemagne ».

Ma collaboration à *Paru* se maintiendra jusqu'en 1953. Beaucoup de notes de lecture, la plupart sur des ouvrages de littérature prolétarienne ou d'expression populaire : *L'Homme du canal* de Tristan Rémy, *Les Belles Journées* de Maurice Lime, *Trimard* de Bachelet, *Le Triporteur* de René Fallet, *Regards sur le monde ouvrier* de Cacérès, *Les Anarchistes* d'Alain Sergent, *Féminisme et Mouvement ouvrier* d'Édouard Dolléans. En avril 1950, *Paru* me demande une enquête sur le roman populaire, de *Fantômas* aux romans d'amour pour midinettes. J'essaie de dégager les traits de cette paralittérature ignorée de la critique, en ce temps-là.

Une note sur la situation du roman régionaliste français, en 1951 :

« Entre un Faulkner et un Perrochon qui, tous deux, mettent des paysans en scène, il y a la même distance qu'entre les paysages de Van Gogh et ceux de l'instituteur du coin. »

A propos des *Forteroches*, de Jules Reboul :

« Il y a un décalage entre un style qui s'adaptait

aux mœurs du début de ce siècle et le nouveau style nécessaire pour décrire un rythme de vie plus rapide. Il ne faut pas oublier que les jeunes paysans écoutent la radio et vont au cinéma et qu'ils doivent être autant mécaniciens que laboureurs. »

A propos des *Idoles sacrifiées* de Jean Duvignaud, roman se situant dans les milieux anarcho-terroristes, en réalité plus bolcheviques qu'anars :

« Je lui reprocherai seulement de faire trop parler ses personnages. Mais c'est un travers dans lequel tombent tous les romanciers-révolutionnaires. Leurs héros sont incroyablement bavards. Ils ont la hantise de la confession, de la preuve par quatre de la légitimité de leur action et se justifient sans cesse. On serait tenté de croire que le révolutionnarisme n'est autre chose qu'une maladie intellectuelle. »

Et puisque, finalement, tout se replie plus ou moins, le secrétaire de rédaction de *Paru* se nommait Jacques Carat. Ce Jacques Carat qui avait défrayé la chronique politique en se faisant boxer par Thorez dans une réunion publique, parce qu'il l'avait traité de déserteur, devint sénateur-maire de Cachan et, par là même, héritier de la bibliothèque et des archives de Henry Poulaille, président d'honneur de l'Association des amis de Henry Poulaille, etc.

C'est encore Atlan qui me fit connaître, au début de 1948, Nicolas Schöffer, avant que ce dernier ne se convertisse au néo-plasticisme. Nicolas Schöffer était en effet alors « tachiste », bien avant que l'expression « tachisme » soit inventée.

Atlan et moi, nous lui rendîmes souvent visite dans son petit logement, 12, rue de Paris, à Clichy. Mme Schöffer (la première) qu'il appelait Mimi (comme Pinson) gagnait le pain du ménage chez un antiquaire du Marché suisse. C'était une femme d'artiste dévouée mais qui pour l'heure (et plus tard lorsque Schöffer deviendra célèbre) ne croyait absolument pas que l'esthétique professée par son mari (fort éloignée, il est vrai, de celle de la brocante) puisse entrer dans l'histoire de l'art. Elle n'en éprouvait ni regret ni amertume, se comportant vis-à-vis de Nicolas comme envers un mari bricoleur, incapable de concevoir autre chose que ses propres jouets, incapable surtout de gagner sa vie. Elle ne se plaignait jamais de cette situation, paraissant au contraire s'en satisfaire. Elle possédait un mari tranquille à la maison, qui ne courait pas les putes, abondantes dans le quartier, qui ne buvait que de l'eau, un mari paisible, un peu fou lorsqu'il se laissait aller à ses rêves, mais gentil. Un bon mari, en somme, qui faisait volontiers office de jeune fille de la maison lorsqu'ils recevaient du monde.

Donc, au début de 1948, Schöffer peignait sur des plaques de ciment des dégoulinures, des giclures. Ces plaques, lorsqu'il les déplaçait, produisaient un bruit désagréable de chantier de maçonnerie, insolite dans un atelier de peintre. Elles amusaient beaucoup Atlan, ces plaques sonores, et l'empêchaient de prendre au sérieux la peinture qui se trouvait dessus.

Schöffer nous emmena un jour en un lieu où, nous dit-il, se trouvaient des chefs-d'œuvre méconnus, une sorte de chapelle Sixtine clandestine. Il s'agissait d'une station de métro fermée, à laquelle il avait accès. Sur les murs, des affiches déchirées, éclaboussées de coulures et de taches d'humidité. Nicolas Schöffer nous les montra, triomphant, comme si l'évidence de leur qualité plastique révolutionnaire nous sautait aux yeux.

Dès 1948, Nicolas Schöffer inventait donc le tachisme et l'esthétique des affiches déchirées que Hains et Villéglé mettront à la mode seulement en 1959. D'accord, Schöffer n'exploita pas sa trouvaille mais, dès ses débuts, il y eut chez cet homme un étonnant pressentiment, un flair de ce qu'allait être l'avant-garde.

Toutefois, la phase tachiste dans l'œuvre de Nicolas Schöffer intervenait trop tôt. Personne, je crois bien, à part Atlan et moi, n'en eut connaissance. Et à partir du moment où, en cette même année 1948, Schöffer se convertit à l'abstraction géométrique, il oublia lui-même cette première impulsion. En tout cas, il n'en parla plus.

En 1950, on pouvait lire dans *La Légion violette*, revue des médaillés des Palmes académiques, sous la signature de M. Henri Fruges :

« Depuis longtemps je me suis demandé quelle pouvait être la cause d'un engouement incompréhensible pour ce brave Cézanne... Sa maladresse est proverbiale, sa lenteur au travail le désespérait lui-même et quand un peintre est obligé, pour faire un vase de fleurs, par exemple, de mettre dans le vase des fleurs en papier parce que de vraies fleurs se faneraient avant qu'il ait fini de les peindre, que doit-on penser de cet artiste ? On est bien obligé de penser, n'est-ce pas, qu'il n'est pas un Maître, mais davantage un simple apprenti... Cézanne n'était pas, et de loin, un grand artiste et s'il avait vécu au Moyen Âge et à la Renaissance nous ignorerions jusqu'à son nom [13]. Il est extrêmement regrettable pour la France qu'un peintre aussi incomplet, aussi novice, aussi maladroit, aussi dénué de lyrisme, figure en tête des plus grands Génies de ses Écoles... »

Et nous, nous nous désolions de voir que l'art abstrait était mal compris !

7

Les années Cobra 1948-1951

L'été 1947, je participai à la première Rencontre internationale de la jeunesse (de l'après-guerre) à Munich. Nous y reviendrons. Pour l'heure, ce voyage s'intercale comme un prélude à ma participation au mouvement Cobra.

Je sympathisai en effet, à Munich, tout particulièrement avec les délégués danois. Parmi eux, un peintre : Victor Brockdorff. Brockdorff, qui devait être mon aîné d'une quinzaine d'années (l'âge d'Atlan), artiste déjà très connu au Danemark, y animait le salon Corner.

Au mois d'août 1948 il vint me voir à Paris, me disant qu'à la suite de nos conversations (et comme la galerie Denise-René organisait au Danemark une exposition avec des peintres danois abstraits géométriques), il serait bien de profiter du salon Corner pour y montrer une contre-exposition axée sur l'abstraction lyrique avec Atlan. Mais il faudrait aussi choisir « Dubuffet comme primitif et Buffet comme peintre de la réalité ». Il me demandait de l'aider à contacter ces artistes, d'écrire un texte de présentation pour le catalogue et de me rendre au Danemark pour y prononcer le discours d'inauguration.

Mes discussions avec Brockdorff, qui allaient se poursuivre pendant de nombreuses années, butaient sur des contradictions à la fois politiques et esthétiques. Brockdorff était communiste et, comme on disait alors, « réaliste socialiste ». Tout aurait dû nous séparer et, pourtant, nous sommes devenus des amis très fraternels. Même si nous ne démordions pas, l'un et l'autre, de nos convictions, nous n'étions pas sectaires. J'ai toujours eu un a priori favorable pour les peintres, même si ce qu'ils peignaient n'emportait pas mon adhésion. Et si Brockdorff regrettait mon option libertaire, le petit prolo mal dégrossi que j'étais, l'autodidacte avide de connaissances, l'historien de la littérature prolétarienne, tout cela me valait sa sympathie instinctive. Ce qui n'empêchait pas qu'il me fasse la morale, comme dans cette lettre du 5 septembre 1948, si caractéristique des discours politico-esthétiques du moment :

« Pour le peintre, le problème est d'exprimer l'esprit de son temps. Aujourd'hui, il y a deux choses qui influencent toutes les questions de la vie : le capitalisme contre le communisme.

« L'un exige un art extravagant et outré pour l'homme riche. L'autre exige un art primitif fait pour le grand peuple. Aujourd'hui, la classe supérieure en Amérique est fervente des mouvements les plus outrés dans l'art que l'on pourrait appeler “l'art du plan Marshall”. C'est un art destiné à servir les besoins de la classe supérieure en Amérique et ce n'est pas une expression pour les besoins du peuple français. »

Il n'est sans doute pas inutile de rappeler qu'en cette année 1948 la guerre froide atteindrait son plus haut niveau avec le blocus de Berlin, le coup d'État communiste en Tchécoslovaquie, l'expulsion de Tito du Kominform et la débâcle de Tchang Kaï-chek en Chine. Un tel paroxysme politique justifie les débats houleux qui agitaient le monde littéraire et artistique.

J'avais présenté Brockdorff à Atlan et, tous les deux, le stalinien et le trotskiste, sympathisèrent dans une même aversion pour l'hégémonie américaine. L'invitation d'Atlan au salon Corner ne faisait aucune difficulté, par contre Dubuffet était réticent pour toute exposition de groupe, et encore plus de salon, et je n'avais guère envie d'inviter Buffet. Finalement, je mis tout le monde d'accord en choisissant pour exposer avec Atlan un figuratif, pas trop figuratif, communiste de surcroît, mais pas « réaliste socialiste », Édouard Pignon.

Brockdorff fut très enthousiaste de mon choix et de mon texte pour le catalogue. Si bien qu'il me demanda de participer à l'hommage rendu au plus célèbre écrivain prolétarien danois dont on allait fêter le quatre-vingtième anniversaire : Martin Andersen Nexö.

La Scandinavie est prolifique en écrivains prolétariens, de Knut Hamsun à Stig Dagerman, en passant par Johan Bojer (tant aimé par Poulaille) et Martin Andersen Nexö, ce dernier étant sans doute le moins connu en France, sinon par le film tiré de son roman : *Pelle le conquérant.* Évidemment, Poulaille qui n'ignorait rien, avait publié un texte de Nexö dans le numéro 4 de *Maintenant,* en novembre 1946 : « L'amour de la liberté ».

Brockdorff m'écrivait :

« Si Nexö n'est pas connu en France, il est connu en Chine et le général et philosophe marxiste Mao Tsé-tung lui a envoyé de Pékin un télégramme pour son anniversaire. Connais-tu les discours de Mao Tsé-tung ? Il sait aussi s'exprimer dans un style très populaire et humaniste en même temps. Ce sont des personnes qui aiment vraiment le grand peuple. Nexö n'a jamais trahi ses idéaux de jeunesse. Il est né avec le mouvement ouvrier de la Commune de Paris. Il ne s'occupe pas des problèmes esthétiques, mais seulement d'écrire et de dire des choses qui puissent éveiller le peuple... Il y a quelque chose en toi et dans ton éducation qui m'intéresse de la même manière et je pense que, lorsque tu es déprimé, c'est que tu ne peux pas trouver un fondement dans le milieu de Saint-Germain-des-Prés. »

J'allai rendre visite à Nexö à Copenhague, en compagnie de Brockdorff. Nexö, membre du comité central du Parti communiste danois, vieil homme serein et aimable, ressemblait quand même beaucoup plus à un écrivain prolétarien que Louis Aragon.

Nous nous étions embarqués à la gare du Nord, Atlan, son épouse et moi pour un interminable voyage ferroviaire à travers une Allemagne en ruine. Le train roulait souvent lentement entre des murailles de décombres et, sur le ballast, apparaissait une population en haillons, muette, assommée par son désastre. Les yeux des enfants, dans ces faces pâles et si maigres, ressemblaient à des yeux de chiens errants. Karel Appel, qui devait effectuer le même voyage, en ce même mois de décembre 1948, nous a laissé un ensemble de peintures hallucinées, hallucinantes et si vraies : *Les Enfants interrogateurs.*

J'avais annoncé l'exposition Atlan-Pignon au salon Corner en première page du journal *Arts*, le 24 décembre. Pour la seconde fois, j'obtenais la une.

Les peintres du salon Corner, amis de Brockdorff, étaient extrêmement sympathiques et nous reçurent avec toute l'exubérance des buveurs de bière qui assuraient la promotion des firmes Carlsberg et Tuborg. Mais la peinture des artistes du salon Höst se révélait beaucoup plus proche de ce que nous aimions. Asger Jorn, Egill Jacobsen, Carl Henning Pedersen, Ejler Bille, voilà des artistes avec lesquels nous entrâmes tout de suite en amitié. Amitié facilitée par le fait que ces peintres trouvaient dans la peinture d'Atlan une analogie avec leurs propres recherches.

Les artistes danois de Höst nous stupéfièrent par leur exubérante activité, par le dynamisme de leurs œuvres qui ne ressemblaient en rien à celles de l'École de Paris (Atlan, Dubuffet et Wols exceptés), par toutes les publications qu'ils nous montraient et qui reproduisaient leur travail, ce qui nous paraissait extraordinaire en un temps où les revues d'art étaient encore peu nombreuses à Paris. Parmi ces artistes, Asger Jorn, volubile, chaleureux, se montrait le plus entreprenant, le plus séduisant et le plus facile à comprendre car il avait vécu à Paris avant la guerre et parlait couramment français. Jorn, Ejler Bille, Egill Jacobsen nous racontèrent l'histoire de l'art moderne danois dont nous n'avions jamais entendu parler, bien que pourtant déjà riche d'une iconographie singulière. Nous découvrions qu'il existait dans ce pays du nord de l'Europe un art original dont la revue *Linien* se fit le porte-parole de 1934 à 1939, suivie par la revue *Helhesten*, de 1941 à 1944. C'est à Asger Jorn que cette publication devait son nom (le cheval d'Enfer, cheval à trois jambes, annonciateur de la mort dans la mythologie scandinave). Les douze numéros de *Helhesten* publièrent des articles d'archéologie, d'ethnographie, de folklore, d'histoire de l'art, de littérature, de critique cinématographique et théâtrale. Cette pluridisciplinarité nous enthousiasma. La plupart des peintres danois étaient poètes, voire musiciens, archéologues, ethnographes... Ils nous montrèrent, à l'appui de leurs théories picturales, l'art des Vikings, les fresques médiévales des vieilles églises danoises, l'art populaire nordique. La manière de vivre des artistes danois, très proche de notre bohème parisienne de Montparnos, leur exaltation, leur culture peu orthodoxe, tout cela produisit sur le jeune homme que j'étais un choc inaltérable. Un mois plus tôt, un autre jeune homme, venu de Belgique avec trois peintres hollandais qui formaient un groupe intitulé « Reflex » et qui étaient invités à exposer au salon Höst (Appel, Constant, Corneille), avait reçu au Danemark un choc identique qui devait bouleverser sa vie. On aura reconnu Christian Dotremont.

C'est lors de ce premier séjour avec Atlan à Copenhague, en décembre 1948 et janvier 1949, que Asger Jorn me parla de son projet d'unir les Danois de Höst, les Hollandais de Reflex et d'anciens surréalistes révolutionnaires belges et français dont le plus actif était le poète Christian Dotremont. Une revue, dont le titre serait formé par la synthèse des premières lettres des trois capitales : COpenhague, BRuxelles, Amsterdam (COBRA), concrétiserait les liens du mouvement. Jorn me proposa de collaborer à cette revue et, pour le premier numéro, je rédigeai en toute hâte un article sur l'exposition Atlan-Pignon au salon Corner.

Le premier numéro de *Cobra* parut en mars 1949. En mai, Jacques Doucet introduisait les trois Hollandais à Paris, galerie Colette-Allendy. Sans doute est-ce à ce moment que je rencontrai Appel, Constant et Corneille dans l'atelier d'Atlan. Appel, grand et fort, vêtu d'une veste à carreaux, Constant longiforme, une cigarette au bec, Corneille plus fluet et qui gardait en permanence sur la tête un « béret français ».

J'aimai immédiatement la peinture des trois Hollandais, fort proche en effet de celle des Danois, mais proche aussi de ce que faisaient mes amis Atlan et Doucet, tout comme de ce qu'exprimait Dubuffet par ses écrits, ses peintures et sa Compagnie de l'art brut fondée également en 1948.

En décembre 1949, je repris le train pour Copenhague avec Atlan. Nouveau salon Corner, où Atlan était invité seul cette fois-ci. Nouvelles rencontres revitalisantes avec les artistes danois, et en particulier avec Asger Jorn qui montait une suite de petites monographies intitulées « Bibliothèque de Cobra ». Il me demanda d'en écrire une sur Atlan, une autre sur Ejler Bille et une troisième sur Thommesen. Je lui confiai aussi un poème sur la peinture d'Atlan : « Cri rouge », qui sera publié dans le numéro 6 de *Cobra*.

A l'automne, les trois Hollandais et Asger Jorn émigrèrent à Paris, d'une manière assez inexplicable puisque Cobra avait été fondé dans un esprit antiparisien et que l'on ne voyait guère où le P de Paris pouvait bien s'intégrer dans le sigle COBRA.

A partir de là, les trois Hollandais et Jorn devinrent mes amis très proches. Appel et Corneille habitèrent d'abord dans cette Maison des artistes danois de Suresnes où j'allais souvent visiter le sculpteur Robert Jacobsen. Puis ils trouvèrent un grenier dans un entrepôt de l'ancienne halle aux cuirs, à Paris, rue Santeuil. Asger Jorn les remplaça dans la Maison danoise qu'il partagea pendant tout l'hiver avec Robert Jacobsen. Quant à Constant, que sa femme Matie avait quitté pour vivre avec Jorn, il se trouvait isolé dans une chambre de bonne, rue Pigalle, qu'il partageait avec son fils Victor, âgé de quatre ans.

L'entrepôt de la rue Santeuil était à la fois sordide et joyeux. Avec quelques dizaines de lits d'enfant achetés au marché aux puces, Appel, Corneille et quatre autres artistes avaient cloisonné le premier étage. On y accédait par un escalier de bois, d'une solidité incertaine, dans une pénombre inquiétante. En arrivant au palier, on butait sur une fontaine qui servait aussi d'urinoir. Mais on ne sentait pas l'odeur de la pisse tellement la puanteur qui venait de la halle aux cuirs toute proche empestait le quartier. Appel et Corneille vivaient avec leurs femmes, Tony et Hennie, dans deux cases contiguës séparées par des châlits, du papier d'emballage, des vieux journaux. Leur bonne humeur, leur joie de vivre, la confiance inébranlable qu'ils plaçaient dans leur art, donnaient à cette architecture d'infortune un air de fête. Il y avait d'ailleurs souvent des fêtes, des rencontres, des repas où les pâtes à l'eau et les salades de riz semblaient des agapes. Fêtes et rencontres qui s'improvisaient seulement le jour, car le soir le concierge bouclait les portes puisqu'il s'agissait en principe d'ateliers et non d'habitats. Appel, Corneille et leurs épouses restaient donc enfermés toute la nuit, masquant la lumière derrière les vitres obscurcies par des couvertures de revues.

En atteignant la rue Santeuil, on apercevait parfois Appel et Corneille chassant les rats qui prenaient des bains de soleil dans les gouttières. Et fusaient de grands cris, de grands rires, toujours le plaisir de se retrouver.

Ils avaient quitté la Hollande parce qu'ils s'y sentaient incompris. Mais s'ils y étaient bafoués, moqués, c'est parce qu'ils y étaient connus. Tandis qu'à Paris ils restaient dans un anonymat que leur première exposition chez Colette Allendy, l'année précédente, ne déjouait pas encore. A part Atlan et Doucet parmi les peintres, à part Édouard Jaguer et moi-même parmi les critiques d'art, ils rencontraient peu de compréhension, ni même d'attention. Il est vrai qu'en 1950 Dubuffet était considéré comme un fumiste par la majorité de la critique, des amateurs d'art et des conservateurs de musée. Wols et Atlan vivaient, nous l'avons dit, dans une misère qui n'avait rien à envier à celle de la rue Santeuil. On ne s'intéressait à Paris qu'aux « peintres de tradition française » ou bien à l'abstraction géométrique. L'abstraction lyrique, dont les artistes de Cobra pouvaient se rapprocher (bien qu'ils fussent tous figuratifs, mais d'une figuration tellement imaginaire qu'on la prenait pour de l'art abstrait), était, elle-même, la parente pauvre.

« On est submergé ici par les abstraits, écrivait Karel Appel à son compatriote l'architecte Aldo Van Eyck, les imitateurs stériles de Kandinsky et de Mondrian, tout cela est scientifiquement exact, mais il y manque le principal, la vie. »

Si l'exposition des trois Hollandais chez Colette Allendy leur confirma l'amitié attentive de Doucet et d'Atlan, elle ne leur amena guère qu'un public très restreint de peintres et de sculpteurs habitués à la galerie. Et quelques rares articles critiques. Celui que je publiai dans le journal *Arts*, en mai 1949, fut certainement l'un des tout premiers à saluer à la fois à Paris Appel-Constant-Corneille et à imprimer le mot Cobra.

En octobre 1950, la galerie Maeght me demanda de préfacer l'exposition de « jeune peinture » : « Les Mains éblouies », qui regroupait trois artistes de Cobra : Alechinsky, Corneille, Doucet. Cette exposition, très spectaculaire, réunissait en plus des trois Cobra, Arnal, Huguette A. Bertrand, Chillida, Bernard Dufour, Bernard Quentin, Dmitrienko, Lanzmann et Rezvani. Ces deux derniers ayant, depuis, abandonné la peinture pour la littérature.

Mon texte fit scandale. Je revenais de mon séjour agricole en Angleterre. J'allais me marier. Tout cela m'entraînait dans une allégresse qui transformait cette préface en manifeste. Et puisque l'occasion m'était donnée de louanger mes jeunes amis peintres en un lieu aussi prestigieux que la galerie Maeght, j'en profitai pour tenter de déboulonner la plus vénérée des statues d'ancêtre : Picasso en personne. Et cela au nom de l'avant-garde. Ce qui dénote un sacré culot et beaucoup d'inconscience.

J'écrivais :

« Et Picasso ? Picasso dont on parle tant. Picasso vedette adulée qui attire autant de touristes du côté d'Antibes que la tour Eiffel de 1889 attirait de gogos à Paris, où est son influence ? Picasso s'éloigne. Les jeunes se détachent de ce génie encombrant dont on dit qu'il est un répertoire de l'histoire de l'art.

« "Un Picasso, écrivait Apollinaire, étudie un objet comme on dissèque un cadavre." Le temps de la vivisection est fini. L'artiste d'aujourd'hui construit un monde neuf. Picasso sera bientôt considéré par la génération nouvelle comme Delacroix le fut par les jeunes impressionnistes de 1865. C'est sans doute le dernier grand peintre réaliste. Il faudra désapprendre Picasso au public. Picasso est devenu un mythe. Monsieur Poubelle inventa la boîte aux ordures ménagères, mais on ne songe plus à lui. On appelle poubelle tout récipient qui sert à jeter des délivres. On appelle déjà picasso tout objet bizarre. L'enfant fait des graffitis et dit : "C'est Picasso !" Un immeuble construit par Le Corbusier devient pour le promeneur une maison-picasso. L'orchestre de Claude Luter empêche-t-il un quartier de dormir que les naturels du coin s'écrient : "Picasso... Picasso..." comme autrefois on eût crié : Cocu... Vendetta !

« Miró, Kandinsky et Klee sont aujourd'hui plus influents que Picasso et le musée de l'Homme plus profitable que le musée du Louvre. Arts populaires d'autrefois et art non-figuratif sensoriel d'aujourd'hui se rejoignent. Après tant d'intellectualisme, nous sommes remontés vers l'instinctif en saluant au passage les enfants, les naïfs et les fous.

« A la photographie l'imitation, aux arts plastiques la fantaisie, l'imagination, l'expression des forces créatrices de l'homme. Le but de l'art n'est autre que d'ouvrir les yeux.

« Et mes amis poètes et artistes expérimentaux de Cobra l'ont bien compris, eux qui faisaient le dernier numéro de leur revue en mélangeant des travaux d'artisans avec leurs propres travaux, des travaux d'artisans imaginatifs et naïfs, mais combien sincères. Mes amis de Cobra que j'ai le plaisir de saluer nombreux dans cette exposition et c'est un hasard que vous soyez là ensemble, un hasard qui est une preuve de votre talent individuel[14]. »

Nombreux ? Trois sur vingt-trois ! L'enthousiasme aveugle...

Le 9 février 1951, j'organisai dans une librairie, 73, boulevard Saint-Michel, à Paris, la première exposition de Cobra en France. La librairie m'avait proposé de monter une manifestation autour de la parution de mon premier essai sur l'art : *Expression et Non-figuration.* Comme dans cette brochure je parlais bien sûr de Cobra et qu'avec Atlan, Doucet, Jorn et les trois Hollandais, Cobra entrait de plus en plus au cœur de nos discussions et de nos amitiés, en profiter pour montrer des peintures, des dessins et des documents sur l'activité de mes amis, rien de plus naturel.

Je demandai à Dotremont de m'expédier de Bruxelles la documentation. Il concocta une jolie invitation avec la photo du sigle COBRA gravé sur ardoise. Les sept premiers numéros de *Cobra,* les quatre numéros du *Petit Cobra,* la collection des monographies de la « Bibliothèque de Cobra », et les revues *Reflex* (Hollande), *Meta* (Allemagne), *Spiralen* et *Höst* (Danemark), *Image* (Suède) formèrent dans la librairie un extraordinaire rayon de publications d'avant-garde qui furent peut-être feuilletées mais restèrent invendues. Quant aux exposants, Dotremont devait m'envoyer de Bruxelles des œuvres d'Alechinsky, Collignon, Pol Bury, Hugo Claus. Or, les difficultés de transport pour une exposition improvisée, l'absence totale de crédits, les relations difficiles qui commençaient à jeter la zizanie dans les rangs de Cobra, firent qu'entre l'invitation imprimée à Bruxelles par Dotremont et celle tirée par la Librairie 73, les noms ne sont plus les mêmes. Claus et Collignon sont présents dans cette première anthologie parisienne de Cobra, mais ni Alechinsky ni Pol Bury. Du Danemark ne figurent que Jorn et Egill Jacobsen. Quant aux Hollandais, pour la première fois ils sont désunis. Constant, aussi incroyable que cela puisse paraître (aucun historien à ma connaissance n'a signalé cette lacune), ne figure ni sur l'invitation de Dotremont ni sur celle de la Librairie 73. Mais le groupe Appel-Constant-Corneille est moins lié à Paris qu'à Amsterdam. Appel et Corneille vivent encore l'un près de l'autre, mais pas pour longtemps. Quant à Constant, il se trouve un peu isolé dans son logement de Montmartre. Jorn et Constant ne se parlent plus, s'évitent. C'est Tajiri qui remplace Constant dans l'exposition de la Librairie 73. La France y est bien sûr représentée par Atlan et Doucet.

Du 14 au 28 avril 1951, deuxième exposition parisienne de Cobra à la galerie Pierre-Loeb, 2, rue des Beaux-Arts : « Cinq Peintres de Cobra ». Elle réunissait dix-huit tableaux. Au dernier moment, Ejler Bille, brouillé avec Jorn, fut remplacé par Mogens Balle. Constant, fâché avec Jorn on le sait, fut également écarté. Et comme Jorn était en querelle avec Dotremont, aucun Belge ne fut invité. En revanche, Egill Jacobsen, qui séjournait opportunément en Savoie, put apporter cinq toiles.

Corneille me demande de préfacer l'exposition. Les cinq peintres de Cobra étaient donc : Appel, Corneille, Balle, Jorn, Egill Jacobsen.

Pendant tout le temps où Constant séjourna à Paris, nos rapports furent très suivis et très amicaux. J'avais d'ailleurs préfacé, en 1950, sa première exposition à Paris, galerie Breteau. Si Constant venait souvent dans ma chambre de la rue des Saints-Pères, si nous nous revoyions dans l'atelier d'Atlan, je n'en fréquentais pas moins assidûment Asger Jorn et Matie à la Maison des artistes danois où ils logeaient avec leurs deux enfants nouveau-nés, plus les filles de Matie et de Constant. Leur misère était extrême. Mais pas plus grande que celle de Constant et de son fils Victor qui arrivaient souvent chez moi, affamés.

J'ai vécu intensément cette dernière année de Cobra, cette dernière année où j'ai introduit Cobra à Paris mais où, à Paris, Cobra s'est dissout. J'ai été plus lié à Asger Jorn qu'à Dotremont, plus lié au trio hollandais qu'aux Belges.

J'ai beaucoup aimé, j'aime toujours de plus en plus, Asger Jorn, mon aîné de dix ans. Il me semble entendre son bon rire, un rire un peu enfantin. Aussi intelligent qu'Atlan, la peinture était un cadre trop étroit pour son avidité de connaissances et de créativité. Il s'engouffrait dans des travaux ardus d'ethnographie, combattait le fonctionnalisme architectural, participait aux congrès du mouvement situationniste, devenait céramiste en Italie, écrivait nombre de textes, organisait maintes expositions. Et avec tout cela demeurait un peintre maudit. Si maudit qu'il l'est encore. Car si un musée lui est consacré au Danemark, si on lui accorde volontiers le titre de génie de Cobra, il n'en reste pas moins que, dans le contexte artistique international actuel, il fait figure de marginal, bien loin d'être apprécié comme il devrait l'être, c'est-à-dire au plus haut niveau.

Prévert et Dubuffet, qui n'ont jamais galvaudé leurs éloges, l'admiraient.

« Un Vandale héréditaire, écrivait Prévert, ingénu et hilare... Un grain de génie ivre danse dans le genièvre. »

« De cet homme si richement doué, écrit Dubuffet[15], animé par ailleurs d'une bonté généreuse, et si subtil, si inventif, si chaleureux, je conserve un souvenir très ému et très affectionné... Il avait l'art de dominer le désordre et de le gouverner... Le tumulte était son élément... C'est d'irrationnel qu'il était épris ; c'est l'irrationnel que sans cesse, dans tous ses ouvrages, il questionnait. »

Asger Jorn est mort en 1973, à cinquante-neuf ans. Parti trop tôt, beaucoup trop tôt. Sans lui,

Cobra ne fut plus qu'un serpent sans tête. Et sans venin.

Les conflits entre Jorn et Constant étaient seulement d'ordre privé car ces artistes furent certainement, au sein de Cobra, les plus proches quant à la pensée théorique et politique. Ils se retrouveront d'ailleurs plus tard, les peines de cœur apaisées, dans le mouvement situationniste. Quant à la rupture entre Appel et Corneille, personne n'a jamais pu en savoir la cause. Elle intervint très tôt, dès l'automne 1950, donc pratiquement à l'arrivée des Hollandais à Paris.

En réalité, je ne fus pas seulement l'introducteur de Cobra à Paris puisque je me suis associé à ce mouvement dès le premier numéro de la revue publié à Copenhague. J'ai participé à toute la vie de Cobra, mais un peu isolé, comme Atlan et Doucet, par notre localisation française. Par ailleurs, Atlan, Doucet et moi ne tenions pas spécialement à nous inscrire à Cobra comme on s'inscrit à un parti politique. De ses anciennes adhésions au communisme et au surréalisme, Dotremont héritait d'un « esprit de parti », avec ce que cela comporte de goût des manifestes, des exclusions, des proclamations intempestives et des suppliques, qui nous faisaient plutôt rigoler lors de nos retrouvailles à Montparnasse, tous les samedis soir chez Atlan, ou à la terrasse du Sélect, ou au bar de La Coupole, ou dans l'arrière-salle du Dôme. Nous avons pris très au sérieux les œuvres des peintres et des poètes de Cobra, mais moins leurs manifestes et leurs congrès. D'où mon absence lorsqu'il s'agissait de pérorer et ma présence lorsqu'il s'agissait de travailler.

Dotremont a toujours conservé le goût de l'organisation pompeuse hérité du surréalisme. Il a toujours su qu'il œuvrait pour la postérité. D'où la précision de ses fonctions au sein de Cobra : secrétaire général, rédacteur en chef, etc., les photos saisies au bon moment, les textes pour prendre date à chaque événement important.

A Paris, nous vivions dans un tel dénuement que nous n'avions pas, bien sûr, d'appareil photographique devant lequel poser pour les générations futures. Lorsque Jorn nous envoya par chemin de fer, de Copenhague, les exemplaires des monographies d'Atlan et de Doucet, et bien que ni Atlan ni Doucet ne disposaient d'aucune brochure consacrée à leur œuvre, celles-ci restèrent à la douane, faute d'argent pour le dédouanement. Une même pénurie et une même insouciance (un timbre coûte cher lorsque l'on n'a pas de quoi se payer une livre de pommes de terre) firent que le numéro français de *Cobra*, dont Jorn et Dotremont m'avaient donné la responsabilité, ne paraîtra jamais.

Dès les premières publications de *Cobra*, je servis de correspondant parisien. Jorn ne cessait de me tarabuster par lettres, avant que Dotremont ne prenne le relais.

Asger Jorn :

« Je te demande si tu pourrais en vitesse écrire un texte sur Bille... Merci beaucoup pour l'article d'Atlan et le poème sur lui. L'article paraîtra dans le *Cobra* belge... J'espère que tu arriveras à faire une petite chose qui va nous sauver de ce dilemme de ne rien avoir écrit pour Bille... Il est très important que les choses arrivent le plus vite possible... J'espère pouvoir compter sur toi... J'espère avoir assez vite encore deux photos d'Atlan et son portrait photo. Ensuite il me manque une photo de Doucet. Est-ce que tu pourrais arranger cela ? Ensuite je vois qu'il me manque un texte sur Thommesen ; tu ne pourrais pas le faire ? Puisque tu connais la sculpture danoise le mieux, aussi bien celle de Bille que de Sonja Ferlov, etc., je pense que tu pourrais écrire quelque chose d'intéressant... Excuse-moi que je te force à écrire tant, mais la série est presque terminée et c'est seulement maintenant que je vois qu'il nous manque cela, et je pense que tu pourrais le faire mieux que les autres... Constant m'écrit que tu veux bien collaborer à l'édition d'un *Cobra* français. Je crois que Dotremont a déjà engagé Jaguer, mais nous voudrions bien que la rédaction soit partagée entre vous, de cette façon qu'il s'occupe de la partie littéraire et toi du côté pictural. Ainsi les intérêts seraient mieux équilibrés. Tu pourrais m'écrire à ce sujet ce que tu penses. Salue Atlan et Doucet de ma part[16]... »

J'écrivis les textes pour les trois monographies :

Atlan, Bille et Thommesen. Mais celle de Thommesen ne fut pas publiée, la première série (l'unique) s'arrêtant à quinze participants.

Pour Atlan, je reprenais le thème plus longuement développé dans *Expression et Non-figuration :* l'art le plus prospectif me paraissait celui qui ferait une synthèse des trois grands mouvements dominant l'art depuis quarante ans : l'expressionnisme, le surréalisme, l'abstraction. C'est parce que je croyais en cette fusion entre abstraction, surréalisme et expressionnisme, que j'adhérai à Cobra. Ma fréquentation des écrivains prolétariens, comme celle de la Fédération anarchiste, me rapprochait par ailleurs des aspects libertaires et populistes de Cobra, tout en me maintenant dans une réserve face au dogmatisme marxiste de Dotremont et à son intellectualisme surréalisant.

Pour le numéro 7 de la revue, selon le vœu d'Asger Jorn et de Constant, je partageai la direction de la rédaction française avec Jaguer. Dotremont et Jorn m'avaient ensuite donné la charge de la responsabilité du numéro double 8-9. Mais celui-ci ne sera pas publié, car les tiraillements qui se produisaient entre Dotremont et Jorn, puis la maladie qui les immobilisa l'un et l'autre en sanatorium au Danemark, l'abandon de Constant parti pour Londres, la brouille entre Appel et Corneille, devaient aboutir à ce fiasco.

Je conserve une abondante correspondance avec Dotremont et avec Jorn au sujet de ce numéro 8-9 raté.

En réalité, depuis les débuts de Cobra, tous mes contacts se faisaient exclusivement avec les Danois et les Hollandais. Je connaissais Dotremont pour le rencontrer de temps en temps dans l'atelier d'Atlan, comme je connaissais Jaguer, toujours par Atlan. Mais je me trouvais encore trop ancré dans ma culture populaire première pour que ces intellectuels beaux parleurs et sûrs d'eux-mêmes ne m'effraient pas. J'étais timide. J'écoutais Dotremont parler emphatiquement à Atlan et ne disais rien. Si bien qu'il ne s'aperçut de ma présence qu'au moment où je montai avec Corneille et Jorn la première exposition Cobra à Paris, à la Librairie 73.

Les messages se mirent alors à déferler de Bruxelles. J'étais devenu utile. Dotremont me transformait même carrément en boîte à lettres, allant jusqu'à se servir de mon entremise pour son courrier sentimental toujours compliqué. Ce genre de post-scriptum figure sur nombre de ses missives : « Very important. Je t'envoie une lettre à poster à Paris. Merci. Je crois qu'il faut deux timbres à 25 francs. » Une autre fois : « As-tu posté mes deux lettres ? » Ou encore : « Je vais t'expédier une lettre à poster de Paris ; une histoire compliquée dont je te fais grâce. »

Dans les lettres de Dotremont se mélangent les préparatifs pour l'exposition Cobra à la Librairie 73 et les problèmes de la parution de *Cobra 8* :

« J'ai été surchargé de travail et je n'ai pu consacrer que peu de temps à l'Exposition 73... Le *Petit*

Cobra 4 a dû paraître chez l'imprimeur avant le prospectus ; cet imprimeur est actuellement bloqué par l'impression d'une encyclopédie congolaise ! Il avait promis de t'envoyer les prospectus lundi ; je crois qu'il les a envoyés mercredi seulement. Le prospectus me paraît d'ailleurs bien ; je crois que nous faisons là un premier cadeau à la “section française”... Alechinsky est, de son côté, occupé à des trucs à exposer, gouaches et revues. Mais le paquet te parviendra seulement vendredi soir ou samedi matin... Le paquet contient des trucs de lui, un truc de Bury, un truc d'Osterlin et des *[illisible]* danoises auxquelles Jorn, Corneille et toi ajouterez ce que vous avez... Dis-moi de quoi tu as encore besoin... J'ai demandé un article à Estienne pour *Cobra 8*. As-tu d'autres accords[17] ? »

Lettre de Dotremont, 14 février 1951 :

« Je suis étonné de n'avoir pas de tes nouvelles depuis notre dernière rencontre. Il faudrait que nous correspondions sans arrêt. *Cobra 8* et nos autres projets le commandent.

« Nous avons reçu une lettre de Corneille qui nous apprend que vous n'avez pas encore reçu les invitations à l'Exposition 73 et que vous avez dû en faire vous-mêmes ! Or l'imprimeur me certifie avoir achevé l'impression le mardi 6 et t'avoir immédiatement envoyé 250 exemplaires... Que s'est-il passé ? La douane ? Veux-tu me dire si l'imprimeur a bluffé, je le lui rappellerai quand je devrai payer ces prospectus... Leçon et décision : *Cobra 10* sera imprimé ailleurs... Quelles décisions avez-vous prises pour *Cobra 8* ? Que faisons-nous en Belgique ? Et les lithos ? N'oublie pas ta collaboration à *Cobra 9.* Est-ce que Jorn travaille ? Ci-joint les deux premiers textes belges pour *Cobra 8.* Salut[18]. »

Lettre de Dotremont, 20 février 1951 :

« Bien reçu ta lettre, merci. Et merci pour avoir posté la mienne. Très heureux du succès de l'exposition. As-tu vu les deux trucs dans *Arts* ? Bravo. Et merci pour la coupure *Lettres du monde.* Nos prospectus auront tout de même servi ; ils ont été distribués par nous à l'étranger, ce qui est également utile. Dis à Jorn que c'est l'imprimeur seul qui est responsable du retard. Jorn s'imagine toujours toutes sortes de choses. S'il travaillait à moitié autant que nous à Bruxelles, tout irait bien. Nous avons reçu les dessins pour le *Petit Cobra 5.* Pour la galerie Pierre, nous allons choisir ceux à clicher. Le *Petit Cobra 5* paraîtra au début d'avril – à moins que Jorn ne veuille le faire ; a-t-il l'argent nécessaire ? J'espère que Corneille s'occupe des couvertures : 1 500 exemplaires sont nécessaires. Et *Cobra 8* ? Tu dis que tu n'as pas confiance. Mais il faut que ce numéro paraisse à Paris. Il est trop tard pour reculer. Le prospectus est proche. Puis-je indiquer les noms d'Arland (je lui ai téléphoné à deux reprises chez lui, avant de quitter Paris, il était absent), Estienne (à qui j'ai d'ailleurs écrit), Mathieu. Et qui fait les lithos ? Tu auras mon texte à temps. Ainsi que d'autres textes belges encore (vous devez choisir) (avec moi) et des photos. Que faisons-nous en Belgique ? Couverture ou huit pages ? J'aimerais mieux faire la couverture... Un nouveau service à te demander : expédier la lettre ci-jointe avec l'argent, et ajouter 60 francs français que je te rendrai à Paris en mars. Merci. Pour *Cobra 8*, cherchez de la publicité. Tu dis que tu es seul. Mais il y a Corneille et Jorn tout de même [19]. »

Lettre de Dotremont, 27 février 1951, postée à Copenhague :

« Tu ne me réponds pas au sujet de *Cobra 8*. Où en êtes-vous ? Les lithos sont-elles en cours d'exécution ? As-tu un imprimeur ? Si ce *Cobra 8* ne se fait pas, c'est une catastrophe. C'est bien simple : je dois alors le faire moi-même au Danemark avec l'argent de ma bourse en attendant des apports. Dis-moi avec précision ce que tu as fait, ce qu'Atlan et Doucet ont fait, et Jorn et Corneille-Appel ? Les matières sont-elles prêtes ? Et *Cobra 9* ? Je suis inquiet. Jorn s'imagine, parce que j'ai eu une petite histoire à Copenhague que je vais agir comme lui dans de pareilles circonstances : laisser tomber *Cobra* ! Qu'est-ce que Jorn fait pour le 8 et le 9 ? Mon cher Ragon, toi qui es français, mets de l'ordre et de la lumière là-dedans ! Je suis épuisé, je viens d'écrire trente lettres pour l'expo d'octobre à Liège, et je reviens de Liège où je les ai postées. J'ai aussi fait pour *Le Peuple* quatre articles sur l'art populaire que je t'enverrai dès qu'ils auront paru... Prends une décision au sujet de

Cobra 8. Si ça ne va pas, rassemble au moins des textes : Cassou, Ponge, Arland, Estienne, toi, etc. ; et des photos – et envoie-moi le tout à Copenhague. Envoie-moi de toute façon les textes du *Petit Cobra* : je les mettrai en ordre à Copenhague[20]. »

L'axe de Cobra s'était modifié. Avec Jorn et les trois Hollandais à Paris, il n'existait plus que deux points d'impact : Bruxelles et Paris. Et au grand dam de Dotremont, Paris tendait à devenir plus important pour Cobra que Bruxelles. Certes, l'arrivée des Cobra à Paris ne passionnait pas les foules. Mais il n'en reste pas moins que Cobra se parisianisait.

Dotremont me reprochait de privilégier les Danois et les Hollandais au détriment des Belges. Dans sa très longue lettre du 27 février 1951, il me disait au sujet de mon essai, *Expression et Non-figuration :*

« Je regrette que tu traites la Belgique entre parenthèses. Objectivement, le Groupe expérimental belge me semble important non seulement pour son activité assez fantastique, mais aussi parce qu'il est le *seul* groupe où peintres, écrivains, architectes, cinéastes, psychanalystes, etc. travaillent *ensemble.* Les autres groupes ont un côté corporation de peintres assez peu dialectique et assez gênant. Ton passage sur Cobra est trop peu précis. Il aurait fallu montrer le caractère international de Cobra ; à te lire, seuls les Hollandais en sont[21] ! »

Dotremont, là, exagère. Si, pour moi, l'âme de

Cobra a toujours été et demeure Asger Jorn, le grand organisateur sans lequel le mouvement Cobra n'existerait pas, est de toute évidence Christian Dotremont. Dotremont se donna tellement complètement à Cobra que Cobra est son œuvre. Contrairement à ce qu'il affirme, la pluridisciplinarité des groupes expérimentaux s'exprimait néanmoins bien plus fortement au Danemark et en Hollande qu'en Belgique. En Belgique, Dotremont incarne Cobra à lui tout seul. Et lorsque Alechinsky viendra le rejoindre, ils ne seront que deux membres réellement actifs. Sans doute avais-je une faiblesse pour mes trois amis hollandais, car Simon Vinkenoog écrit dans sa biographie de Karel Appel : « Ragon voit dans ces trois Hollandais le groupe le plus homogène de tout le mouvement Cobra. »

Cela dit, la dialectique de Dotremont est parfois opportuniste. Solliciter Charles Estienne pour qu'il collabore à Cobra, alors que ce dernier n'a parlé de l'exposition à la Galerie 73 qu'avec condescendance me choque. Et pourquoi vouloir des textes de Marcel Arland et de Jean Cassou, sinon parce que ce sont des personnalités connues ? Qu'ont-ils à voir avec Cobra, avec l'esprit de Cobra ? Et Mathieu, et Bazaine, et Lardéra invités à l'exposition de Liège ?

Par contre, Jorn et moi avions rencontré l'ethnologue André Leroi-Gourhan au musée de l'Homme. Nous envisagions avec lui de consacrer le *Cobra 9* à une solide livraison sur l'expression populaire. Et Jorn m'avait demandé d'adapter du danois, avec Matie, son merveilleux texte : *La Roue de la fortune* (qui ne sera publié au Danemark, en français, qu'en 1953). Il s'agit d'une méthodologie des cultes à partir du déchiffrage des célèbres cornes d'or danoises, montrant l'internationalisation des rites populaires et leur survivance dans les différents mythes.

Le 9 mars 1951, Dotremont m'écrit à ce sujet :

« Je trouve un peu fort que le livre de Jorn passe avant Cobra. Que Jorn fasse comme moi : Cobra d'abord[22]. »

Mais précédemment, il s'était enthousiasmé pour le projet d'un *Cobra 9* avec Leroi-Gourhan et le musée de l'Homme. Trop vite. Il voit déjà un catalogue. Enflammé Dotremont sans l'utopie duquel Cobra n'aurait pu se faire.

Lettre de Dotremont, 7 décembre 1950 :

« Jorn m'a écrit une longue lettre au sujet du numéro en projet (folklore) puis une autre où il n'en parle plus guère. L'essentiel est de rétrécir le contact (ou de l'élargir dans un autre sens) avec le musée de l'Homme. Rassembler photos et textes. Si le numéro doit être une sorte de catalogue du musée de l'Homme, alors la plupart des reproductions et des textes doivent avoir un rapport avec les collections du musée. Or, il est souhaitable pour la vente que le numéro soit lié au musée. Je puis ici m'occuper cependant de rassembler des documents scandinaves. Comptez sur moi.

« Le numéro, à mon avis, doit se limiter au nord

de l'Europe (de la Finlande à la Belgique) et à la France : 1) pour être réalisable à temps ; 2) pour être inimitable et se distinguer de tout numéro spécial d'une autre revue. Les Suédois font la couverture. J'ai leur accord.

« Jorn me parle aussi d'un tas d'intrigues. Laissez tomber, bon Dieu ! Jorn, toi, Alechinsky et moi, avec quelques copains sûrs, ça suffit. Du travail et ça ira.

Merci pour ton beau poème plein d'air libre et de terre. Et bravo, pour ton mariage. Écris-moi. Fais le Descartes dans cette histoire de numéro spécial. Salut à tous[23]. »

Ni le numéro 8 ni le numéro 9 ne paraîtront. Jean-Michel Place, dans son reprint de *Cobra* a publié les épreuves de ce qu'il appelle le numéro 8-9 de *Cobra*. On y trouve le long texte que j'avais intitulé : « Les fonctionnaires de l'art abstrait vont-ils se mettre en grève ? », attaque en règle des deux critiques spécialistes de l'art abstrait, Léon Degand et Charles Estienne. Cet Estienne que Dotremont rêvait de voir collaborer à *Cobra* ! Il me semblait que Dubuffet et Chaissac étaient beaucoup plus proches de Cobra que tous ceux dont Dotremont me demandait la collaboration. Mon article se terminait par :

« Et Dubuffet qui expose à la galerie Rive-Gauche, qu'en font-ils les fonctionnaires de l'art abstrait ? Charles Estienne le traite de “byzantin marchand de vin” et *Art d'aujourd'hui* n'en parle jamais si ce n'est Pierre Gueguen qui en ricane. Et pourtant, quelle leçon Dubuffet ne donne-t-il pas aux académiciens aussi bien de droite que de gauche, de l'abstraction et de la figuration ! Jean Dubuffet vous regarde, messieurs, si hommes de lettres, si artistes peintres, et il éclate d'un rire énorme, du rire de Jarry construisant le très sérieux *Ubu roi*, et il s'en va, avec son ami Chaissac, respirer LER D'LA CAMPANE et jouer de sa petite flûte. »

Malgré cet échec du (ou des) numéros de *Cobra* de Paris, Dotremont jugea sans doute que je n'avais pas trop démérité puisque le numéro 10 (le dernier de *Cobra*), publié à Liège en septembre 1951, m'attribue toujours le titre de « rédacteur français » de *Cobra*. Pierre Alechinsky en est le rédacteur belge et Corneille le rédacteur hollandais. Je publie dans ce numéro 10 « Le temps de l'image ». Mais je suis si désargenté que je ne peux me rendre à Liège pour l'exposition au palais des Beaux-Arts, apothéose et chant du cygne de Cobra.

Asger Jorn et Dotremont étaient également absents, alités par la tuberculose dans un sanatorium danois. Juste avant de quitter Paris pour Silkeborg, Asger Jorn et Matie envoyaient à ma femme et à moi-même un mot d'adieu qui se terminait par : « Vous avez été un appui ici pour lequel nous vous garderons une reconnaissance pour toujours. »

Du sanatorium, Asger Jorn m'adressa de longues lettres. Celle-ci, par exemple :

« Je suis toujours installé dans ce sanatorium et

on me dit que bientôt je serai guéri. Cela on me le dit depuis dix mois maintenant et je suis toujours là. Pourtant, je crois que je vais mieux. Je suis plus gros que Doucet, maintenant et avec une barbe aussi. On avait installé Dotremont à côté de moi et cela lui donnait des cauchemars la nuit. Il croyait voir Doucet. Alors il est parti sans être guéri. Fais attention à ta santé s'il vient à Paris. Il m'a beaucoup fatigué et je suis sûr que son séjour ici a prolongé ma cure d'au moins deux mois. Mais il est difficile de voir quelqu'un qui doit faire attention pour ne pas crever et ne pas essayer de l'aider. Mais c'est impossible. Souvent, pendant ce temps-là, je pensais : Ce Ragon, il a quand même de la veine de pouvoir échapper à un type pareil. Quel bazar il fait ici au sanatorium...

« Avec la peinture, ça va doucement. J'ai reçu un petit atelier dans la morgue du sanatorium. C'est très gai. Ça fait une sorte de concurrence entre moi et les cadavres, à savoir si c'est moi ou la mort qui travaillera le plus vite. Je vais gagner. Les morts sont pourtant très bien reçus, avec des fleurs et des bougies, alors qu'il n'y a pas beaucoup d'intérêt dans le pays pour ma peinture. C'est drôle, je me sens danois et pourtant je me sens mieux à Paris qu'au Danemark[24]. »

La marginalité des artistes de Cobra, par rapport à Paris, était bien finie. Alechinsky lui-même, boursier du gouvernement français, quittera Bruxelles pour Paris à la fin de 1951, y étudiera la gravure et n'en repartira plus.

Ainsi se réalisait l'invective de Doucet, exaspéré par l'antiparisianisme des protagonistes de Cobra, au tout début du mouvement : « Un jour vous serez à Paris et tous fâchés les uns avec les autres. »

Les peintres de Cobra, émigrés à Paris, seront en effet peu à peu absorbés, digérés par l'activité artistique parisienne. Et Cobra va se dissoudre à Paris, s'éteindre. Malgré l'événement de la Galerie 73, malgré les expositions chez Colette Allendy et chez Pierre Loeb, malgré la participation aux *Mains éblouies,* Cobra passera pratiquement inaperçu. Aussi inaperçu qu'en Belgique, d'ailleurs, puisque, malgré tout le tapage de Dotremont, la revue *Cobra* n'y comptera jamais que vingt-trois abonnés.

Il n'en est que plus étonnant de constater, cinquante ans plus tard, la répercussion internationale de ce groupe de copains. Cobra s'est insinué dans l'histoire de l'art, y a pris une place de plus en plus forte et son influence sur nombre d'artistes qui s'en réclament (ou qui évitent de le faire) devient de plus en plus considérable.

Quant à Victor Brockdorff, en marge de Cobra, mais sans qui je n'aurais sans doute pas eu le bonheur de connaître à la fois le Danemark et Cobra, Brockdorff, après un long séjour parisien, après des vacances avec moi, en camping, à Pornic et des visites à ma mère à Nantes, était retourné à Copenhague. Ce bohème un peu clodo, descendant d'une famille aristocratique (le roi habite le château des Brockdorff) continuait à me sermonner au nom du « génial Staline ».

Je lui avais envoyé mon recueil de poèmes, intitulé *Cosmopolites* en raison de ce goût de l'errance qui m'était venu, mais aussi par ironie, par bravade, puisque le parti communiste avait pris le relais de l'Action française dans sa défense du nationalisme. Titrer un livre *Cosmopolites* était une provocation en un temps où le stalinisme proscrivait l'esprit cosmopolite. Une provocation et un pied de nez désinvolte. Brockdorff le comprit aussitôt qui répondit à l'envoi de mon livre :

« Je n'aime pas le cosmopolitisme... J'aime l'internationalisme. Du quartier Saint-Germain, j'ai préféré les petits cafés où l'on rencontre des personnes raisonnables, comme le sont heureusement la plupart des hommes. Alors tu comprends bien que je ne suis pas d'accord avec ton poème "Congés payés". Mais c'est sûrement vrai qu'il manque quelque chose dans les congés payés : trop peu de temps et d'argent – mais alors pourquoi pas écrire des poèmes pour améliorer la situation au lieu de la ridiculiser ? Des poèmes sur de beaux thèmes : "Encore 10 000 francs" et "Quinze jours encore", etc. Ça serait plus gai. Peut-être trouves-tu que ce n'est pas de la poésie, mais c'est à toi d'en faire de la poésie... Tu es encore trop impressionné par le milieu intellectuel et le beau monde de Paris. Mais, sérieusement, tu as du talent[25]... »

Cher Victor qui, à la mort d'Atlan, en 1960, me

demanda un texte pour le catalogue du salon Corner :

« Nous ferons un accrochage d'honneur avec des tableaux d'Atlan qui sont ici au Danemark, achetés lors de l'exposition de 1948. »

Cher Victor, devenu académicien comme la plupart des peintres danois de Cobra et qui, en 1972, m'annonça par téléphone que l'Académie royale des beaux-arts m'avait élu sans que je sois candidat, ni même informé de ce projet. Élection futile, mais fidèle de l'amitié.

8

Retrouver l'Allemagne
1948-1954

Retrouver l'Allemagne... Pour nous qui avons vécu toute notre adolescence dans la contrainte de l'occupation allemande, dans les bruits de bottes, de chenillettes de tanks, ponctués par les chants des soldats marchant au pas ; pour nous qui nous sommes couchés si tôt pendant quatre ans avec le couvre-feu, mais qui, le jour, refusions de vivre couchés ; pour nous qui avons vu tant de camarades disparaître dans les prisons ou les maquis ; pour nous qui avons été gavés de littérature et de musique allemandes ; pour nous dont l'adolescence n'a été qu'un long couloir débouchant sur la collaboration ou la Résistance ; pour nous qui fûmes pendant quatre ans obligés de cohabiter avec la Wehrmacht et les S.S., sans parler des voyous de la Milice qui nous narguaient, histoire de provoquer notre haine ; pour nous qui lisions en tremblant de rage les affiches noires illustrées d'aigles, énonçant les noms des fusillés de l'aube ; pour nous qui, pendant quatre ans, avons vécu dans la peur d'être pris en otages, dans la peur de la déportation (et encore nous ne savions pas l'horreur de la destination) ; pour nous qui avons appris si jeunes à nous taire, à nous méfier ; pour nous qui avons eu une adolescence sans fêtes, sans bals, sans vacances, sans voyages, une adolescence prisonnière ; pour nous que l'on dressait comme des chiens destinés à servir les maîtres qui paradaient dans les rues en claquant des talons, si fiers de leurs uniformes aux croix de fer, pour nous qui... comment pourrions-nous oublier l'Allemagne !

J'avais évité la déportation du travail. La déportation politique me manqua de peu. Averti la veille du jour de mon arrestation, j'ai pu fuir, non sans avoir alerté un compagnon que je savais sacrifié et qui, comme moi, rejoignit une planque.

En 1948, le cauchemar avait changé de lit. L'Allemagne était en ruine, affamée, occupée par les nouveaux vainqueurs, tombée de si haut et si bas, qu'elle en restait hébétée, muette à son tour, exsangue. L'Allemagne n'était plus qu'un ensemble de territoires envahis, sans gouvernement autonome, abandonnée depuis trois ans à la clochardisation.

Dans la perspective de la future République fédérale d'Adenauer qui s'élaborait dans les chancelleries et qui ne sera fondée qu'en 1949, les Alliés se voulurent magnanimes et organisèrent à Munich une rencontre entre la jeunesse des pays vainqueurs et celle du pays vaincu, emprisonné dans ses anciennes frontières, et privé du droit de communiquer.

C'est ainsi que, très vite, j'ai retrouvé l'Allemagne. Notre train de la fraternisation transportait des Américains, des Anglais, des Français, des Belges, des Hollandais et nous fîmes jonction à Munich avec des Danois, des Norvégiens et, bien sûr, de jeunes Allemands, certains mutilés, tous anciens soldats. Symboliquement, nous avions rapatrié en Allemagne une dizaine de prisonniers.

Tendre la main à celui qui est tombé me paraît naturel. Et les Allemands que nous devions rencontrer, avec lesquels nous devions fraterniser, avaient évidemment été choisis avec soin. Aucun nazi parmi eux. D'anciens soldats, certes, revenus en triste état du front russe et aussi quelques survivants des camps de concentration qui, on l'oublie trop souvent, avaient d'abord été construits pour y punir des Allemands contestataires. Mais peu de jeunes, parmi ces derniers chargés de l'intendance.

L'un d'entre eux m'emmena visiter Dachau, situé non loin de Munich. Visiter Dachau... Les lieux les plus horribles deviennent vite terrains de pèlerinage en attendant de se transformer en sites touristiques. Pour l'heure, ce camp de concentration avait conservé ses clôtures de barbelés, ses baraques et ses fours crématoires. L'ancien détenu me montrait son chemin de croix. Cet Allemand d'une cinquantaine d'années, qui avait appartenu au parti communiste au temps de la

République de Weimar, me semblait à la fois saisi de répulsion et de fascination pour ce camp où il avait été enfermé pendant dix ans. En même temps, le calvaire de cet Allemand antinazi justifiait cette première rencontre franco-allemande de l'après-guerre. Me revenait à la mémoire ce refrain de je ne sais plus quelle complainte :

« Pardonnez, mais n'oubliez jamais. »

J'ai parlé plus haut de ma rencontre à Munich avec le peintre Victor Brockdorff. Mais je connus aussi un jeune peintre allemand, élève de l'École des beaux-arts de Munich, qui travaillait chez un boucher afin de pouvoir troquer de la viande (denrée d'un inestimable prix en ces temps de disette, proches de la famine) contre des châssis ou de la toile. Avant d'être admis aux cours, Karl avait dû consacrer cent heures à réparer les bâtiments universitaires éventrés par les bombardements. Comme la plupart de ses condisciples, il logeait dans un des baraquements édifiés par les élèves eux-mêmes, au milieu des ruines amoncelées dans le parc qui entourait l'ancienne Académie. Chaque lundi, Karl s'entassait dans un vieux train déglingué et, après deux heures de voyage, suivait les leçons de Karl Caspar, peintre expressionniste interdit par les nazis et qui s'était réfugié à Brandenburg.

C'est à Karl que je dois d'avoir découvert la peinture expressionniste allemande, peinture pratiquement ignorée alors en France et qui m'émerveilla. Les articles que je publiai dans *Arts* à mon retour sur l'expressionnisme allemand venaient trop tôt. Personne n'y attacha d'importance. Par contre, les jeunes Allemands étaient fascinés par cet art excessif et brutal. Ils le sont toujours. A tel point que l'on pourrait dire qu'il n'existe de peinture allemande que romantique et expressionniste, l'une des voies n'excluant pas l'autre. Le Bauhaus ? Je le découvris aussi dans ce voyage.

Si les peintures expressionnistes et abstraites des musées allemands avaient été détruites par les nazis dans ces autodafés de toiles et de livres qui réjouissaient ces brutes imbéciles, par contre certaines œuvres sauvées par des collectionneurs formaient à la pinacothèque de Munich une exposition superbe. Emil Nolde, qui venait de se marier, à quatre-vingt-un ans, recommençait une carrière, lui à qui les nazis avaient non seulement interdit d'exposer, mais même de prendre un pinceau. Ses gouaches aux mauves magnifiques enthousiasmaient Karl qui, faute d'huile de lin, introuvable, peignait des aquarelles. Toutefois, les deux grands modèles de Karl étaient Franz Marc et August Macke, tous les deux tués en 1914 sur le front français.

Kokoschka, Otto Müller, Otto Dix, Alfred Kubin, Georg Grosz, Max Beckmann, Kirchner, Schmidt-Rottluff, que de découvertes ! Aux fauves français répondaient outre-Rhin ces artistes de la couleur crue et de la démesure. Je vis aussi une exaltante exposition Paul Klee à l'Austellung Moderne Gallerie.

Je n'avais que vingt-quatre ans. Et je revenais en France riche de tant d'images.

En France où je retrouvais encore l'Allemagne avec un homme étrange, romancier ambigu, homme ambigu, antinazi réfugié à Paris et jouant un rôle discret d'entremetteur entre politiciens français et allemands dans la perspective de la future République fédérale.

Il avait lu *Les Écrivains du peuple* et avait demandé à Édouard Dolléans de me rencontrer. J'allai le voir et, dès que je me présentai, marquant une certaine stupeur, il éclata de rire :

– Je vous croyais un vieux monsieur, avec une barbe... Non, ce n'est pas vrai ! C'est une farce ! Vous n'avez pas écrit... Enfin, ce n'est pas de votre âge, voyons...

La réaction d'Aragon ! Et pourtant, Joseph Breitbach se situait politiquement aux antipodes d'Aragon puisqu'il appartenait aux rares individus ayant alors décelé dans le communisme les mêmes virus que dans le nazisme. Mais comme Aragon, Breitbach était un grand bourgeois, esthète, bel homme sûr de lui, un peu faiseur. Il me paraissait très riche. En tout cas, il vivait de ses rentes, ce qui, hier et aujourd'hui, est bien le comble de la richesse. Son appartement luxueux, rue du Val-de-Grâce, comportait des pièces à moitié vides.

– Là, me dit-il, il n'y avait autrefois que des

disques... Là, il n'y avait que des livres... Les nazis m'ont tout volé.

Aux murs, néanmoins, un portrait par Fantin-Latour, un Degas et un Beckmann.

– Vous ne connaissez pas Beckmann, évidemment, vous qui vous piquez de critique d'art. Un très grand peintre. Plus important que votre Matisse.

J'avais remarqué Beckmann à Munich. Mais comme je ne le croyais pas plus important que « mon » Matisse, je ne répondis rien.

D'ailleurs Joseph Breitbach faisait volontiers les questions et les réponses. Il me racontait qu'il avait possédé une documentation très précieuse sur l'expressionnisme saccagée par les nazis. Ils avaient aussi détruit le manuscrit d'un de ses romans dont Thomas Mann réussit à sauver un chapitre que publia en 1945 la revue *Fontaine :* « Le retour ».

Le Liftier amoureux venait de paraître chez Gallimard. Breitbach me l'offrit, ainsi qu'un de ses premiers romans, publié en Allemagne en 1932 : *Rival et Rivale*, qu'il me dédicaça : « ... ces images sans fard d'une autre occupation que celle qu'il vient de voir ».

Rhénan, Joseph Breitbach avait quinze ans lors de la défaite de 1918. *Rival et Rivale* raconte l'occupation américaine, ses vexations, ses brutalités. Tout cela dans une langue alerte, espiègle, d'un humour corrosif.

Assez grand, élégant, très intellectuel germanique avec ses lunettes non cerclées et ses épaules larges, Joseph Breitbach était avant tout un amateur, un riche amateur, amateur de beaux livres, de beaux tableaux, de beaux voyages et de beaux garçons, de préférence prolétaires.

Une étrange amitié naquit entre nous, ambiguë bien sûr, mais je n'étais plus vraiment prolétaire et n'avais jamais été beau garçon. Néanmoins, Édouard Dolléans, mon bon grand-père, qui suspectait les mœurs de Breitbach, regrettait son entremise. Breitbach le sut et s'en amusa fort, comme il s'amusait un peu de tout :

« Mme Dolléans, rencontrée chez Gallimard, m'écrivit-il, a décrété que j'étais le diable ! Dommage que ce n'est pas vrai, car je rendrais amoureux de moi chaque beauté qui me plairait dans la rue... Quels seraient vos désirs si j'étais le diable et voulais vous être agréable (contre remise de votre âme, bien entendu) ? »

Diable !

Il me présentait certaines de ses conquêtes, tournant autour de moi comme un gros chat qui a attrapé un oiseau et l'exhibe dans sa gueule, provocateur.

Il voulut absolument me faire connaître un jeune ouvrier :

– Ce jeune homme n'est pas un intellectuel. Il est pour ainsi dire muet. Il m'a poussé à rougir, un jour, à cause de sa beauté.

Il me présenta aussi plusieurs peintres débutants. L'un d'eux m'apporta son travail que je jugeai si mauvais que je le lui dis. Il s'appelait Daniel Cordier. Il ne m'en a pas voulu lorsqu'il est devenu l'un des plus célèbres marchands de tableaux dans les années 60. J'ignorais alors que ce garçon timide, effacé, avait joué un rôle aussi important dans la Résistance, comme secrétaire de Jean Moulin. Ce n'était pas son genre de se vanter. Lui aussi, avec Breitbach, retrouvait l'Allemagne.

Alors que j'étais à Nantes chez ma mère, un été, il prit fantaisie à Breitbach de venir me voir. Toujours prévenant, il m'écrit :

« Je vous confirmerai par télégramme mon arrivée. Avertissez donc votre maman afin qu'elle ne s'effraie pas, comme c'est toujours le cas de ma mère s'il y a des télégrammes. »

A Nantes, James Guitet fut aussi de la fête. Joseph Breitbach nous invita dans des restaurants où nous n'étions bien sûr jamais entrés. Nous l'emmenâmes en bord de Loire et nous nous baignâmes dans le fleuve.

Puis, de retour à Paris, Breitbach voulut que je connaisse celui qu'il appelait son père : Jean Schlumberger.

Comme on le sait, Jean Schlumberger fut, avec son cousin André Gide et Jacques Copeau, l'un des fondateurs de la *Nouvelle Revue française* et, par là même, des éditions Gallimard.

Jean Schlumberger avait alors soixante et onze ans. Petit, mince, élégant, vêtu sobrement comme un notaire, sa calvitie soulignée par un reste de cheveux coupés ras lui décollait les oreilles. Ce qui lui donnait, malgré sa gravité, un air de faune. Un faune déguisé en bourgeois.

Jean Schlumberger me recevait le matin, dans son appartement silencieux, 78, rue d'Assas, qui avait vue sur le jardin du Luxembourg. Les couloirs étaient tapissés de livres et de tableaux. Un petit bas-relief de Maillol portait à son envers une plaque de cuivre avec les noms des donateurs : Gide, Paulhan, Groethuysen, Copeau, Martin du Gard, Arland, Supervielle... Rappel de ce groupe d'amis réunis auteur de la *N.R.F.* La collection complète de la revue, reliée en cuir sombre, occupait d'ailleurs tout un panneau de la bibliothèque. Dans la salle à manger, André Gide, en buste, présidait aux repas.

Je restais parfois à déjeuner, sobrement, toujours une quiche, comme s'il voulait rappeler les origines alsaciennes et lorraines de sa famille.

Est-ce le romancier qui s'identifie à ses personnages ou les personnages qui sont moulés sous le masque de leur créateur ? Jean Schlumberger m'apparaissait comme un de ces chefs d'industrie si nombreux dans son œuvre et qui, disait-il, « représentent pour moi ce qu'était le conquérant dans le monde ancien ».

Jean Schlumberger s'est effacé derrière son illustre cousin. Pourtant l'article liminaire qui ouvre le premier numéro de la *N.R.F.* fut écrit par Jean Schlumberger et, jusqu'en 1912, c'est lui qui dirigea la revue avec Jacques Copeau et André

Ruyters. On dit même que Schlumberger aurait dessiné la fameuse couverture aux liserés rouge et noir.

J'aimais beaucoup que Schlumberger me raconte les souvenirs de son amitié avec Gide et des débuts de la *N.R.F.* J'ai, avec son accord, publié une interview de six pages dans *Paru*, en février 1949. Puis, après sa mort, lorsque *Le Mercure de France* consacra une livraison à la mémoire de Schlumberger, j'ai repris beaucoup de ces propos qu'il ne me semble pas inutile de reproduire ici.

Car qui connaît aujourd'hui Schlumberger ? Qui connaît Joseph Breitbach ? De ce dernier, le *Rapport sur Bruno*, dédié d'ailleurs à Schlumberger, en 1964, est une sorte de chef-d'œuvre. Quant à Schlumberger, pour n'avoir jamais fait de concession, publiant des ouvrages inactuels (acceptant cette part de contrainte qu'il pensait nécessaire à l'œuvre d'art) dans une langue sobre, si rigoureuse que l'on croit lire souvent un auteur du XVIIe siècle, si son œuvre n'a pas connu de grands succès de librairie elle n'en est pas moins une œuvre parfaite.

Dans une époque si avide de vitesse, où le reportage tend à dominer tous les genres littéraires, Jean Schlumberger nous montre des êtres solitaires, inadaptés, inquiets, se repliant constamment sur eux-mêmes, dans un monologue intérieur. Autre anomalie, l'amour charnel ne joue pas un grand rôle dans son œuvre alors que les sentiments paternels, fraternels, filiaux, sont dominants. Ses dialogues les plus émouvants se déroulent entre deux frères, comme dans *Le Camarade infidèle,* ou entre un homme mûr et un adolescent. Il choisissait des moments de déclin, comme dans *Le Lion devenu vieux* où le cardinal de Retz hésite, proche de la mort, entre Dieu et sa jeunesse libertine, ne pouvant se résoudre à sacrifier son image grandiose devant la postérité.

Survivre ! C'est un des thèmes de l'œuvre de Jean Schlumberger. Survivre dans la pensée d'un fils, fils de la chair ou fils spirituel. Retz s'estimerait sauvé si le petit Boissy conservait ses *Mémoires* et aidait *sa* mémoire. Le héros de *L'Inquiète Paternité* sait que le fils de sa femme n'est pas son enfant, mais la seule chose qui lui importe est qu'il soit son enfant selon l'esprit. Cette obsession d'être connus et aimés de leurs « fils » tourmente tous les héros de Jean Schlumberger.

Le pathétique de ses récits, leur virilité, la fierté et le courage de ses héros, ne sont pas sans faire songer à l'auteur du *Cid* auquel Schlumberger a d'ailleurs consacré un essai : *Plaisir à Corneille.*

Autodidacte désordonné comme je l'étais, j'eus cette chance que Jean Schlumberger m'apprenne à aimer Corneille. Il m'aida aussi sans doute à mieux comprendre Gide qui demeure pour moi, parmi les phares de ce siècle, le plus éclairant.

Il me proposa de rencontrer Gide. Mais je n'ai jamais été avide de rencontrer mes grands aînés, trop grands pour qu'un dialogue puisse s'établir rapidement. Et puis, à trop traîner dans les allées de Corydon...

Du temps où James Guitet vivait avec moi, rue des Saints-Pères, nous allions parfois déjeuner dans un petit restaurant, extrêmement modeste, rue de Beaune, tenu par deux vieilles demoiselles. Seul, à une table voisine, Henry de Montherlant mangeait, anonyme. J'ai eu souvent envie de lui adresser la parole. Mais quoi dire qui ne soit banalement admiratif ? Et bien plus tard, quarante ans plus tard, dans mon quartier du boulevard Poissonnière, j'ai revu le vieux Montherlant, assis sur un banc, près du Rex, guettant les jeunes gens qui sortaient du cinéma, si seul, à demi aveugle, clochard de luxe libidineux, à quelques mois de son suicide. Peut-être aurais-je dû l'aborder, lui rappeler qu'il était l'auteur de personnages héroïques : le Maître de Santiago, Malatesta et que ces Messieurs de Port-Royal ne lui pardonneraient pas de s'exhiber dans sa fange.

Donc je demandais à Schlumberger qu'il me parle de Gide et des débuts de la *N.R.F.* Sa conversation était ponctuée de silences. Il parlait lentement, avec une grande précision, comme il écrivait :

– La famille d'André Gide et la mienne se connaissaient depuis toujours. Les Gide avaient une propriété près de celle de mes parents, en Normandie, La Rocque, qu'il a décrite dans *L'Immoraliste.* Ma famille habitait une vieille abbaye cistercienne qui avait été acquise par mon arrière-grand-père Guizot, le Val-Richer. Gide a d'ailleurs aussi parlé de cette propriété dans *Si le grain ne meurt*, sous le nom de Blancmesnil, et a fait un portrait de mes grands-parents d'une façon assez ironique. Je le revois, jouant à cache-cache dans la cour de la ferme du Val-Richer avec François de Witt qui devint le Lionel de *Si le grain ne meurt.* Mais une trop grande différence d'âge nous séparait. Il avait dix-sept ans, alors que je n'en avais que neuf. C'était un être extrêmement nerveux et la nervosité m'apparaissait alors sous ses traits comme la marque d'une suprême distinction. Nous avons ensuite été séparés pendant plusieurs années. Je le revis à Saint-Moritz, patinant sur la glace. Il était jeune marié, je ne voulus pas l'importuner. Je n'étais pour lui qu'un petit coreligionnaire qui faisait des études d'histoire religieuse et il était en rébellion contre la religion. Nous nous rapprochâmes par étapes. La première lettre qu'il m'adressa est datée de 1902. Mon premier volume, *Poème des temples et des tombeaux*, lui fut dédié.

« Avant d'être groupe de la *N.R.F.* nous étions un groupe d'amis, très divers par leur formation, leurs dons et leurs goûts, mais d'accord sur un certain nombre de choses essentielles, de celles qui dominent la conduite de la vie et déterminent son climat. C'est ce qui fit l'originalité et la solidité de cette équipe. Notre entente ne s'est pas établie autour d'un programme, c'est notre programme qui a été l'expression de notre entente.

« Dans ce groupe, formé de six personnes, André Gide en était tout naturellement le centre. Il était de huit à dix ans notre aîné à presque tous. Mais, avant toute chose, il était le seul qui eût, derrière lui, une vraie carrière littéraire. Il faut tenir compte du manque de consécration dans lequel vivait Gide à cette époque pour pouvoir imaginer quelque équilibre dans son groupe d'amis et comprendre que, s'il faisait figure d'aîné et d'aîné fascinant, entouré de la confiance et de l'espoir de tous, il ne se posait nullement en magister entouré de disciples. On est d'ailleurs rarement chef d'école dans sa propre famille. Un de ceux avec qui Gide était amené à soutenir de continuels débats d'idées était son beau-frère, Marcel Drouin, de son métier professeur de philosophie, et qui signait ses articles Michel Arnauld. Drouin avait débuté très brillamment. Ses contemporains avaient pensé que Paul Valéry et lui seraient les deux Sainte-Beuve de leur génération. Beaucoup plus vite que celui de Michel Arnauld, le nom d'André Ruyters a prématurément disparu de la littérature active. La vie d'affaires a bientôt entraîné ce fin connaisseur vers l'Abyssinie et l'Extrême-Orient. En dehors de ces trois, il y avait Jacques Copeau, qui vendait de la peinture à la galerie Georges-Petit, mais que hantaient déjà des idées précises sur ce que devait être l'art de la scène. Henri Ghéon occupait les loisirs que lui laissait son métier de médecin dans un bourg de

Seine-et-Marne, à des recherches sur la technique du vers libre.

« Le premier numéro de la *N.R.F.* marqua un faux départ. Nous avions confié la partie matérielle de la revue à Eugène Montfort qui l'orienta dans une voie qui ne correspondit guère à notre esprit.

« Après un moment de désarroi, nous reprîmes tout en main. Vous ne sauriez vous faire une idée de la modestie des conditions matérielles dans lesquelles la *N.R.F.* a trouvé les moyens de grandir. Personne n'avait de téléphone ou de machine à écrire. Nous écrivions nous-mêmes les adresses, nous collions les timbres. Toute la besogne se faisait dans mon cabinet de travail. On allait chercher à quatre pattes les réassortiments sous mon piano. Toutes nos notes étaient relues et mises au point en comité, pour que la valeur des mots y fût partout la même, pour qu'un dépassement de louange ou de blâme ne faussât pas les mesures. Gide nous donnait l'exemple, en écoutant les objections, en se remettant, s'il fallait, à l'ouvrage.

– En dehors de votre cercle, quels écrivains fréquentiez-vous ? Je sais que Gide avait beaucoup d'estime pour Charles-Louis Philippe. Quelle était votre attitude vis-à-vis de Claudel ou des *Cahiers de la Quinzaine* de Péguy ?

– Péguy ne comprenait pas que l'on puisse avoir besoin d'une autre revue que la sienne. De plus, il nous reprochait nos fréquents points de comparaison avec les littératures étrangères. A ses yeux, savoir d'autres langues que le grec et le latin, trouver du plaisir à lire l'allemand et l'anglais, représentait déjà un commencement de trahison. Il n'aimait pas non plus qu'on s'occupât de peinture, de musique et autres passe-temps de dilettantes. Quand la *N.R.F.* publia *L'Annonce faite à Marie*, avec de grandes marques de respect pour cette œuvre, les badauds pensaient que, puisque manifestement nous n'étions pas fous, c'est que nous montions de toutes pièces des complots d'arrivistes en faveur d'obscures nullités. Il en avait été de même à la mort de Charles-Louis Philippe. Nous lui avions consacré un numéro spécial. Nous recueillions tout ce que nous pouvions de ses œuvres inachevées. Tout cela paraissait de l'extravagance. En 1912, après trois ans d'efforts, nous avions cent vingt-huit abonnés et un Gide se dévouait encore à en recopier les listes.

– L'arrivée de Jacques Rivière n'a-t-elle pas marqué, parmi vous, une nouvelle étape ? Sans parler de Gaston Gallimard auquel vous avez finalement confié l'avenir de vos éditions ?

– Gide nous avait amené Jacques Rivière, beaucoup plus jeune que nous et encore tout timide, dès son arrivée à Paris. Son rôle fut considérable, puisque, après la longue coupure et la dispersion causées par la guerre de 1914, c'est lui qui fut choisi comme directeur de la revue. Je ne dis pas qu'il l'ait conduite exactement dans le même esprit que ses premiers fondateurs ; mais l'impulsion était suffisamment donnée pour qu'un renouvellement fût fécond et qu'il n'y eût pas de rupture. Dans nos tiroirs, comme dans ceux de nos amis, les manuscrits de livres et de pièces s'accumulaient, sans débouchés possibles. Il fallait sortir de cette impasse. Le théâtre du Vieux-Colombier et la Maison de la *N.R.F.* sont nés de ce besoin. Nous n'aurions pu mener à bien cette entreprise supplémentaire sans l'appoint d'une recrue que le ciel nous envoya opportunément. Gaston Gallimard avait ce flair qui permet de ne pas se tromper sur la qualité d'une œuvre. Pour tirer parti de ses dons, il avait besoin d'un cadre tel que le nôtre, tout comme nous avions besoin d'un collaborateur tel que lui, jeune, désintéressé, prêt à faire le don libéral de son travail et de son temps[26].

Mais le temps passait. Le temps changeait. Gide mourut en 1951. Ghéon était mort en 1944, Copeau en 1949, Ruyters et Drouin avaient abandonné la littérature. Des dix fondateurs de la *N.R.F.* il ne restait plus que Schlumberger. Et Gaston Gallimard était devenu le patron, avec pour bedeau Jean Paulhan qui remplaçait Jacques Rivière.

Le souhait de Jean Schlumberger de m'introduire dans ce qui avait été SA maison parut sans doute à Paulhan le caprice d'un raseur.

Je n'avais pas de chance avec mes nouveaux amis, sinon la chance de leur amitié, ce qui valait toutes les autres. Puisque Schlumberger n'avait pas réussi à me caser chez Gallimard, Breitbach résolut de me placer au *Figaro littéraire*, où il avait ses entrées. Et comme arrivait à Paris un romancier allemand antinazi qu'il considérait comme un génie, Fritz von Unruh, il me donna l'exclusivité d'un entretien avec le maître, persuadé que *Le Figaro littéraire* ne pourrait qu'accueillir avec enthousiasme une telle interview et un tel interviewer.

Je rencontrai donc Fritz von Unruh qui, lui-même, se considérait comme un génie, mais qui voulut bien répondre à mes questions. Malheureusement, au *Figaro littéraire*, on ne fut pas persuadé du génie de Fritz von Unruh et mon papier fut refusé. Breitbach ayant fini par convaincre le rédacteur en chef que Fritz von Unruh était au moins l'égal de Erich Maria Remarque, il parut urgent de lui accorder une grande place dans le journal. Mais si grande qu'il n'était plus question qu'un débutant traite un tel sujet.

Lorsque je lui annonçai mon mariage et lui présentai Sally, Breitbach m'écrivit :

« Que vous devez être amoureux, que vous devez aimer ! Je suis heureux pour vous, car je vous aime bien, beaucoup bien, et je trouve votre femme extrêmement sympathique. »

Et il nous offrit comme cadeau de noces un poêle à bois. Il faisait froid l'hiver, sous les combles de la chambre de la rue des Saints-Pères. Ce poêle fut une bénédiction.

Après avoir reçu mon premier roman autobiographique : *Drôles de métiers*, il m'écrivait, le 14 octobre 1953, en précisant : « deux heures du matin » :

« Ce livre vous révèle narrateur, votre don pour raconter, vous l'avez caché jusqu'à présent... Les staliniens vous maudiront pour l'amabilité de votre insouciance, toujours si près de cette forme de nihilisme qui est punie de mort en Russie. »

Et il ajoutait :

« Le personnage de Hubert Duplessis m'a assez intrigué. »

S'était-il reconnu ? Sans doute.

Dès 1955 sa vue baissa et il se résigna à une demi-cécité. A partir de 1968, ne pouvant plus lire, affaibli par une première crise cardiaque, il se sentit trop vieux, trop infirme et refusa de recevoir quiconque. Il ne voulait pas qu'on le voie diminué.

« Surtout ne me croyez pas infidèle, m'écrivit-il. Je n'oublie pas le jour que j'ai passé avec vous à Nantes et j'ai toujours le souvenir de votre mère dont la gentillesse m'avait tant frappé. »

Quatre années de servitude n'impliquent pas que l'on parle la langue du maître, mais elle vous pénètre à votre insu. A tant entendre parler allemand, à tant lire la littérature allemande, vous finissez par attraper sa syntaxe et même son accent. Si bien que Friedrich Hagen, rédacteur en chef des émissions en langue allemande, à la Radiodiffusion française, me demanda de collaborer avec lui. J'écrivais mes textes en français, il les traduisait et je les lisais, en allemand, à la radio.

On n'a peur de rien, lorsque l'on est jeune. Pas même du ridicule.

Friedrich Hagen était poète. Marié à une demi-juive, il s'était réfugié en France, avait participé à la Résistance. Nous aimions beaucoup ses poèmes, brefs comme des sonnets. En même temps que Hagen, je fréquentais un autre poète allemand, Paul Celan.

Hagen a été oublié, du moins en France, mais Celan demeure le poète exemplaire de l'exil. A la fois de l'exil du territoire et de l'exil de l'être.

Dans notre mémoire, l'aspect physique des personnages que l'on a connus finit par s'estomper et certaines silhouettes se mélangent. Ainsi Paul Celan et René de Obaldia me paraissent un peu des jumeaux, tous les deux vêtus avec soin, bien peignés, pas du tout l'air artiste. A la différence, et elle est énorme, que Obaldia s'est évadé des malheurs du temps dans un humour farfelu et libérateur, alors que Paul Celan a été poussé au suicide, en 1970, par la sinistre gravité de son propos. Le regard de Paul Celan avait quelque chose d'insoutenable. Ses yeux sombres ressemblaient à des miroirs où venait se refléter l'horreur allemande, l'horreur nazie indigérable. Paul Celan n'a pas supporté de ne pouvoir s'exprimer que dans la langue de ses bourreaux.

Second voyage de fraternisation franco-allemande en 1955. Il s'agissait cette fois-ci de la première rencontre, en zone d'occupation française, entre jeunes écrivains allemands et jeunes écrivains français. Quand je dis « jeunes », précisons écrivains de l'après-guerre. Car si la majorité des Français étaient nés dans les années vingt, la plupart des Allemands avaient dépassé quarante ans. Ils appartenaient tous à la génération qui ne s'était exprimée qu'après la chute du nazisme. A l'exception de Günther Weisenborn, né en 1902, romancier et dramaturge, ami de Brecht. Comme Jean Cayrol, qui nous accompagnait, il avait été interné en camp de concentration. Choix symbolique que ces deux écrivains antinazis, ces deux écrivains incarcérés dans les camps de la mort hideuse et qui venaient dialoguer, dix ans après la fin de la guerre.

La rencontre, organisée par René Wintzen, qui animait à Offenbourg la revue des questions allemandes *Documents*, se tenait à Bad Griesbach, en Forêt-Noire, à quarante kilomètres de Strasbourg. Les trains étaient encore très lents. Nous nous étions embarqués à la gare de Paris-Est à 21 h 50 et n'arrivâmes à Strasbourg qu'à cinq heures du matin. Il est vrai que, quelques années plus tôt, lorsque j'étais allé à Copenhague avec Atlan, il nous avait fallu trente-cinq heures (train et bateau).

Parmi les écrivains français, trois avaient publié leur premier roman en 1953 : Robert Sabatier, *Alain et le nègre*, Alain Robbe-Grillet, *Les Gommes*, Michel Ragon, *Drôles de métiers*. Bernard Dort, né en 1929, préparait un essai sur le roman. Roland Barthes, né en 1915, était déjà l'auteur d'un livre-manifeste, *Le Degré zéro de l'écriture*.

Parmi les écrivains allemands, nous n'en connaissions un peu que deux seuls, par leurs traductions aux éditions du Seuil : Alfred Andersch (*Les Cerises de la liberté*), Heinrich Böll (*Rentrez chez vous, Bogner*). Quant à Paul Schallück, il marchait avec deux cannes, ayant été blessé sur le Pont-Neuf lors de la libération de Paris et amputé d'une jambe.

Les échanges ne se firent guère qu'avec l'aide des interprètes, les Allemands ne parlant pas français et les Français ne parlant pas allemand. Il y avait aussi une timidité, ou une réserve, ou une mauvaise conscience de la part de nos collègues allemands qui ne se risquaient pas à participer aux controverses souvent animées, et même violentes, entre Français. L'objet de la rencontre, du 8 au 12 janvier 1955, était d'examiner la situation du roman et de son public en France et en Allemagne. Or, la situation du roman et de son public était tout à fait différente en France et en Allemagne, comme le souligna Heinrich Böll dans un article paru à Paris dans *L'Observateur* :

« Les amis français étaient visiblement supérieurs, car leur groupe était plus nombreux et leurs exposés plus précis. Ici, on voyait encore, avec une obsédante clarté, que tous les écrivains allemands vivent dans une province, qu'ils parlent rarement entre eux, donc qu'ils manquent tout simplement d'entraînement pour ce genre d'exercice. On s'aperçut également à quel point les deux langues se distinguent tant dans le bien que dans le mal. Avec quelle facilité les Français pouvaient se disputer de la façon la plus violente : chez nous, cela aurait entraîné aussitôt des coups. Les Allemands cherchaient des mots, et lorsqu'ils les trouvaient, certaines choses restaient vagues, d'autres inexprimées. Les Français exigeaient, par leurs déclarations, de véritables déclarations d'amour à la littérature, une réponse et les mêmes déclarations de la part des Allemands venaient timidement... Parfois on avait l'impression que des ours amicaux et d'aimables renards s'étaient rencontrés et se demandaient s'il était encore possible d'appeler la forêt une forêt. On décida que le nom forêt lui convenait parfaitement. »

Ce qui étonnait les Allemands, c'était cette interminable dispute sur la mort du roman « bourgeois », c'est-à-dire tout simplement le roman de Balzac, de Zola, du roman descriptif, au profit de ce qui ne s'appelait pas encore le « nouveau roman », dont Roland Barthes, Bernard Dort et Alain Robbe-Grillet se faisaient les intransigeants zélateurs.

Les Allemands, qui reprenaient l'héritage d'une littérature créatrice détruite par le nazisme et qui se proposaient de peindre ou de démasquer cette nouvelle Allemagne née du « miracle allemand » qui les effarait et les inquiétait, ces Allemands qui croyaient que la littérature avait des devoirs politiques, restaient stupéfaits devant ces querelles byzantines qui intoxiquaient la délégation française. Personnellement, je me sentais beaucoup plus proche de Böll et de Weisenborn. Mais aussi de Jean Cayrol qui, au plus fort d'un réquisitoire robespierrien de Robbe-Grillet, me glissa ce billet :

« Comment ça va, Michel Ragon ? Moi je m'embête plus que de raison. Nous écrivons hors des prisons de ces inhumaines questions. »

Cher Jean Cayrol, cher Heinrich Böll, à vous seuls vous valiez le voyage et les quatorze heures de train en seconde classe, aller et retour.

Quel contraste, entre mon premier voyage en Allemagne, en 1948 et, sept ans plus tard, ce second voyage dans une Allemagne ressuscitée. Comment ce « miracle allemand » avait-il pu se produire aussi vite ? Comment tant de ruines déblayées, de bâtiments reconstruits, une économie remise en marche ? Mais puisqu'il s'agissait de miracle, on sait bien que les miracles sont inexplicables. En tout cas, ce « miracle » préoccupait beaucoup plus nos collègues allemands que la forme adéquate du roman de l'avenir.

Il les préoccupait, il les angoissait même, parce que, dans ce « miracle allemand », réapparaissaient des mythes dangereux. Dans l'épopée de la christo-démocratie d'Adenauer, ils faisaient figure de trouble-fête. Le déserteur des *Cerises de la liberté* d'Alfred Andersch, l'épave de *Rentrez chez vous, Bogner,* autant de grains de sable dans l'engrenage du « miracle allemand ». Et l'on verra bien comment l'œuvre puissante de celui qui deviendra le grand écrivain allemand de cette après-guerre, Heinrich Böll, sera de plus en plus contestée, au point qu'il émigrera en Irlande.

– Pour la première fois dans l'Histoire, me disait Günther Weisenborn, le peuple allemand est contre l'armée. Et c'est à ce moment historique que les nations qui ont toujours reproché à l'Allemagne d'être militariste et qui ont exigé la dissolution de la Wehrmacht après la défaite, veulent maintenant que nous réarmions face à l'U.R.S.S. Quand l'armée aura repris son influence, le peuple allemand risque vite d'être contaminé et de redevenir militariste.

Voilà qui préoccupait les romanciers allemands. Voilà qui les poussait à écrire, écrire pour dénoncer, pour mettre en garde. Il aura manqué à la littérature française des années 50-60 un Heinrich Böll et un Günter Grass.

9

Les années Delpire (qui sont aussi les années photo) 1950-1954

Il vous arrive un jour quelqu'un que vous n'attendez pas, que vous n'avez aucune raison de rencontrer, avec lequel vous n'avez aucune envie de nouer une amitié (vous avez suffisamment d'amis, suffisamment de sujets de travail : la poésie, la littérature prolétarienne, l'art abstrait, Cobra) et soudain quelque chose de nouveau, malgré tout, encore du nouveau, démarre, démarre très vite, vous entraîne, vous retient. Et vous y croyez, vous croyez dans ce nouvel ami qui efface un peu les autres, qui les éloigne, et dans ce présent qu'il vous fait d'une nouvelle action, d'une nouvelle approche de l'art.

Ce quelqu'un, étudiant en cinquième année de médecine que m'avait envoyé Jean l'Anselme, étudiant plus passionné par la photo que par la médecine, désirait, avec l'appui financier de laboratoires pharmaceutiques, publier une revue luxueuse où la photo, en noir et en couleurs, serait reine.

Je n'étais pas un spécialiste de la photographie,

expression artistique qui ne m'était tout de même pas étrangère puisque, depuis 1945, je fréquentais assidûment l'un des plus remarquables photographes de l'époque, Izis, et que je faisais des piges en légendant les photos d'un reporter : Dorka.

Mais Robert Delpire ne venait pas me voir pour me demander de le conseiller en photographie. Il s'était attaché le meilleur technicien pour la mise en pages de sa future revue : Pierre Faucheux. Il voulait adjoindre au comité de rédaction, uniquement formé d'internes des hôpitaux, un journaliste ou quelque chose qui y ressemblerait, quelqu'un qui puisse lui indiquer des collaborateurs prestigieux, des sujets inédits. Delpire cherchait un professionnel. Il trouva un copain.

Mes années Delpire ont été de belles années de travail d'une rare qualité, d'élargissement de mes rencontres, et d'une amitié chaleureuse. Jusqu'au jour où, le grand succès venu, Delpire fasse passer la professionnalité juteuse devant l'amitié qui lui parut sans doute plus ringarde.

Néanmoins, quatre années d'excitants travaux et de camaraderie joyeuse, ça vaut le coup d'être vécu.

Robert Delpire avait vingt-quatre ans. Grand, athlétique, sportif six fois champion du monde de basket, il était marié et habitait chez ses parents, dans un appartement modeste de Ménilmontant. Des parents charmants, une épouse délicieuse. Robert Delpire, qui m'introduisit très vite chez lui, m'apporta, là aussi, une sensation de bonheur tranquille auquel je n'étais pas habitué. Le bonheur de gens simples, suffisamment aisés pour ne pas se sentir à l'étroit, tranquillisés par les études de leur fils débouchant sur une profession noble, un fils qui leur avait apporté une belle-fille qu'ils considéraient comme leur fille et qui, de surcroît, était en effet belle.

Le premier numéro de *Neuf*, « revue de la Maison de la médecine », parut en juin 1950. Sur la couverture, une superbe photo en couleurs d'un masque peau-rouge de la côte du Pacifique, signée Paul Facchetti.

Paul Facchetti était alors l'éminent photographe couleurs de Paris. Quelques années plus tard, il devait faire de son studio, rue de Lille, une galerie de peinture vouée à l'avant-garde que je fréquenterai beaucoup, notamment pour ses expositions de Dubuffet et de Kemény. Paul Facchetti sur la couverture de ce premier numéro. Tout commençait bien.

Robert Delpire cherchant, en créant une revue de grande qualité, à échapper au destin qui semblait le sien, montrait dès ce premier numéro une grande habileté. N'avait-il pas offert les préfaces au Pr Léon Binet, doyen de la faculté de médecine de Paris et au Dr Georges Duhamel, plus connu comme romancier ? Il donnait ainsi des gages à son comité de rédaction. Quelques articles paramédicaux, comme « Les terreurs nocturnes et les cauchemars des enfants, leur expression par le dessin », ou « Le cinéma moyen d'enseignement médico-chirurgical » achevaient de rassurer les laboratoires qui couvraient la revue d'une généreuse publicité. Mais un article d'André Breton sur « Les masques à transformations de la côte pacifique nord-ouest », un poème de Pierre Emmanuel et une nouvelle de mon ami Marc Bernard garantissaient la qualité littéraire. Matisse et Dufy, qui illustraient en pleines pages la revue, ainsi que des photos de Brassaï, d'Izis et des dessins d'Effel et de Mose, garantissaient la qualité esthétique. Personnellement, j'unissais Cobra à Delpire avec une « Lettre à mes amis danois ».

Le numéro 2 assurait encore un lien avec la médecine en prenant le cœur pour thème. Un graffiti en forme de cœur photographié par Brassaï ornait la couverture. Mais la manière d'envisager le rythme cardiaque s'éloignait beaucoup de la cardiologie pour naviguer du côté de la peine de cœur, du cœur à l'ouvrage, etc. J'avais amené Robert Giraud qui fit un article sur « Cœur et tatouage ». Henri Pichette publia un extrait de *Nucléa* et Marc Bernard consacra un texte à Izis, cependant que Henry Miller louait Brassaï. Benjamin Péret, Jean-Paul Sartre, Mouloudji, Carco assuraient le volet littéraire et j'assumais celui des beaux-arts avec un « Marc Chagall, peintre de l'amour heureux », illustré de photos d'Izis.

Comme en cette même année 1950 se préparait un voyage d'études à Düsseldorf organisé par la Maison de la médecine, Robert Delpire me proposa d'y participer. Je me retrouvais donc en Allemagne pour une nouvelle fraternisation, cette fois-ci entre étudiants en médecine français et allemands. Chacun d'entre nous était reçu par un « collègue » qui le logeait. Delpire m'ayant inscrit comme un de ses condisciples, je devais revêtir de temps en temps la blouse blanche en visitant des salles d'hôpitaux. Lorsqu'il fut question d'assister à des opérations chirurgicales, je déclarai forfait. D'ailleurs Delpire n'avait pas plus envie que moi de suivre les cours des professeurs. Il était beaucoup plus attiré par les blondes demoiselles qui flânaient sur les bords du Rhin. Au grand scandale de nos « collègues » allemands, dont l'esprit de sérieux ne comprenait pas que nous négligions la chance qui nous était offerte de parfaire nos « études », nous nous adonnions avec frénésie à l'école buissonnière. Nous étions vraiment deux copains très dissipés, mais dans nos amusements se profilait le propos du troisième numéro de *Neuf* (le numéro qui allait échapper complètement, comme nous, à la médecine) : « Le jeu ».

De retour à Paris, je retrouvai mon petit boulot avec Dorka. Non seulement je légendais ses photos, mais nous montions ensemble des reportages, par exemple toute une suite sur le cirque, avec les dressages d'éléphants et de phoques chez Bouglione, avec la vie familiale d'un clown dans la roulotte de Zavatta. Puis Dorka me chargea de faire le tour des magazines et d'essayer d'y écouler ses photos. Je me souviens d'un petit lion, tout mignon, que je vendis à *Match* et aussi de modèles de pull-overs, avec mode d'emploi pour le tricot, que je plaçai dans des revues féminines.

Mais tout cela ne rapportait pas gros, sinon l'utopie de voir un jour prochain les photos de Dorka dans toute la presse et nos revenus gonfler comme la grenouille de la fable. Je vivais pratiquement avec Dorka et sa femme. Nous nous nourrissions de sandwichs. Je n'étais ni logé ni blanchi, mais j'avais trouvé des amis, ce qui m'a souvent fait oublier qu'un travail donne droit à une rémunération. De même, tout à mon copinage avec Delpire, il m'aurait paru indécent de lui réclamer des sous. D'ailleurs, là aussi, j'étais parfois nourri, et bien nourri, chez ses si accueillants parents.

Outre Jean l'Anselme, copain de sport, Robert Delpire connaissait un peintre, un seul peintre, qu'il s'empressa de me présenter. Devenu célèbre éditeur publicitaire, il fit de ce peintre son collaborateur privilégié. Longtemps cet artiste restera obscur, occupé à ses tâches d'illustrateur et de maquettiste. Et puis, un jour, il démarrera dans un grand éclair bleu. Jacques Monory, puisque c'est de lui qu'il s'agit, avait un regard candide. Des yeux d'oiseau. Des yeux de mouette. Des yeux d'oiseau qui pique. Ce doux, ce gentil, ce tendre, avalait en réalité pudiquement sa mâchoire de fauve. Lorsqu'il se décida à rugir, il se transforma en l'un des peintres les plus singuliers, les plus troubles, les plus violents de sa génération. Enfin, d'une génération usurpée, celle de la figuration dite narrative. Je lui ai dit récemment : « Quand nous nous sommes rencontrés, nous avions exactement le même âge. Tes biographies te rajeunissent de dix ans. » Il me répondit précipitamment : « Tu sais bien que j'ai perdu dix ans de ma vie quand je travaillais chez Delpire. Dix ans de retard de peintre. Oui, je suis bien né dix ans après toi. Et si j'avouais notre âge, je serais ridicule avec mon chapeau bleu. »

Mes deux séjours au Danemark, mes deux voyages en Allemagne me donnaient le goût de la bougeotte. J'en avais par-dessus la tête (déjà !) de la vie littéraire et artistique parisienne pourtant seulement effleurée. Je décidai de tout laisser tomber, Delpire, Cobra et le reste, et de partir travailler dans les grands chantiers internationaux qui réclamaient des volontaires. Lorsque l'on a fait ses humanités comme travailleur manuel, les mains vous démangent de temps en temps et l'on a envie de manier de nouveau des outils. L'Angleterre demandait des ouvriers agricoles. J'optai, nous l'avons vu, pour l'Angleterre, pensant rejoindre ensuite les équipes qui perçaient des routes en Yougoslavie et en Afrique. Mais je revins d'Angleterre avec Sally, me lançai dans une aventure beaucoup plus périlleuse : la vie conjugale, et retrouvai Delpire.

Dans le numéro 3 de *Neuf* (mai 1951) je publiai un récit sur papier rose : « The Kingdom Party, petite promenade irrespectueuse en Angleterre ».

Sous une couverture de Facchetti, ce numéro était superbe. Photos de Brassaï, de Doisneau, de Boubat ; documents hilarants de Romi ; dessins de Savignac, de Mose ; collage de Jacques Prévert. Robert Giraud ouvrait le numéro avec « Jeux de bistrots et d'ailleurs » (déjà !). Paul-Émile Victor décrivait les « Jeux de ficelles » des Esquimaux, etc.

J'ai parlé plus haut de Jacques Damase, de l'ouvrage que j'écrivis pour ses fantomatiques éditions : *Expression et Non-figuration.* L'éditeur disparu, mon texte restait inédit. Quant aux clichés des reproductions de tableaux, stockés dans une cave, la rouille les rendait inutilisables. Robert Delpire décida néanmoins de publier *Expression et Non-figuration* au format de la revue *Neuf,* mais sans illustrations. Mince plaquette pour laquelle Jean Cassou voulut bien rédiger une élogieuse préface. Cette brochure, tirée à cinq cent cinquante exemplaires, a donc été le premier livre de Robert Delpire éditeur, paradoxalement sans aucune photographie.

Nous avons dit que la parution de cet ouvrage m'avait donné l'occasion de monter la première exposition de Cobra à Paris, Librairie 73. Car, en ces années où j'étais en même temps rédacteur de la revue *Neuf* et de la revue *Cobra,* je publiai chez le Limousin Rougerie le premier ouvrage (fort mince lui aussi et tiré seulement à deux cents exemplaires) consacré à Atlan : *L'Architecte et le Magicien.* Tout cela était très excitant, mais si Sally n'avait pas obtenu un poste d'infirmière à l'École de puériculture, si je n'avais pas, avec Martin Barré, entrepris un chantier de peinture en bâtiment, ces mémoires se seraient arrêtés là, comme une voiture qui n'avance plus, faute de carburant.

Depuis trois ans, j'avais publié des articles sur la peinture et la sculpture dans *Arts*, j'avais participé à la vie de Cobra, j'avais préfacé l'exposition « Les Mains éblouies », galerie Maeght et, en éditant *Expression et Non-figuration*, je m'aperçus qu'en dehors de notre petit cercle, on ignorait totalement mon activité de critique d'art.

Un article de Paul Prist dans *La Nouvelle Gazette de Bruxelles* donne bien le ton de l'étonnement des journalistes. Des journalistes... enfin, n'exagérons rien. Disons des quelques rares chroniqueurs qui remarquèrent cette publication confidentielle :

« Vous connaissez Michel Ragon, écrit Paul Prist, dont j'ai parlé moi-même, quand parut son essai critique : *Les Écrivains du peuple*. Je n'y reviendrai pas, sinon pour marquer mon étonnement. Je ne m'attendais certes pas à son évolution, et que, parti de l'art prolétarien, il aboutirait si tôt à l'art abstrait, qui est bien, je crois, à son antipode. »

Cette incompréhension me poursuivra jusqu'à nos jours. Comment peut-on être à la fois historien de la littérature prolétarienne et historien de l'art abstrait ? Comment peut-on être à la fois romancier populaire et critique de l'avant-garde artistique ? Comment peut-on être à la fois un manuel et un intellectuel ? La malédiction de la spécialisation à outrance, qui affecte notre époque, ne permet plus de se souvenir que Théophile Gautier fut simultanément poète admiré par Baudelaire, qui lui dédia *Les Fleurs du mal*, romancier populaire du *Capitaine Fracasse*, historien du romantisme et le critique d'art de *L'Art moderne*.

En octobre 1951 paraissait le numéro 4 de *Neuf :* « A propos du sport ». Deux reportages photographiques allaient constituer les amorces de deux albums des futures éditions Delpire : « Au pays des Noubas », par George Rodger, et « La maison du muscle à Téhéran », par Henri Cartier-Bresson. Par ailleurs, photos de Doisneau, de Brassaï, dessins de Henri Michaux, peintures de Fernand Léger, textes de Jean Cocteau, de Mac Orlan, de Jean l'Anselme. Et, sous ma plume, un bilan rétrospectif et humoristique : « Cent ans de sport ».

A partir du numéro 5, consacré à Brassaï : « L'œil de Paris » (préface de Henry Miller), Robert Delpire se mit à décoller de la Maison de la médecine. Il était clair pour lui qu'il ne deviendrait jamais médecin. Il eût aimé être photographe. Il sera éditeur de photographes. *Neuf*, jusqu'alors exclusivement distribué dans le secteur médical (publicité pharmaceutique oblige), il eut l'idée de réaliser désormais des albums reliés et toilés avec ces numéros qui pourraient être distribués en librairie. Et la revue cessa, par là même, d'être une revue puisque, à partir du cahier Brassaï, toutes les publications seront des numéros spéciaux, prétextes à véritables livres.

Ainsi le numéro 6 (mai 1952) intitulé « Manigances » fut-il consacré aux dessins humoristiques de Chaval, André François et Mose ; le numéro 7 au « Cirque » (octobre 1952), le 8 (décembre 1952) aux photos des Indiens des hauts plateaux, par Robert Frank, avec un texte de Georges Arnaud devenu célèbre depuis le succès du film tiré de son roman : *Le Salaire de la peur* ; le 9 (avril 1953) au très original livre pour enfants : *Les Larmes de crocodile* d'André François.

Delpire gardera toujours une grande fidélité à ce dessinateur-humoriste qui devint aussi l'un de mes amis et que j'accompagnai tout au long de son parcours, par de nombreuses préfaces à ses expositions.

J'aimais non seulement les dessins d'André François, mais aussi ceux de Chaval (et l'homme), de Mose, de Trez, de Bosc. Si bien que Robert Delpire annonça une *Anthologie du dessin humoristique français* dont je devais assurer la réalisation.

A partir du numéro 9, qui marquait le grand saut de Delpire vers l'édition, *Neuf*, qui allait disparaître, portait sur sa page de garde : « Directeur-rédacteur en chef Robert Delpire, directeur technique Pierre Faucheux, secrétaire général Michel Ragon ».

Promotion qui, pour Faucheux comme pour moi, demeurera honorifique puisqu'elle correspondra vite à notre exclusion. Devenu éditeur et très vite célèbre éditeur de beaux-livres, Robert Delpire oublia ses « conseillers ». De quoi, témoins gênants de ses débuts, aurions-nous pu lui faire honte ? Il avait une telle soif d'apprendre et réussissait si bien tout ce qu'il entreprenait !

Il me demanda néanmoins, en 1953, de recueillir les propos d'Ylla pour son album de photos d'animaux d'Afrique : *Mes Amis sauvages* et, en 1954, de rédiger la moitié des textes du petit album de photos de Doisneau : *Les Parisiens tels qu'ils sont* (l'autre moitié étant écrite par Robert Giraud).

L'*Anthologie du dessin humoristique français* ne sera pas publiée par Robert Delpire qui abandonna ce projet. Je devrai attendre 1960 pour que les éditions Fayard acceptent d'en faire un livre : *Le Dessin d'humour* et 1992 pour que les éditions du Seuil consentent à en publier une nouvelle édition remaniée et mise à jour. Quarante ans d'obstination pour cet autre secteur de mes curiosités.

Ah ! j'oubliais ! Lorsque nous préparions le numéro « Permanence du cirque », Robert Delpire voulut que nous allions en Hollande pour assister aux spectacles des cirques Jos Mullens et Boltini. Sally et Colette nous accompagnèrent. Joyeuse équipée que ce voyage en Hollande. Et superbe numéro que ce 7 consacré au « Cirque ». J'avais intégré au sommaire mon ami Tristan Rémy, qui se détache ainsi en pointillé du clan

Poulaille. Comme j'avais amené Robert Giraud et Marc Bernard. Tristan Rémy fit de belles descriptions, précises et techniques de l'art des clowns : « Albert le magnifique », « Rhum et son répertoire ». L'album était préfacé par Pierre Mac Orlan. Calder nous avait donné des dessins et des textes à propos de son cirque. Et j'avais demandé à Alain Sergent (lui aussi récupéré du côté de la littérature prolétarienne) de nous parler de Barnum auquel il consacrera un livre.

En 1954, je dédiai mon deuxième roman : *Drôles de voyages* « à Robert Delpire, en souvenir de Düsseldorf et d'Amsterdam ».

A la fois éditeur de livres documentaires toujours superbement illustrés et directeur d'une agence publicitaire réalisant notamment les catalogues de Citroën, les éditions Robert Delpire réunirent jusqu'à cent vingt collaborateurs. Claude Roy était devenu leur directeur littéraire. Et moi je m'étais installé pour sept ans comme bouquiniste sur les quais de la Seine.

Adieu, Bob ! Souviens-toi de ce mot de Mezz Mezzrow que je t'avais glissé et qui t'avait tant plu que tu le plaças en exergue du numéro 2 de *Neuf :*

« Fils, si tu ne peux pas faire de fric, fais-toi des amis. »

10

La voie libertaire (2) 1950-1962

Donc, contrairement à tant de jeunes gens de ma génération, le marxisme n'a pas été pour moi une rencontre déterminante. Et j'aurais pu reprendre à mon compte cette réflexion d'Albert Camus : « Je n'ai pas appris la liberté dans Marx, il est vrai ; je l'ai apprise dans la misère. »

Ce qui ne veut pas dire que la lecture de Marx, et surtout celle d'Engels, n'ait pas participé à ma formation politique. Mais pas plus (plutôt moins) que celle de Proudhon et de Bakounine.

Dans cette perspective, je me rapproche d'un théoricien qui, dans les années 60-70, s'est efforcé de repenser à la fois la pensée marxiste et la pensée anarchiste. Je veux parler de Daniel Guérin.

Mais Daniel Guérin je l'ai connu vers 1950, sans doute par l'intermédiaire d'Atlan. Ce petit homme rond, chauve, qui se dressait comme un coq de combat et que l'on rencontrait chez lui, 11, quai aux Fleurs, entouré de beaux gars aux fortes cuisses, ne pardonnait pas au bolchevisme d'avoir trahi le marxisme. Antistalinien viscéral, il avait appartenu avec le futur Raymond Abellio, comme nous l'avons vu, au comité directeur de la Gauche révolutionnaire fondée en 1936 par Marceau Pivert. Mais le syndicalisme libertaire de Monatte devait l'orienter dans la recherche d'un communisme libertaire, mixture moins indigeste qu'elle ne semble puisque marxisme et anarchie s'y vivifient.

Daniel Guérin a levé devant moi un drôle de lièvre lorsqu'il m'a dit : « Puisque tu es vendéen, tu devrais analyser l'insurrection vendéenne à la lumière du marxisme. » Sans doute cette réflexion parut-elle alors quelque peu farfelue au militant de la littérature prolétarienne et au critique d'art enthousiaste de l'art abstrait. Je ne crois pas m'en être souvenu lorsque, trente ans plus tard, j'ai écrit *L'Accent de ma mère*, puis *Les Mouchoirs rouges de Cholet*. Et pourtant la théorie de la lutte des classes se retrouve dans ces livres qui opposent paysans sans terre aux bourgeois accapareurs de biens nationaux. Une réflexion forte est ainsi comme une petite graine qui s'insinue en nous et germe, le moment venu.

Après mai 1968, Daniel Guérin prit ses distances avec l'anarchisme orthodoxe de la Fédération anarchiste et rejoignit Georges Fontenis, leader du mouvement communiste libertaire. Nous nous étions beaucoup vus pendant les événements de Mai. Nous nous vîmes moins ensuite. Il n'empêche que son essai sur *L'Anarchisme* (1965) et son anthologie de l'anarchisme : *Ni Dieu, ni maître* (1970) demeurent une excellente introduction à la théorie et à l'histoire de l'anarchie[27].

Le 23 avril 1988, à quinze heures, Daniel Guérin, mort à quatre-vingt-trois ans, réunit une dernière fois ses amis, symboliquement, au mur des Fédérés.

Aux ouvrages de Daniel Guérin se sont ajoutés ceux de mon ami Alain Sergent, qui entreprit une *Histoire de l'anarchie* (avec Claude Harmel) dont seulement le premier volume, traitant du XIXe siècle, parut en 1949. Deux ans plus tard, Alain Sergent publiait un choix de textes : *Les Anarchistes*, qu'il me fit l'amitié de me dédier.

D'être introduit, dès mes débuts, dans un milieu marginal, me marginalisera. J'ai dit plus haut comment j'avais rencontré ces militants rejetés par tous les partis, exclus d'eux-mêmes des grandes formations politiques, hommes de pureté et de dévouement. Ils n'avaient pas attendu la mort de Staline et les coups de pied des ânes de la déstalinisation ni la chute du mur de Berlin, pour publier des analyses de la révolution bolchevique et de son terrorisme d'État. Mais qui les lisait, qui les écoutait ? Ils n'étaient pas à la mode. Ils ne gênaient pas trop parce qu'on les ignorait. C'est grâce à cette ignorance, à ce désintérêt presque total pour leurs idées, qu'on leur permettait de survivre. Et ils continuaient leur apostolat, imperturbables. J'allais voir Monatte au siège de *La Révolution prolétarienne*, René Lefeuvre à celui de la revue *Masses. Le Socialisme contre l'autorité* d'Ernestan, n'était qu'une petite brochure, mais ce texte édité à Bruxelles en 1932 nous paraissait prophétique.

Nous signions des manifestes contre Aragon, contre Sartre, contre Izou et des manifestes pour Céline, pour Henry Miller, pour Le Corbusier. Le 2 février 1950, nous participâmes à la protestation contre la saisie policière des trois cent cinquante exemplaires non publiés et réservés aux professionnels de l'édition de *Sexus* de Miller. Et, le 1er juin, je me joignis à l'appel présentant la candidature de Le Corbusier au prix Nobel de la paix.

Je ne vois plus très bien quel rapport pouvait avoir Le Corbusier et le prix Nobel de la paix. Mais puisqu'il n'existait pas de prix Nobel de l'architecture, sans doute voulions-nous contourner le problème.

En janvier 1949, nous avions accueilli à Paris Garry Davis, « le premier citoyen du monde ». Difficile de se représenter aujourd'hui le défi de cet homme, quatre ans seulement après la fin de la Seconde Guerre mondiale, qui rendait son passeport américain et se voulait sans patrie, sans toit (il dormait en plein air, la tête sur son sac à dos). Dans la même optique, nous participions à l'Internationale des jeunes contre la guerre. A ses conférences, salle des Sociétés savantes, revenait le leitmotiv : « N'attends pas qu'il soit trop tard pour défendre ta peau. » Et, en un temps où l'on était soit pro-américain, soit stalinien, nous proclamions notre dégoût à la fois de l'impérialisme américain et du despotisme stalinien.

A l'appel de Stockholm contre la bombe atomique, en 1950, commandité par Moscou, répondait en 1951 l'exécution des époux Rosenberg aux États-Unis. Au Japon, Kenzo Tangé, architecte débutant, commençait la réalisation du Centre de la Paix à Hiroshima. A Paris, Picasso exposait *Les Massacres en Corée* au Salon de Mai.

Je collaborais à un journal pacifiste : *Paix du monde* et m'y élevai contre cette imposture qui faisait d'un tableau (d'ailleurs bâclé) où les « massacreurs » n'étaient pas désignés (car les soldats par Picasso n'avaient pas d'uniforme) un instrument de propagande au service du parti communiste.

Mon action libertaire, dans les années 50, a surtout été axée sur le pacifisme, la guerre de Corée ranimant la tension entre les États-Unis et la Russie. Et dans cette action je rejoignis Louis Lecoin et sa revue *Défense de l'homme.*

En 1951 et 1952, je publiai dans cette revue toute une suite d'articles, assez longs, qui constituent une esquisse d'un essai sur l'anarchie que j'avais inconsidérément entrepris de rédiger sous le titre général : « L'Affranchi et le Mercenaire ».

Esclaves, affranchis, mercenaires, prétoriens, on devine au-delà de ces mots l'apologue. L'un des articles était consacré à l'autodidacte, un autre à l'aventurier, un troisième à l'hérétique, un quatrième à l'illégaliste. Tous ces articles étaient truffés de références historiques et littéraires. Entre autres, une longue citation du discours de *La Servitude volontaire*, de La Boétie, venait à l'appui de mon développement sur l'illégalisme.

« L'illégaliste, écrivais-je, est très différent du révolutionnaire. Le révolutionnaire peut être illégaliste à un certain moment de sa vie, mais c'est toujours un oppresseur en puissance. Il rêve de détruire un ordre pour reconstruire un autre ordre de son choix. Il s'attache des mercenaires et glorifie le peuple esclave dont il feint de vouloir faire le peuple roi. L'illégaliste, au contraire, se dresse à la fois contre les esclaves, contre les mercenaires et contre les prétoriens...

« Le révolutionnaire n'est qu'un affranchi provisoire en ce sens que, aussitôt arrivé au pouvoir par SA révolution, il devient mercenaire ou prétorien du nouvel ordre établi. Et persécuteur. Le "révolutionnaire anarchiste", travaillant à la destruction de tout pouvoir, n'est évidemment ni un futur mercenaire ni un futur prétorien. Cet adversaire irréductible de l'État, quelle que soit la forme de celui-ci, est pour nous, répétons-le, un "affranchi" parfait. »

Ma collaboration à *Défense de l'homme* se poursuivra jusqu'en octobre 1955.

En 1957, Louis Lecoin, septuagénaire, se lança dans une nouvelle action périlleuse : la défense des objecteurs de conscience et la demande, pour eux, d'un statut légal.

Quatre-vingt-dix objecteurs étaient alors emprisonnés dont l'un, Edmond Shaguené, depuis neuf ans, sa condamnation ayant été renouvelée cinq fois pour refus de porter l'uniforme.

Lecoin vendit tout ce qu'il possédait pour créer un journal, *Liberté*, et me demanda de l'aider à réunir une somme d'argent en organisant une vente de tableaux. Plus de quatre-vingts peintres répondirent à cet appel dont Atlan (par mon intermédiaire), mais aussi Vlaminck, Van Dongen, Buffet.

Il paraissait difficile que le gouvernement puisse accepter de légaliser l'objection de conscience pendant la guerre d'Algérie. Mais au début de 1962 plus rien ne s'y opposait, sauf le refus de l'état-major. Le 1er juin, à soixante-quatorze ans, Louis Lecoin, à bout de patience, entreprit une grève de la faim. Vingt-deux jours après, au bord de l'épuisement, il fut transporté à l'hôpital Bichat. La presse s'était peu émue de ce qui n'était pas encore un événement, lorsque j'eus l'idée d'écrire à Jean-Jacques Servan-Schreiber, directeur de *L'Express*, que je ne connaissais pas, pour lui dire qu'un vieil homme allait mourir dans l'indifférence générale alors qu'il se sacrifiait pour que des jeunes, innocents de tout crime, ne moisissent pas en prison. Contre toute attente, Jean-Jacques Servan-Schreiber me répondit qu'il ferait de son mieux. Un grand article parut en effet dans

L'Express et les autres journaux suivirent. André Breton déclara : « Je salue l'attitude héroïque de Louis Lecoin, dans la plus haute tradition de l'altruisme et de la liberté. » L'abbé Pierre écrivit à Lecoin : « Ce Dieu, auquel vous ne croyez pas, il vous aime infiniment. » Et enfin, de Gaulle sortit de sa réserve : « Je ne veux pas voir mourir Monsieur Lecoin. »

Le statut des objecteurs de conscience, adopté en 1962, fut le dernier coup d'éclat de Lecoin.

Louis Lecoin demeure pour moi l'un des hommes les plus merveilleux que j'ai rencontrés. Bernard Clavel a écrit en 1984 : « Ragon est un pur, élevé à la rude école de la rue et du travail manuel avant d'être admis à celle de l'intransigeant Poulaille... N'a-t-il pas rêvé d'être Gandhi ou, plus modestement, Louis Lecoin ? »

Non, je n'ai jamais fait de rêves aussi présomptueux. Louis Lecoin a élevé la sincérité, la rectitude morale, à un point inaccessible. Il est en effet de la lignée des Gandhi, des Martin Luther King. Si le prix Nobel de la paix avait un sens, il aurait dû lui être décerné. D'ailleurs, à son insu, en 1964, un Comité pour l'attribution du prix Nobel de la paix à Lecoin fut formé par René Dumont, Maurice Nadeau, Jean Cassou, Claude Bourdet, etc.

Louis Lecoin et Maurice Joyeux furent sans doute les deux militants anarchistes pour lesquels j'ai éprouvé le plus d'amitié, ceux qui m'ont le plus appris, ceux qui m'ont le mieux convaincu de la justesse de leurs luttes.

Il ne me reste malheureusement rien de ma correspondance, ni avec l'un ni avec l'autre. Je ne pressentais pas, lorsque je participais à leurs actions, que notre courrier puisse un jour apporter quelque chose à des archives. Je retrouve néanmoins le double d'une lettre (car celle-ci, exceptionnellement, était dactylographiée) qui montre que, parfois, nous avions des divergences, qui montre aussi qu'en 1958 mes idées politiques libertaires étaient bien précises et absolument antiétatiques.

Situons l'époque. La crise algérienne de mai 1958, qui déboucha sur l'appel au général de Gaulle, avait suscité un mouvement collectif de défense de la IVe République. Dans cette perspective, Lecoin me demandait un article pour son journal : *Liberté*.

« Mon cher Lecoin,

« Tu me demandes un article par retour du courrier. Je t'avais promis en effet une coopération plus “vigilante”, pour reprendre un terme à la mode, dès les prémices des événements que nous subissons. Seulement il m'arrive (souvent) de n'avoir rien à dire. Surtout en matière politique. Excepté des moments de danger flagrant pour nos libertés ou pour nos vies, je ne m'intéresse d'ailleurs pas du tout à la politique. Je ne lis jamais les journaux quotidiens, sinon les gros titres aux étalages. J'écoute les informations à la radio, et c'est tout. La presse quotidienne est trop encombrante, elle s'insinue en nous d'une manière trop massive, pour que je puisse la suivre. S'il m'arrive d'acheter des journaux quotidiens, aux périodes de grands bouleversements, je ne peux rien faire d'autre que de lire ces journaux, écouter les informations à la radio, les commenter avec des amis. Je deviens absolument affolé, neurasthénique plus encore que de coutume et absolument désespéré sur l'avenir de l'humanité. Je ne suis donc pas fait pour suivre l'actualité politique qui est un jeu auquel il faut savoir jouer si l'on ne veut pas en perdre la raison.

« Aujourd'hui, je n'ai donc rien à dire. Avant les événements d'Alger, je t'avais envoyé quelques papiers dans un sursaut d'optimisme. Je croyais que les grèves de solidarité qui se manifestaient hors de France allaient redonner à la classe ouvrière française une idée de sa mission et qu'une grève générale pourrait avoir raison de la guerre d'Algérie. Aujourd'hui, après plus d'un mois d'isolement, le syndicat des autobus londonien va être vaincu par le gouvernement conservateur. La classe ouvrière anglaise n'a pas fait preuve, elle non plus, d'un esprit de solidarité. Et nous sommes rendus en France bien loin de l'idée d'une grève générale qui puisse aider à terminer la guerre d'Algérie. Devant la lâcheté des hommes politiques de la IVe République, l'indifférence de la masse, la mollesse d'une nation qui s'est embourgeoisée jusqu'au cou, des *durs* sont apparus, mitraillette à la main. Avouons-le, nous avons été tous stupéfaits, de Guy Mollet à Pinay, et de toi à moi. Ces hommes d'Algérie sortaient d'un autre âge. Mais allons-nous défendre, contre eux, Mollet, Pinay et Pflimlin ? Allons-nous nous poser en défenseurs du "système" ? Je sais bien qu'en cas de danger un regroupement est nécessaire. Mais il m'a été néanmoins pénible de voir sur des affiches les libertaires unis aux socialistes. Car personne ne contredira que les socialistes français sont ceux qui nous ont mis dans le pétrin, que la première abdication, qui conduisit à toutes les lâchetés, fut celle de Guy Mollet lorsqu'il alla installer Lacoste à Alger et s'en retourna à Paris sous les huées. Allons-nous devenir les supporters d'un système que les gens d'Alger ont raison de dire pourri, ont raison de dire vulgaire, ont raison de dire bourgeois ? Ce qui ne veut pas dire, évidemment, que j'approuve la politique des gens d'Alger. Je crois plus que jamais à la véracité de la phrase de Louise Michel, que les libertaires semblent oublier provisoirement : "Le pouvoir est maudit. Voilà pourquoi je suis anarchiste."

« Je n'ai pas voulu participer à la manifestation de la place de la Nation pour la "défense des institutions républicaines", pour la bonne raison que, comme vous tous (je le croyais), j'ai toujours été contre ces institutions républicaines. Contre le système parlementaire, contre la majorité républicaine (en quoi une majorité souveraine est-elle moins injuste qu'une minorité souveraine ? Parce qu'elle est plus nombreuse ? Comme si le plus grand nombre avait forcément raison. En tel cas n'aurions-nous pas tort, nous autres libertaires qui avons toujours été une minorité ?). Je n'ai pas voulu participer à ce défilé d'enterrement de la IVe République, parce que je ne faisais partie ni de sa famille ni de ses amis. Je ne voulais pas avoir l'air d'approuver un régime pourri. Il est bien évident que je n'ai pas non plus participé aux manifestations gaullistes des Champs-Élysées. Nous n'avons rien à faire, que je sache, avec ces gens-là. Ni avec les uns, ni avec les autres. Ni avec les bleus, ni avec les blancs. Ni avec la droite, ni avec la gauche. Nous sommes en dehors du “système”. Nous sommes contre les systèmes. Ne nous laissons pas prendre au piège de la sentimentalité politique. Ne faisons le jeu de personne. Ne soyons dupes de personne. Poursuivons simplement notre chemin en ne perdant pas de vue que, sur notre boussole, l'aiguille marque toujours le refus. »

Trente-cinq ans après, je pourrais écrire la même lettre en l'appliquant à des événements politiques qui semblent nouveaux et qui ne sont que l'expression d'un perpétuel recommencement.

Épilogue

(En attendant la suite...)

1953. J'ai vingt-neuf ans. Il y a déjà quinze ans que je suis entré sur le marché du travail. Lorsque, encore enfant, on est ainsi jeté dans cette foire, il vous reste toujours, il vous restera toute la vie, l'impression d'avoir été vendu sur un marché d'esclaves et de ne s'en être échappé (lorsqu'on en réchappe) que par un hasard si grand qu'il relève du miracle. Et c'est sans doute lorsqu'on en réchappe qu'une gêne s'installe en vous, qu'une peur irraisonnée régulièrement vous assaille. J'ai souvent pensé à ces serfs qui réussissaient à fuir jusque dans les villes où ils bénéficiaient d'une péremption s'ils n'étaient pas reconnus. J'ai souvent senti, dans les regards trop scrutateurs que l'on me portait, une certaine suspicion. On reconnaissait en moi les stigmates du serf évadé. On ne mouchardait pas, mais jusqu'à quand ?

1953. Dans la collection « Masses et Militants » d'Édouard Dolléans, aux Éditions ouvrières, paraît la seconde version de mes *Écrivains du peuple*, sous le titre : *Histoire de la littérature ouvrière.* Par ailleurs, Albin Michel publie dans la même année mon premier roman : *Drôles de métiers*, cependant que le prix des Poètes m'est attribué pour mon ultime recueil de poèmes : *Cosmopolites,* et que j'entre dans une équipe de critiques d'art pour fonder une revue vouée à l'abstraction lyrique : *Cimaise.*

1953 semble donc l'année de la réussite, l'année du vrai départ dans l'autre culture. Et pourtant... Et pourtant je retrouve le double d'une lettre adressée à mon bon grand-père Édouard Dolléans où, justement, le serf échappé n'en mène pas large :

« J'ai compris que dans une société aussi bien organisée il n'y avait pas de place pour des anomalies de mon genre. Lorsque j'ai rencontré Sally, j'avais commencé une vie errante et sans espoir, où je me sentais en sursis. Je n'attendais plus rien, sinon une occasion de passer de l'autre côté, de supprimer par moi-même l'erreur que j'avais commise en croyant que la culture était *le bien*, alors que, dans l'état présent des choses, l'intelligence et la culture sont, pour le fils du peuple qui n'aborde pas la filière suivie (disons, par Guéhenno) *un mal.*

« Je suis revenu, le mois dernier, très triste d'un séjour dans ma famille, en Vendée. J'y ai retrouvé un petit cousin, que j'ai connu bébé, puis garçonnet et qui m'a toujours ressemblé. Il m'aime beaucoup et je me suis aperçu avec effroi qu'un second Ragon allait quitter la terre et les outils, seules valeurs possibles pour nous, pour le domaine aventureux des choses intellectuelles. Quoi lui dire ? L'inciter à devenir ingénieur, ou chimiste, ou médecin, professions sûres ? Son père est bourrelier et il y a de moins en moins de chevaux d'attelage. Au fond, ces vieilles légendes bibliques sont toujours pleines de symboles, toujours valables. L'arbre de la connaissance, qui causa le malheur d'Adam amène toujours le malheur sur ses descendants. Sauf pour les fonctionnaires de l'arbre. »

Pensais-je à la réflexion d'Armand Robin : « Je n'ai trouvé aucune paix depuis que j'ai quitté le peuple » ? Aurais-je trouvé la paix si je ne l'avais pas quitté ?

Mais si je regarde rétrospectivement ces années où je ne cesse de sauter d'une berge à l'autre, ces dix premières années de mes errances intellectuelles, ce départ fulgurant de 1946 à 1951, dans la mouvance de la littérature prolétarienne, n'étais-je pas un jeune chien fou, sans collier, hirsute, mal peigné (pas peigné du tout), aboyant à tort et à travers, sautant dans les jambes des gens rassis qu'il faisait trébucher, léchant les mains des dames avec de trop longs coups de langue ?

Si j'en crois quelques portraits que des journalistes étonnés font de cet insolent, de cet impudent, le serf évadé ne cherchait pas alors à cacher ses origines. Aucun doute, j'avais une allure de prolo. L'un parle de ma « bonne tête de livreur cycliste », l'autre d'un « tempétueux garçon aux airs de terrassier ».

Je n'étais pas préparé à un début si rapide, bien qu'il me paraissait évidemment tout à fait normal. J'avais beaucoup lu, mais pas assez réfléchi. J'étais plein d'audace, mais je manquais de technique, de technique d'écriture s'entend, mais aussi de technique de savoir-vivre dans une société qui m'était étrangère.

Incroyable que, malgré tout cela, on m'aimait bien, on m'aidait, on me faisait avancer, d'ailleurs trop vite.

« Je pense toujours à vous avec amitié, mieux, avec tendresse », m'assure Ludovic Massé, en cette même année 1953.

Et Michel Manoll, à propos de *Cosmopolites*, Manoll, le mentor de Cadou, Manoll le plus pur poète de l'École de Rochefort, va jusqu'à m'écrire : « J'ai été bouleversé par tes beaux poèmes. Ce livre te fait grand poète et c'est celui-là que je salue fraternellement. »

Quel parcours, depuis que je me rendais timidement à vélo, vers la pharmacie de Jean Bouhier ; depuis que j'attendais anxieusement un rendez-vous de René-Guy Cadou ! Mais justement, ces éloges me paraissaient exagérés, si exagérés que je n'y croyais pas, qu'il me semblait qu'il y avait là-dessous trop de complaisance. On me disait poète « dans la lignée de Cendrars ». J'admirais trop

Apollinaire et Cendrars pour oser faire pousser un arbrisseau dans leur ombre.

J'allais m'engager, pour de longues années, dans la contrainte de la critique d'art. Et puisque Baudelaire déclarait que « le meilleur compte rendu d'un tableau pourra être un sonnet ou une élégie », donc un poème, j'écrivis « Cri rouge », sur la peinture d'Atlan. Puis je me sabordai. Adieu à la poésie, à la poésie qui avait tenu tant de place dans cette décennie qui s'achevait.

J'avais porté le premier roman (le premier de mes nombreux essais romanesques, dont Poulaille et Alain Sergent semblaient satisfaits) aux éditions Denoël. Denoël, l'éditeur de Cendrars et de Céline, me paraissait celui qui conviendrait le mieux aux ouvrages que j'espérais écrire. Le directeur littéraire, Guy Tosi, accepta mon manuscrit. Mais avant la signature du contrat, il perdit son poste et mon manuscrit se retrouva chez Albin Michel où il l'avait emporté, en compagnie sans doute d'autres textes inédits avec lesquels il espérait ouvrir une collection. La collection de Tosi ne se fit pas, mais *Drôles de métiers* fut néanmoins retenu par les éditions Albin Michel qui le publièrent à l'automne avec deux autres romanciers débutants : Georges Conchon et Robert Sabatier.

Je loupai de peu le Prix Populiste attribué à l'excellent *Allons z'enfants* d'Yves Gibeau. Mon « roman », qui est plutôt une suite de récits autobiographiques, fut très bien accueilli. Mais commencer une œuvre littéraire dans la veine populiste (pour moi c'était la veine de la littérature prolétarienne, mais on ne peut rien contre l'impérialisme des mots) la même année où Alain Robbe-Grillet publiait *Les Gommes* et Samuel Beckett *En attendant Godot*, manquait vraiment d'à-propos.

L'arrêt de la publication de *Maintenant* sonna le glas parmi les amis de Poulaille. Et lui-même se retira dans une retraite solitaire à Palaiseau.

La décennie qui vient sera celle du « nouveau roman » ou qui se prétendait tel. Il n'y avait plus de place pour des récits, pour des fictions, aussi simples que les nôtres. Plus de place pour la littérature prolétarienne (du moins en France), pour l'expression populaire, sinon dans le contexte d'une littérature « engagée » dans l'armée du P.C. Mon antibolchevisme insolite me préparait également mal à une carrière littéraire en un temps où presque toute l'intelligentsia se prosternait devant les moustaches de Staline. Je n'avais pas l'entregent nécessaire pour « percer » ni l'assise sociale, et ne fréquentais finalement que des marginaux.

« Avoir une vocation, c'est le principal, me disait Julien Lanoë. Mais c'est alors que les difficultés commencent. »

Oui, c'est alors que les difficultés commencèrent. Mais, en même temps, quelle aventure !

Notes

1. A propos d'un choix de poèmes publiés clandestinement à Paris pendant l'occupation nazie sous le titre : *L'Honneur des poètes*, Benjamin Péret avait écrit à Mexico, en février 1945, un petit pamphlet : *Le Déshonneur des poètes :*

« Pour eux, la vie et la culture se résument en utile et inutile, étant sous-entendu que l'utile prend la forme d'une pioche maniée à leur bénéfice. [...] le révolutionnaire de l'An II ou de 1917 créait la société nouvelle, tandis que le patriote et le stalinien d'aujourd'hui en profitent. [...] En définitive, l'honneur de ces "poètes" consiste à cesser d'être des poètes pour devenir des agents de publicité. [...] Habitué aux amens et à l'encensoir staliniens, Aragon [...] n'obtient qu'un texte à faire pâlir d'envie l'auteur de la rengaine radiophonique française : "Un meuble signé Lévitan est garanti pour longtemps." »

2. Le terme « littérature prolétarienne » a sans doute été utilisé pour la première fois en 1925, dans la revue *Clarté*, par Victor Serge, à propos de la nouvelle littérature née en Russie à la suite de la révolution bolchevique.

3. *Nouvel Âge littéraire*, qu'il me dédicaça ainsi, en juin 1946 : « A Michel Ragon qui a entrepris de s'emmerder pour les autres, lui aussi. Bonne chance et amitié. »

4. Le 26 mars 1947, Jean Rousselot écrivait dans

Gavroche : « Venu à Paris, Michel Ragon s'embauche dans une fonderie. Nul ne devine, quand il vient s'asseoir à côté de ses camarades de lettres – car il s'est rapidement fait des camarades par sa gentillesse – qu'il est harassé par une longue journée de travail, que ses mains le brûlent, que ses yeux se ferment de fatigue, qu'il est allé en hâte se décrasser, troquer ses "bleus" pour un "complet habillé" avant de venir se frotter aux lumières et aux propos de bonne compagnie. »

En réalité, je ne possédais ni « bleu de travail » ni « complet habillé ». Un seul vêtement pour la coterie ouvrière et la coterie littéraire.

Rousselot ajoutait : « Avec curiosité, je vis Michel Ragon évoluer dans les milieux littéraires. Éberlué parfois, décontenancé souvent, il retrouvait rapidement son bon sens et réagissait toujours, finalement, avec cette robuste santé mentale que j'aime en lui. »

5. Dominique Allan Michaud, *Gaston Chaissac, puzzle pour un homme seul,* Gallimard, 1974. Robert Giraud est mort le 17 janvier 1997.

6. 7. Lettres inédites d'Armand Robin à Michel Ragon.

8. En 1934, lorsque Ezra Pound fit de multiples tentatives pour rencontrer Mussolini, Hemingway, malgré l'amitié et l'admiration qui le liaient au poète, rompit néanmoins toutes relations avec lui. Le 26 juillet 1943, un jury fédéral américain inculpa huit personnes de haute trahison, dont Pound qui fut arrêté en Italie le 24 mai 1945. Rapatrié à Washington en novembre, Pound fut déclaré fou en février 1946, à la suite d'un long procès où témoigna en sa faveur, comme nous l'avons vu, Ernest Hemingway. Interné pendant douze ans à l'hôpital Sainte-Élisabeth de Washington, Pound retourna à Venise après sa libération et y mourut en 1972.

Les pièces du procès d'Ezra Pound dont nous citons quelques extraits ont été réunies par Fritz J. Raddatz et publiées dans le n° 5 de la revue *Lettre Internationale.*

9. Préface à l'exposition « Les Mains éblouies », galerie Maeght, Paris, octobre 1950. Reproduite dans le chapitre 7 de ce présent livre : « Les années Cobra ». Voir aussi revue *Contemporains*, avril 1951.

10. Article « Picasso revient », revue *Jardin des arts*, mars 1964.

11. Henry Goetz, « Ma vie et mes amis », *Cahiers du musée d'Art moderne*, Paris, n° 10, 1982.

12. Jean Genet, *L'Atelier d'Alberto Giacometti*, L'Arbalète, 1958.

13. Comme si nous connaissions les noms des artistes du Moyen Âge !

14. Préface à l'exposition « Les Mains éblouies », *op. cit.*, note 9.

15. Manuscrit daté d'octobre 1981. Publié dans Jean Dubuffet : *Prospectus et tous écrits suivants*, tome 3, Gallimard, 1995.

16. à 24. Lettres de Dotremont et de Jorn, publiées dans *Karel Appel, de Cobra à un art autre*, par Michel Ragon, éditions Galilée, 1988.

25. Lettre inédite de Victor Brockdorff à Michel Ragon.

26. Cf. *Paru*, n° 51, février 1949 et « Hommage à J. Schlumberger », *Cahiers des saisons*, n° 5, avril 1956.

27. *L'Anarchisme*, coll. « Idées », Gallimard, 1965.
Ni Dieu, ni maître, 4 vol., Maspero, 1970.

Table

Du même auteur

ROMANS

Éditions Albin Michel

La Mémoire des vaincus
Le Roman de Rabelais (Prix des Maisons de la Presse)
Le Marin des sables
Ma sœur aux yeux d'Asie
Les Mouchoirs rouges de Cholet (Prix des lectrices de *Elle*)
La Louve de Mervent
Le Cocher du Boiroux
Drôles de métiers
Les Quatre Murs
Le Jeu de dames
Nous sommes 17 sous une lune très petite
Enfance vendéenne (L'Accent de ma mère, Ma sœur aux yeux d'Asie, Enfances vendéennes)
Les coquelicots sont revenus

ESSAIS

Histoire de la littérature prolétarienne, Albin Michel
L'Accent de ma mère. Coll. « Terre Humaine », Plon
La Voie libertaire, Coll. « Terre Humaine », Plon
1793. L'Insurrection vendéenne et les Malentendus de la liberté, Albin Michel

CRITIQUE ET HISTOIRE DE L'ART

L'Art abstrait, tomes 3, 4, 5, A. Maeght
Naissance d'un art nouveau, Albin Michel

Atlan, mon ami, 1948-1960, Galilée
Karel Appel, de Cobra à un art autre, Galilée
Jean Dubuffet, paysages du mental, Skira-J. Bucher
Jean Dubuffet, Fall éditions
Les Ateliers de Soulages, Albin Michel
James Guitet, les forces du silence, SMI
54 Mots-clés pour une lecture polyphonique d'Agam, Fall
Le Dessin d'humour, « Point-Virgule », Ed. du Seuil
Journal de l'Art Abstrait, Skira
Martin Barré, Calder, Corneille, Fautrier, Étienne-Martin, Kemeny, Kœnig, Marta Pan, Poliakoff, Schneider, monographies chez divers éditeurs.
Histoire des arts plastiques de 1945 à nos jours. Entretiens avec Alain Vollerin, 5 vidéocassettes de 53 mn, Mémoire des Arts
L'Art Brut, Corneille, Dewasne, Denise René, Doucet, Étienne-Martin, Guitet, J.-P. Raynaud, Soulages, Takis, Venet, Zao Wou-Ki, vidéocassettes, Mémoire des Arts
Du côté de l'Art Brut, Albin Michel

URBANISME ET ARCHITECTURE

Histoire mondiale de l'architecture et de l'urbanisme modernes :
Tome 1, Idéologies et Pionniers, 1800-1910, Casterman
Tome 2, Pratiques et Méthodes, 1911-1985, Casterman
Tome 3, Prospective et Futurologie, Casterman
Esthétique de l'architecture contemporaine, Griffon, Neuchâtel
L'Homme et les Villes, Albin Michel
L'Architecture, le Prince et la Démocratie, Albin Michel
L'Espace de la mort, Albin Michel
L'Architecture des gares, Denoël
Claude Parent, monographie critique d'un architecte, Dunod
Le Temps de Le Corbusier, Hermé
C'est quoi, l'architecture ? Coll. « Petit Point », Ed. du Seuil

Histoire de l'architecture et de l'urbanisme modernes, 3 vol., « Point Essais », Ed. du Seuil

BIO-BIBLIOGRAPHIE

Autour de Michel Ragon, musée des Beaux-Arts de Nantes, 1984

J'en ai connu des équipages, entretien avec Claude Glayman, J.-C. Lattès

Ma Vendée, entretien avec Maurice Chavardès, Ch. de Bartillat

La composition de cet ouvrage
a été réalisée par I.G.S. – Charente Photogravure
à l'Isle-d'Espagnac,
l'impression et le brochage ont été effectués
sur presse Cameron dans les ateliers
de **Bussière Camedan Imprimeries**
à Saint-Amand-Montrond (Cher),
pour le compte des Éditions Albin Michel.

Achevé d'imprimer en juillet 1997.
N° d'édition : 16669. N° d'impression : 4/698.
Dépôt légal : août 1997.